龍馬行

司馬遼太郎

6

李美惠 譯

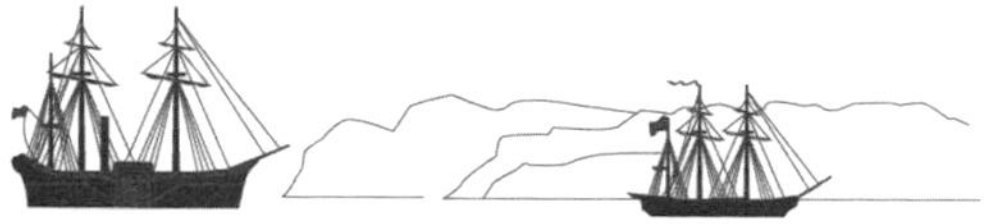

目録

戰雲

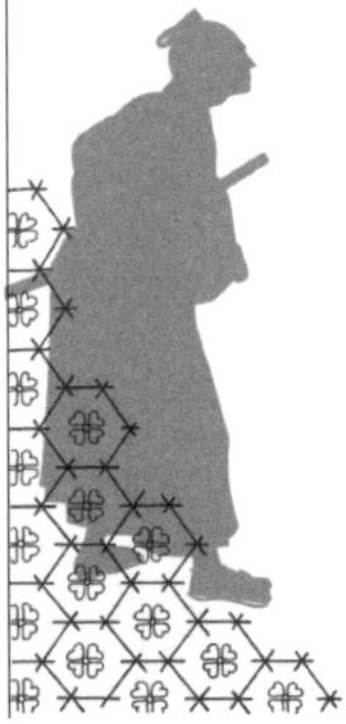

山口縣（長門、周防）有個名為「繪堂」的小村莊。旁邊有處以鐘乳洞著名的秋吉台（秋芳洞），沿秋吉台有條路通往繪堂。四周丘陵環繞，一到秋天，落葉林形成的紅葉很是漂亮。

筆者去年秋天曾造訪那一帶。從山口市搭計程車，當我告訴司機「我想到繪堂」時，司機先生顯得興味索然，問我要不要改去秋吉台，那裡有個日本第一的鐘乳洞，最近很多人來參觀。國鐵及縣廳都致力該處之開發。有名產店，名產是大理石花瓶之類的東西。司機不停地好心建議。我雖然拒絕了，這位親切的司機似乎仍不死心，經過秋吉台下方時又故意放慢車速問道：

「您意下如何呢？」

不用了。我再度拒絕，並近乎懇求地請他開往繪堂。孰料這位山口縣的司機不但沒聽過這小村莊的名字，還道：

「繪堂是什麼地方？那種地方沒什麼好看呀。」

即便在山口縣內，繪堂也是予人如此印象。

龍馬在大坂的薩摩藩邸過年並迎接元治二年（一八六五）的正月，他當然也沒聽過「長州繪堂」這個位在窮鄉僻壤的小村莊，更不知那裡正發生何事。幕府亦然。幕府要是知道必定驚愕不已，但這是長州藩內之事，故也無從得知。

才剛過年，繪堂就爆發戰爭。是場一千人對二百人的小型戰爭，屬內亂。以規模而言其實不足一提的這場戰爭，結果卻大大扭轉了幕末的日本史。如此說來，這場繪堂戰爭的意義著實重大。

屯駐於廣島的征長總督見長州藩降伏而下令諸藩撤兵後，這場小型戰爭隨即爆發。元治元年（一八六四）十二月二十七日，包圍在長州藩邊界的諸藩軍隊開始撤兵。

事件隨即發生，故風聲並未洩漏。

事件的發生原因是，以萩為首城的長州藩俗論黨政府，向奇兵隊等諸隊下達解散令。

「若不聽命即出兵討伐！」

如此宣布後，家老粟屋帶刀隨即率領千人之兵準備討伐占領下關的高杉晉作，他自萩出兵，佈陣於繪堂。

奇兵隊軍監山縣狂介（有朋）一直紮營在距繪堂六里（編註：一里約四公里）名為河原的驛站。他集合膺懲隊及南園隊等諸隊，好不容易湊到二百兵力。

「與其坐待武裝解除的命令，不如乾脆夜襲駐紮在繪堂的俗論黨軍，放手一決勝負！」

於是就在正月五日晚上，僅靠一支火把照亮山間小徑，全體靜默行軍，並將途中撞見的村民男女全抓起來縛在路旁樹上以防機密外洩。全軍就如盜賊般悄悄行進。

這趟隱密的夜行軍十分成功。

一行人抵達能俯瞰繪堂村內燈光之山頂，約凌晨二時。奇兵隊軍監山縣狂介招手喚來幹部將校道：

「那就是繪堂。」

說著指出所在。家老粟屋帶刀正率領一千兵紮營於繪堂。山縣雖為庶民組成之奇兵隊軍監，在藩內卻只是足輕，照理說是連直視藩之重臣都罪不可赦的身分。如今竟說要攻打對方，山縣內心想必也有些惶恐吧。

且敵軍粟屋帶刀所率之俗論黨軍幾乎全為上士子弟。此藩上士下士之差別雖不似龍馬的土佐藩那樣鮮明，但也絕非尋常。

山縣狂介十四、五歲還名為辰之助時，曾以藩校明倫館雜役身分住在校內。足輕之子不准進入藩校就讀，故只是幫教授們跑腿。

某個雨天有事必須外出，他正要衝出明倫館大門時，突見一名扛著劍道護具「面」及「籠手」的年輕人迎面而來，從穿著看來顯然是俸祿及身分頗高的上士之子。

足輕之子必須伏地為禮，跑步中的狂介連忙脫下草鞋伏在爛泥之上為禮。偏偏動作太猛，導致泥水濺起而弄髒年輕武士的裙褲。

接下來照例免不了一陣騷動。年輕武士大吃一驚急忙躲開並大喊：

「無禮之徒！就那樣，不准動！」

說著手按刀柄。狂介嚇得連聲陪罪，但對方充耳不聞。最後被拉至外面路中間，被迫跪坐在爛泥中，額頭甚至被壓至泥間，整個人被迫平伏在地。

狂介的個性本就目中無人、傲慢且不輕易饒人，肯定無法忍受如此屈辱。年輕武士離開後，他沾滿爛泥的臉龐不斷淌下淚水。

「走著瞧！」

他幾度嘀咕後，專挑屋簷下繼續往前跑。

那群上士就在眼前的繪堂村呼呼大睡。狂介開始部署，他在各高處佈陣後又一再囑咐：

「在狼煙信號飄起之前千萬別開火。等狼煙飄起後，再邊發射邊殺進去。」

幹部們甚至有很多人緊張到發抖。奇兵隊雖是人稱藩內第一強，卻是由農民、商人、工匠子弟組成，隊長也是足輕。而對方大將是家老，部下皆為上士。

除了初上戰場的恐懼，隊士們終究還多了一份來自階級差別的畏懼之心，故忍不住渾身顫抖。

「就把對方想像成田裡的蘿蔔！」

狂介道：

「這一戰要是潰敗，長州藩的勤王黨就滅絕了。如此一來，天下的勤王活動也將一敗塗地，就此壽終正寢。情勢能否逆轉，全靠我二百人了！」

繪堂之戰就在此兒戲般的光景中展開了。

「大家都屬同藩，要有禮貌，還是先下戰書吧。」

狂介叫隊上善書者寫了封這類書狀，然後要中村芝之助及田中敬助兩名隊士送去。

中村及田中摸黑走下山路，沿著川邊進入繪堂村，好不容易才走近應已被徵調為粟屋帶刀本陣的村長家。

門上燈籠高懸，看來連衛兵都沒有。兩人原本嚇得半死，但仍鼓起勇氣打開正門上的便門閃身入內。

「大家應該都睡著了吧？」

中村放心地對田中低聲道，這時突然傳來一聲：

「誰！」

似乎是在院子裡巡邏的人，啪嗒啪嗒的腳步聲逐漸接近。兩人大吃一驚，趕緊將戰書扔進大門，隨即頭也不回衝出門外，不管三七二十一就往回跑。後面有數人緊追而來，口中還大喊：

「喂！」

甩開追兵跑回山裡之後，才放心地大口喘氣。

本陣中的眾人都醒了。粟屋帶刀也彈跳起身展讀戰書。「此事非同小可！」他如唱戲般高聲道：

「是敵軍。大家做好準備！」

說著站起身來。但粟屋帶刀自己卻仍穿著睡衣且手無寸鐵。刀！我的刀到哪裡去啦！他如此嚷道。但眾將士也忙著找自己的步槍和長矛，根本無暇顧及他。

「不得已了。點燈！點燈！」

他如此大喊，屋內四處總算點起燈來。

山縣狂介見燈火大亮一驚，連忙站起身來下令放狼煙。

轟然一聲，狼煙衝上夜空。在此同時，包圍繪堂村的四處要塞同時槍聲大作，子彈瞄準燈火且正中目標。

本陣中的主將粟屋帶刀這才狼狽地站起身來。他穿上甲冑並跳下庭院躍上馬背。但己軍卻正忙著在邸內四處逃竄，無奈之下只好下令：

「全軍撤至赤村！」

這就是他下的第一道軍令。將士們迫不及待似地七零八落奪門而逃。粟屋也逃了。

但也有人反朝奇兵隊殺了過去。是粟屋的副將，即俗論黨猛將財滿新三郎。他大喊：「死種田的！死種田的！」同時策馬衝進奇兵隊陣地。

「要背叛主君嗎？你們要背叛主君嗎？冷靜點！拋下火槍吧！」

他如此大喊。

但如此威嚇和脅迫已毫無效果。財滿身中十幾顆子彈，當場斃命。透過這次勝利，奇兵隊贏得兩種自信：作戰能力及社會地位。庶民能夠武裝並加入軍隊乃是奇兵隊的天下創舉，而這場繪堂之戰也是庶民武裝團體壓倒武士團體之濫觴。

後來，正月十日，俗論黨政府大舉整軍南下，再度於繪堂附近與奇兵隊發生激戰。

政府軍有千人，奇兵隊有二百人。其中尤以川上口為主力戰。奇兵隊有一百人在此，但只有一門山砲。砲隊長為三浦梧樓（號觀樹，後獲封中將、子爵。大正十五年〔一九二六〕歿）。

奇兵隊人數少，故據守在山嶺險處致力防守，但終究不敵政府軍而開始敗走。山縣狂介在距此不遠的天神岡見此情況大驚，立即帶著手邊一小隊人馬趕往戰場。他要眾人躲在路旁竹林並下令：

「敵人立刻就到。一步也不能退。」

他自己則又另帶一小隊人馬，順著山脊疾奔往正在南下的政府軍側面，並要眾人衝下斜坡殺入敵陣。

在如此高明的包圍戰法下，政府軍潰不成形而四散敗逃。

萩政府對接連兩度敗戰十分震驚。更讓人詫異的是，據說高杉晉作已乘著劫獲的軍艦癸亥丸，正從海上進攻萩。

龍馬事後才得知，攻入瀨戶內海之三田尻港將這艘癸亥丸奪來的，正是池內藏太等五名土佐人。

其中只有池內藏太曾在神戶海軍塾待過，拜此所賜多少能把船開動。高杉欣慰地說：

「我以為池君只懂得打殺，沒想到你還會開西洋帆船啊！」

池內藏太回答，他曾有一段極短的時間受教於龍馬。

「又是坂本呀！」

高杉笑道。土佐人不管說什麼都要提到坂本龍馬這名字。他大概是覺得這點好笑吧。

「真想見見這位姓坂本的仁兄啊。」

高杉道。

這癸亥丸在池內藏太的操作下，順利繞至日本海岸，並在萩附近海面徘徊。政府大為震驚的原因就在此。

萩政府軍終於下令全軍總動員。正月十四日南下，準備進行最後決戰，而在繪堂附近的大田遇上奇兵隊。

戰爭於上午十時起在暴風雨中開打，午後二時因政府軍敗退而結束。

後來，藩士團中的中立派藩士決定聯合起來進行調停。幾經折衝，藩主再度支持勤王派，下令俗論黨軍隊悉數解散，並決定政府將由勤王派組成。故這回政變大獲全勝。

接著就依藩主命令執行了椋梨藤太等俗論黨重要

人物的斬首及切腹之刑。距此僅不到兩個月前，勤王派的前田孫右衛門才在此刑場被斬首，也是奉藩主之命。仔細想想，身為發號司令者，命運卻如毛利侯般忙碌的主君，史上應該很少見吧。

總之，長州藩又恢復成原來的勤王藩。

龍馬在薩摩藩邸也聽說如此傳聞的點點滴滴。

「情勢愈來愈有意思了。」

元治二年正月都過去了，龍馬引領企盼的西鄉卻尚未自山陽道那邊返來。

二月了。十二日這天，龍馬所在的大坂薩摩藩邸來了兩位意外的稀客。

中岡慎太郎。

土方楠左衛門（久元）。

當時這兩名土佐浪人在薩長之間頗有名氣。中岡在長州奔走，土方則以五卿祕書官之身分活躍於世。長州情勢之機要樞紐可說就握在這兩人手中。

直到數日之前他們都還待在長州。但長州卻成了天下「罪藩」，故對中央情勢一無所知。

尤其京都朝廷的動向更無法得知。故五卿之首三條實美拜託中岡及土方兩人：

「請二位潛入京都，查探朝廷及公卿之意見。」

二人受命後隨即整裝到下關，正逢一艘薩摩藩的蒸汽船進港。

「就搭那艘薩摩船去吧。」

中岡於是前往交涉。善於社交的薩摩人不僅欣然答應，甚至道：

「二位要上京嗎？我們也要上京。當地新選組等幕吏猖狂，最近情況愈見騷亂，故請二位務必下榻於薩摩藩邸。」

不僅如此，擔任西鄉祕書工作的吉井幸輔（友實，後獲封伯爵）正好也在船上，沿途一直陪著兩人。光從此事看來，就知薩摩藩如何盡心禮遇這兩名土佐人。

船上除吉井幸輔，還有大久保一藏（利通，後獲封侯爵）、稅所長藏（篤，後獲封男爵）等幾位西鄉盟友，個個都鄭重禮遇這兩位土佐名士。

兩人於大坂天保山海面下船，在土佐堀的薩摩藩邸住了一夜。

「早就聽說你在這裡。」

中岡對龍馬道。

土方楠左衛門的五官像農民，又木訥得像個老頭子。但中岡慎太郎頭腦和身手都十分靈敏，言詞更如利刃般敏銳。

「坂本君，天下情勢告急，如此非常時期，重要如你者為何還鎮日無所事事？」

「沒船啊。」

「你是笨蛋嗎？」

中岡罵道：

「長州慘敗，天下尊王攘夷勢力都要滅絕了。如此時機，跟船有何關係？」

「沒船啊。」

龍馬笑了笑。因長州問題而摩拳擦掌的中岡擺好架勢提出此問題來討論，龍馬卻只是笑。

「坂本君，我問你，」

中岡板起臉來：

「你認為幕府如何？」

「只是個無用而有害的存在呀。已喪失做為一個政府的外交實力，既無誠意也無功能。既已到今天這步田地，幕府的壽命若多延長一天便多一日之害。再這樣下去日本恐怕唯有滅亡一途了。」

「說得真好！」

中岡眼睛都亮了起來。

「那麼坂本君，你為何還那樣坐著不動只知拔鼻毛？環視當今天下，具有推翻幕府氣勢的就只有長州了。但長州藩已因此回事件而喪失往年之力。咱們土州人……」

中岡舉出幾個正為長州奔忙的同鄉同志，接著又道：

「正為了恢復長州氣勢而死命奔走。使長州重新站起來，是倒幕運動的唯一道路。而欲使其重新站起來，首要之策是說服京都公卿，使他們對長州心生同情，進一步打動天皇，請天皇重新將勤王先鋒的旗幟交給長州。如此一來，幕府及諸藩都不敢對長州無禮，藉此自然之勢，長州一藩之正氣也將振奮起來，最後天下都將擁戴長州。我就是為此運動上京的。」

「那很好啊。」

龍馬一本正經地點頭道。中岡進一步說：

「你也贊成嗎？那麼你既然看到我們的苦心，為何還坐視不動？快穿上草鞋，換上旅裝，跟我們一起奔走吧！」

「不，我還有別的考量。」

龍馬似乎絲毫未感到慚愧。

「船嗎？」

「沒錯，船。我希望能有三艘船。」

「你在說什麼蠢話……」

中岡顫抖著聲音道：

「坂本龍馬之名在世上雖如巨人般響亮，但顯然是誤傳呀！沒想到你竟枉顧世間風雲、國家危難，還熱中於走船嗎？」

「別那樣囉哩囉嗦教訓人。人不管身處如何情況都不該捨棄自己喜歡的路、拿手的路。」

中岡一直在倒幕活動的前線奔走，龍馬認為如此甚好。卻無法打倒幕府。

「仍無法打倒。」

龍馬心中如此認為。中岡雖意氣風發地說要說服京都公卿，但恐怕無濟於事。無論任何時代的公卿，都是依附較強的那一方。

「最重要的是培養實力。之後才公開提出倒幕意見，然後付諸實際行動。如此看似拐彎抹角，但除成立艦隊之外實別無他法。」

翌日早晨，在吉井幸輔等薩摩人的護衛下，中岡慎太郎及土方楠左衛門離開大坂前往京都。

終於進入四月。

捕蜆船頻頻穿梭於土佐堀的一個午後，旅途中曬得黝黑的西鄉吉之助回來了。他立刻到龍馬的房間瞧瞧。

「嘿呀，有好多話要說，晚飯時喝一杯再聊吧。」

說完就出去了。

一會兒晚飯時間到了。

「坂本兄，你待在大坂這段不算短的時間內，時勢已有了重大轉變呀。」

西鄉接著巨細靡遺道出自己親眼所見的長州處分問題及五卿轉移駐地問題等。長州已恢復平靜，五卿則遷居筑前的大宰府（編註：今太宰府）。

「這麼一來幕府可高興了。」

西鄉故意說反話。說得沒錯。因為一向被幕府視為眼中釘的長州終於平伏低頭，完全屈服了。表面上看起來，將軍的威勢還是很了不起的。

——幕威即將重振。

得意洋洋的江戶幕府官僚如此認為，竟企圖乘勢恢復幕府與大名的舊有關係。現在江戶有此動向。

參覲交代制度也復活了。

此制度自家康以來即存在，是德川家用來統馭大名的撒手鐧。命大名的妻兒形同人質住在江戶，大名本身則以年為單位，交替居於江戶及領國。

為此，大名必須負擔龐大費用，故財政也隨之窘迫。

此制度已於三年前文久二年（一八六二）幾乎全面廢止。幕府企圖要大名將這項支出挪為國防費用，而將諸侯留置江戶的妻兒分別遣返。換句話說就是釋放人質。

長州藩對幕府的抗爭活動，也是在藩主之正室及少主離開江戶後才變得露骨。若長州侯之妻兒仍在江戶，諒他們也不敢採取那樣的反幕活動吧。此即幕府官僚之看法。

「果然廢止權現大人（家康）傳下來的祖法是不成的。廢止參覲交代制使得幕威盡失，導致諸大名目中無人，不將幕府放在眼裡。」

幕吏持如此看法。於是欲趁諸藩欲降伏長州的氣勢讓此制度復活。

「薩摩藩反對。事到如今竟說要恢復家康公時代做法，命諸侯耗費大筆費用實行參覲交代之責並使其喪失實力，這算哪門子做法啊！幕府政策永遠以維護德川家之利為唯一考量，完全不顧國防上的衰微，甚至不管國家都要滅亡了。坂本兄，您如何看待此事呢？」

龍馬沒回答，只是興致盎然地聽著西鄉話裡的意思。薩摩藩的矛頭似乎開始自長州轉向幕府了。西鄉進一步道：

「何況幕府還說要再度討伐長州。」

幕府再度討伐長州的心意日益堅定，此事龍馬也有所耳聞。

「到時薩摩要怎麼做？」

龍馬問道。

西鄉沒回答。龍馬緊盯著沉默的西鄉。

仔細想想，薩摩至今一向視長州為敵。文久三年（一八六三）的禁門之變、元治元年（一八六四）的蛤御門之變及上回的長州征伐等接二連三發生的大事件中，薩摩一直扮演加害者的角色，而長州一直是被害者。長州已被打得體無完膚。

「究竟要怎麼做？」

龍馬轉換成政治家的眼神。就從這一瞬間開始，龍馬胸中燃起帶有某種色彩的熱情之火。這份熱情與以往被譏為船痴的熱情顯然有所不同。

「長州……」

西鄉避重就輕道：

「表面上雖恭順，其實極為難纏，似乎正積極備戰呢。」

「會輸吧。」

龍馬道。言下之意是，不管長州如何備戰，只要幕府再度攻擊仍是必輸無疑。

「但有道是『匹夫不可奪志』。長州即使被擊倒在地，還是會再站起來。即便毛利家滅亡，只要還有一個長州人活著，也會隨地拾根半截木棍站起來。若是在以前的戰國時代……」

龍馬道：

「長州人或許會爽快投降，他們認為只要保住主君家名即可，故將放下武器。但長州人，不，不只長州人，咱們有志之士並不是戰國武士。戰國武士並無關心『日本』這個國家未來將如何之『志』，而現在的有志之士則有此『志』。其中又尤以長州人為甚。」

龍馬所謂的「志」帶有思想或主義的意味。

「戰國武士……」

龍馬又道：

「只關心建立自己男子漢之聲譽及個人之功名。至於德川全盛時期之武士則只具對主君及藩的忠義。」

「哦……」

西鄉詫異地瞪大眼睛。他沒想到龍馬這人會說出如此大道理來。

「現在就不一樣了。如今已是有志之士為其志犧牲的時勢。請看我們土佐人已不顧主君，決心為己志殉死而投身天下。長州人亦然。他們腦中恐怕已無毛利家的存在，只有日本及朝廷。現在就算幕府再度征討，毛利家或許將因此滅亡，但為數眾多的長州人將散至全天下繼續無止境地活動吧。薩摩連他們都要征討嗎?日本定將陷入混亂，甚至血染國土！」

西鄉凝視著龍馬，臉上帶著充滿好感的微笑。

「難得見他如此長篇大論。」

他心想。龍馬難得長篇大論，但起了頭似乎就停不下來，他說得口沫橫飛，開始忘我地解開外褂繫帶。

這是他的習慣。起勁地咬著繫帶前端的穗子，一說到興奮處就繞圈甩將起來。

穗子早已被口水浸濕，口水順勢飛濺到西鄉臉上，但西鄉並不伸手擦拭，依然專注地聆聽。

「如今……」

龍馬接著道：

「已是幕、薩、長三分天下之局勢。其他藩只是在旁觀席上靜觀不敢吭聲，存在與否並無二致。」

龍馬以柴刀劈柴似的分析方法精闢地解釋。西鄉大為震驚，心想：「聽了他的分析，似乎的確如此。」

像加賀藩雖擁有百萬石之領，但思想及行動皆不出藩政之範圍，根本無意跳過自藩問題來參與解決日本問題。正如龍馬所言，在此歷史緊張時期等於是無用且無意義的存在。

「此三者中，唯有長州可謂禍不單行，倒了大楣。就像奄奄一息倒臥路旁且血流不止的刀客。」

龍馬起勁地甩著外褂的繫繩，又道：

「薩摩還一直與幕府聯手，不斷舉棒痛毆。」

「這……」

「我了解。我只是打個比方。路旁的長州老兄也不會乖乖挨打。圍觀的日本人中有些各藩浪人喊著『有志之士！有志之士』而衝上前來，他就在這些人的協助之下拚死站起身來，舞著刀企圖上前攻擊。薩摩人一旦遭到攻擊也定會為維護武士之尊嚴而揮刀對抗。而有些人正目不轉睛地在旁觀望。」

「是外國人吧。」

西鄉一本正經點頭道。這是再清楚不過的道理。但被這名土佐人活靈活現地描述之後，不可思議地，問題似乎更顯迫切。

「外國人就在一旁看著三者互鬥，等他們實力衰弱，就要開始吞食日本領土了。到時不論將軍或薩長都將變成雜菜湯倒進外國人肚子裡。如此一來，後世恐將視薩長為誤國之賊吧。」

「那幕府呢？」

「幕府對此也無能為力。據說幕府某高官提出一記絕招，打算向法國借來龐大資金及槍械，藉以討伐長州。等於是為了保護德川一家，而不惜將日本賣給法國。這樣薩摩藩還要與幕府攜手合作嗎？」

西鄉震驚得說不出話來。他沒想到龍馬消息竟如此靈通。

這可說是龍馬的特殊才能。

這年輕人總是大大方方闖入別人家客間，他可說是箇中高手。對方也必深受此年輕人的吸引，不僅被吸引，甚至希望好好栽培這位年輕人，故有一股亟欲傾囊相授的衝動。

幕臣勝海舟如此，大久保一翁也如此。住在熊本那位異常優秀的理性政治思想家橫井小楠如此，越前福井藩的藩主松平春嶽也不例外。他們都認為：

「龍馬值得疼愛。」

而多方教導龍馬。龍馬的確有讓人這麼做的獨特魅力。據說即使本為沉默寡言之人，在坂本龍馬這位訪客面前也會變成熱情奔放的雄辯家。

換句話說，龍馬具有異於常人的採訪能力，這就是他的特異功能。他在所謂的志士之間，自然成為出眾的藩際外交人才。

去年年底一直到今年春天，他一直待在薩摩的大坂屋敷。他雖為脫藩浪人，此期間卻任意進出幕府大坂城代之宅邸，幾乎每天都去見大久保一翁。

一翁與勝海舟、小栗上野介忠順及栗本鋤雲等人，同為幕臣中有才能之外交人才。

故龍馬大量吸收了外國駐日公使之動向、意見、陰謀、策略等。他在大坂的幾個月，可說就是在採訪有關幕府周遭外國情勢的消息。
「聽說法國與幕府正暗通款曲，此事當真？」
西鄉問道，同時極度關切地望著龍馬。龍馬搖了下頭道：
「這我不清楚。」
只是捕風捉影罷了，龍馬道。不過，第一次征討長州時，幕府金庫缺乏軍費，故明明已發布征長令卻遲不出兵。但是……
龍馬又道：
「這回突然大張旗鼓，準備再度征伐，可見一定是已覓得資金來源了吧。」
「哦？」
西鄉臉色大變。這也難怪，幕府權力衰退的唯一原因就是因沒錢而落入極端貧窮的世代。只要幕府找到資金來源，就能整備洋式陸軍及海軍而凌駕諸藩之上。薩長等藩的確會像遇到鬼怪的侏儒，三兩下就被捏碎了。

「法國有個名為土倫的軍港。該處有家煉鋼廠、兩座船塢及三處造船廠。幕府接受法國公使的建議，決定完全仿造其規模，在橫須賀建一座軍港。此費用高達二百四十萬美元。幕府應無這筆錢。是法國要代墊的。」
西鄉聽得一愣一愣的。
插句題外話，正如龍馬所言，在絕大多數日本人都沒發現的情況下，江戶幕府此時正逐漸強大起來。
勝海舟被政敵誣陷在神戶養了些不逞浪人而遭撤職。就在他失勢的同時，政敵也掌握了幕閣的實權。
勝是個外國通，故熟知歐洲列強取得殖民地的駭人政策。也清楚知道印度及清國人民皆因接受外國資金而陷入被吸血般的慘境，故力勸幕府：
「千萬別與特定國家締結特定關係。對方起初會提出優渥條件讓我們嘗嘗甜頭，但最後我們將被啃噬入骨，落入與印度人相同的慘境。」

勝失勢後，即由勝之政敵小笠原長行、小栗忠順及栗本鋤雲等人掌握實權。

他們可謂狂熱的幕權恢復論者，即便與特定國家私通，也要強化幕府的經濟及軍事，希望將京都朝廷降至家康時代的位置，更企圖以武力討伐長州薩摩，最好連越前及土佐也一併解決。

栗本鋤雲是舊幕府培養出來的最佳英才之一。他生為幕府醫官之子，遷居箱館後，因教授某法國人日文而成為親法派。後返回江戶，陸續擔任軍艦奉行及外國奉行等職。維新後曾暫時退隱，但後來又藉著報紙《郵便報知新聞》展現其文筆。

栗本鋤雲自長州征伐戰前後起，即與法國公使洛許過從甚密。當時幕府要接受拿破崙三世領導下之法蘭西帝國特別的救援，全是透過他預先洽談的。

他曾對洛許表達過這樣的意思：幕府對四國艦隊代為砲轟長州下關一事十分感激，這下日本人總算認識外國的武威了吧，在他日將軍恢復權威之前希望能有外國陸海軍屯駐等等。

對幕府而言，栗本鋤雲可謂忠烈之士。其上司兼同志小栗上野介忠順更是有過之而無不及。

小栗家乃自德川三河時代以來即存在之旗本，先祖又一忠政自少年起即跟隨家康，曾多次贏得率先殺敵的「一番槍」功績，是位豪傑。

其十二世孫小栗上野介在政敵勝失勢的同時也獲提拔為軍艦奉行。勝在維新後曾如此批評舊幕府時代的小栗：「目光僅局限於德川氏一點，而未著眼於大局。實非以國家為本位之人。」至於小栗，其全盛時代也將勝視為對幕府有害者，曾私下教唆有意暗殺勝的旗本下手。

勝與小栗因世界觀及國家觀不同而彼此仇視，但依然無損小栗為幕末時期幕府方最傑出人物之事實。

龍馬透過勝及其盟友大久保一翁而知道這位素未謀面的怪傑小栗上野介，也想像得到當這位小栗穩坐政權中樞位置時，勤王運動將面臨如何考驗。一思及此龍馬便不寒而慄。

繼續聊聊小栗。

因為他與龍馬有很大的關係。當龍馬聽大久保一翁說起，名為小栗上野介忠順的這位傑出到當幕臣太可惜之人已成為幕閣之有力者時，龍馬與幕末史就開始有了微妙的動作。

少年時期的小栗有許多逸事。

比方說，他十四歲時曾代父親到母親娘家播州林田一萬石領主建部內匠頭的江戶屋敷去。當時面對藩主及眾家老，他竟毫不畏怯應答，表情甚至有些高傲，且已學會抽菸，就連敲菸灰都有模有樣的。據說在場眾人嘆為觀止，都覺得眼前的少年將來不知要成為何等大人物。

長大後精於馬術及刀術，受拔擢為幕府官員後，老是因無法忍受上司的無知及懦弱而起衝突，這點和勝很像。

至於勝，當萬延元年（一八六〇）遣美使乘咸臨丸渡美時，勝即為艦長，而小栗也在船上。正使為新見豐前守，副使為村垣淡路守，此外再加上負責監察的「目付」，可說是最重要的三個職務。這回的目付即為當時三十四歲尚稱為豐後守的小栗。其名氣頗高，據說當時的大老井伊直弼就看出小栗非凡的膽識及才智而特別提拔他。

小栗這人個性有些悲壯。當上幕府官員後幾乎完全拋開個人的私生活，儼然以恢復幕權為志，他一直考慮要廢除大名制度。

他是另類革命家。他的革命構想依然不外否定京都政權，並希望將軍家世襲的江戶政權能永續存在。不過要使德川政權成為絕對的中央政權，必須廢止由三百諸侯割據的封建制，提出改行郡縣制之政見，此外還須以武力討伐極可能反對的薩長土等雄藩。換句話說，他是企圖進行將軍革命。

為此需要資金，也需要武器。兵器工廠及煉鋼廠不可少，強力的政府軍更是不可或缺。

小栗在勝失勢後當上軍艦奉行，就任後同時與勝討厭的特定外國（這回是法國）聯手，與法國公使洛許正式締結建設橫須賀軍港及其他的協定，時為去年（元治元年）十一月。

此事是龍馬今年二月從暫居於大坂城代屋敷之幕府要員大久保一翁那裡聽說的。

「小栗很行。」

可稱之為勝派的大久保一翁道：

「但做得過頭了。若真要跟外國借錢及兵器來討伐長州，那麼歷代老中也不必辛苦至今了。小栗恐怕會拿北海道做為擔保品。他是要如此逐步購入兵器來討伐大名，使幕府強大吧。但強大後日本也差不多為外國所奪，步上清國及印度之後塵了。」

龍馬這輩子還未如此震驚過。

去年二月見到大久保之前，龍馬從未聽說小栗上野介這位幕府官僚之名。

龍馬隨即翻閱大久保房裡那本今年刊行的《武鑑》（列有大名及旗本姓名、祿高的職員錄），發現其家紋為五道波浪的五頭波紋，祿高二千五百石。

「這麼了不起的人物嗎？」

龍馬問道。大久保道，是呀，說實在的，真是位豪傑。

「雖不是那麼有人望，但膽識及智略兼備，就這點看來實為三百年來難得之人物，若生在戰國時代，要取得一國一城必不費吹灰之力。」

這位個性穩重的反小栗派官僚竟如此道。不過……

「薩長土雖英雄輩出，膽識及人望姑且不論，亦無智略能及小栗者吧。」

況且還是名門之後。日後只要他目中無人的個性沒惹禍，應將飛黃騰達而成為幕府的台柱。大久保道。

「但若小栗成為幕府台柱，日本就要滅亡了。」

大久保又道。龍馬在腦海中描繪出一幅影像。日本列島住著成群的日本人，個個以鎖鏈串起，遭外國人不斷鞭打。唯將軍一人身著金絲華服，身旁蹲著手下大臣小栗上野介，正以複雜的表情望著外國人。

「突然蹦出個麻煩傢伙。」

如果是凡庸之人就無所謂，可他偏偏是三百年來難得一見的豪傑。龍馬一思及此便不寒而慄。像他如此男人必將貫徹自己的信念吧。

「小栗是個外國式的財政專家。他不僅有此頭腦，還兼具三河武士特有的頑固。旗本八萬騎當中，如今還保有忠義之傳統本性者，就只有他了。」

大久保一翁道。

插句題外話，後來將軍慶喜因鳥羽伏見之役戰敗而逃回江戶，小栗上野介曾於殿中拉住其衣襬，固執地要求繼續抗戰。

「兵器充足，士兵也充足。為何不與薩長土決一死戰呢？」

慶喜因已對外表達恭順之意，故仍拂開上野介之手，逃也似地衝入內殿。

上野介當時的作戰計畫終究未獲採用。其實幕府若一鼓作氣採用其策，說不定官軍就被徹底粉碎了。

其作戰計畫是推定官軍應不滿三萬，若從東海道東進，就打開箱根關卡，先誘其進入江戶，接著再關閉箱根，如甕中捉鱉般圍攻官軍。另一方面，有效運用具有壓倒性優勢的幕府海軍，將艦隊一分為二，一隊進入駿河灣阻斷東海道，另一隊進入江戶灣發動猛烈砲轟。

據說形同官軍參謀長的長州人大村益次郎事後聽說此計畫時戰慄道：

「當初他們要是採用小栗的計畫，我的頭恐怕早就不在了。」

龍馬說完後一陣沉默。

或許是喉嚨乾了吧。他將酒瓶拉近並為自己連斟了第二、第三杯酒，皆一飲而盡，喝到第十杯時突然道：

「哎呀，我都忘了。您也來一杯吧。」

說著把酒杯遞給西鄉。西鄉連忙搖手道：

「不，我不會喝酒。」

他是薩摩人中罕見不太會喝酒的。「相較之下……」西鄉道：

「我還比較想多聽些法國的事。」

「既然如此……」

龍馬兩頰一下子染上紅暈。酒精似乎起了作用。

「西鄉君很欣賞大奈翁（拿破崙）吧？」

「是的，我十分尊敬他。」

西鄉除特別欣賞先君島津齊彬，還欣賞楠木正成、石田三成、拿破崙及華盛頓。

「那麼，現任的法國皇帝拿破崙三世就是大奈翁的姪兒。」

「哦，是他的姪兒嗎？」

這句話西鄉是以敬語說的。龍馬心裡覺得好笑，但也認為西鄉這人的魅力就在其老實之個性。

「這人是個無與倫比的偽君子。」

龍馬彷彿親眼所見：

「與其稱為英雄，不如說他很會耍手段。因為他是趁法國政局混亂時，巧妙地奪取政權而當上總統，接著又使出巧妙手段再登上皇帝寶座。雖是器量狹小之人，卻很會耍手段，似乎永遠靜不下來。就連別人吵架他也要擠到中間勸架。是個怪人。」

「原來如此。」

「其他國家內亂他也見縫插針出動軍隊。因為就陸軍而言，法國與英國並駕齊驅，等於是歐洲的源氏與平氏。兵力很強。他派出這麼強的軍隊硬是攻了進去。義大利獨立運動時，他也親率大軍，大破奧地利大軍。此外，波蘭和羅馬尼亞，甚至遠至墨西哥的內亂，他也要干涉。如今歐洲政局被他一人搞得亂七八糟。」

「是，是。」

西鄉老實地點點頭，但他早就知道龍馬接下來要說什麼。這位拿破崙三世甚至連遠在極東的日本也來干涉，將來必不堪設想。龍馬一定是要說這個吧。

「去年（元治元年）三月到日本就任的法國公使洛許是拿破崙三世的寵臣。此人果然不愧是主子寵信之人，手段多而城府深。征服北非殖民地時也施展了厲害手段，是個可怕之人。如今他已與幕府勾結，陸續給幕府注入資金及武器，企圖宰割日本。還說：『就以法國製的武器打倒長州吧。』」

「因此……」

龍馬道：

「長州這件事，對薩摩藩而言，雖說也得顧及尊嚴、面子、立場及事態至今的進展，但總有這些都非忍耐不可的那一天。你說對吧？」

「什麼對吧？」

西鄉反問道。龍馬不以為意道：

「何必呢，『薩摩藩的面子』這種東西砸了也無所謂吧。別說面子，就算藩整個毀了也無所謂。」

「哎呀，真教我為難呀。」

西鄉受不了。他畢竟還是堅持以薩摩為前提的思考方式。以薩摩藩的實力召集諸侯至京都，透過雄藩合議以建立臨時政權，此乃西鄉的理想。他是因長州阻礙此理想才出兵攻打的。

龍馬對西鄉的理想瞭若指掌。

「我可不是這樣想啊。」

龍馬道。

「那您是怎麼想？」

西鄉想聽聽龍馬的理想，龍馬卻不說。因為龍馬知道，以目前時勢，恐怕連西鄉都會認為龍馬是個危險思想家吧。

龍馬的理想是推翻幕府，這與西鄉並無二致。接下來的政治體系應以天皇為中心，這點也一致。但西鄉的革命目標是以天皇為中心的諸藩合議制。士農工商諸階級自然必須附於其下，繼續維持。

龍馬就不同了。他希望天皇底下所有階級完全泯滅。亦即大名消失，公卿消失，武士也消失，使所有日本人平等。如此思想即便是最前衛的勤王志士恐怕也尚無法接受吧。因為西鄉即使到了明治時代，也仍受反對廢止武士階級的薩摩武士團擁戴，而於明治十年（一八七七）發動西南戰爭且不幸犧牲。

龍馬笑而不答。因他知道自己已被西鄉視為危險人物。

「目前的日本只考慮到藩的立場，故沒有薩摩長州之分的境界尚遙不可及。」

龍馬圓融地道：

「最後將被洋夷吞噬。剛剛提到法國那件事就是最好的例子。」

「原來如此，我完全懂了。」

西鄉點頭道。西鄉點頭的同時也開始計畫，要與目前在京的同藩至親同志大久保一藏針對長州問題的外交方針重新檢討。

龍馬實在機靈。

只將這問題點到為止，他想接下來就該讓西鄉自己去思考了。

「換個話題吧。薩摩藩會為我買船吧？」

他轉向這個老話題。

幾天後，龍馬暫居的薩摩藩邸來了位容貌清秀的年輕人。

他身穿黑色羽二重外褂，上面印的是三支藤旋繞的家紋，腿長而體格挺拔。他挺著筆直的上半身緩緩走進門內。

數名同藩夥伴緊跟在後，個個身著旅裝。

年輕人進門後，直接橫過鋪著白砂的庭院，看來是要往邸內那間稱為「御殿」的茶屋風建築走去。

「咦？」

龍馬暗道。龍馬和這年輕人擦身而過，並繼續橫過白砂地。

「他不是薩摩藩鼎鼎有名的大久保一藏嗎？」

龍馬突然想到。挺直的鼻梁緊閉的嘴角表情有些冷漠。

下級武士出身，但容貌之優雅若說他是大名家的少爺也沒人會懷疑吧。且由相貌即可看出其思緒之敏銳。

此人也特別注意到龍馬了。

「這人不是土佐的坂本龍馬嗎？」

但大久保天生具有威儀的氣派，故不可能向不相識的人行注目禮。

龍馬也以冷漠出名，故揚著下巴走了過去。

半小時後，大久保一藏與西鄉在「御殿」的一間房間內會面。

「方才在庭院看到一個衣服上印有桔梗家紋、渾身髒兮兮的浪人，那是土州的坂本龍馬吧？」

「這還真有趣啊。」

西鄉笑道。因為剛剛龍馬也說著這樣的話。

「有道是『英雄自然識英雄』。龍馬和一藏或許都是英雄吧。」

「是個厲害角色嗎？」

「乍看像壯碩的松樹，細看又如纖細的柳枝。膽大心細，頗有古代英雄風範。我常想，薩摩藩要是有這等人物不知有多好。不過……」

西鄉道：

「這位仁兄竟說他想組織一個全新的藩。」

「組織一個全新的藩？」

大久保十分詫異。這簡直是戰國野武士般的野望呀。

「沒錯，是個海上藩。他說要咱們藩買軍艦來租他。還說會付租金。」

「嗯……」

大久保不置可否。為了龍馬，西鄉心想一定得說服在藩內頗有影響力的大久保，於是又問道：

「你沒意見嗎？」

「你是說關於龍馬的船嗎？」

「是呀。」

「很好啊。既然你信得過龍馬，又覺得他的意見很有意思，那我也沒異議。但錢的問題我就不敢說了。不知領國首席家老勘定方（譯註：負責財務之官員）是何看法。不如請龍馬親自到鹿兒島去說服他吧。」

「這可有趣了。」

薩摩行

龍馬有本手帳。

是本畫有橫格的小冊子，裡面寫著雜亂無章的文字，很難辨識。

至於內容，有些像日記般的記敘，也有些偶發的感想，雜七雜八的。且這本手帳還前後不分。換句話說，昨天是從卷首開始寫，今天又換寫在卷尾。明顯呈現這年輕人的個性，實在有趣。

為了前往鹿兒島，龍馬自大坂天保山海面搭乘薩摩藩的汽船胡蝶丸。

他的手帳中寫著：

四月二十五日，自坂（大坂）出發。
五月初一，抵達麑府（鹿兒島）。

薩摩藩家老小松帶刀及西鄉吉之助也同乘此船。當然，陸奧陽之助等龍馬同志也全都上了船。不，不僅上了船，還負責開船。

——讓薩摩人瞧瞧咱們的技術。

龍馬一上船就將眾人分成三組，分別負責甲板、操船及蒸汽機的工作。自己則是船長，偶爾還上船橋指揮。

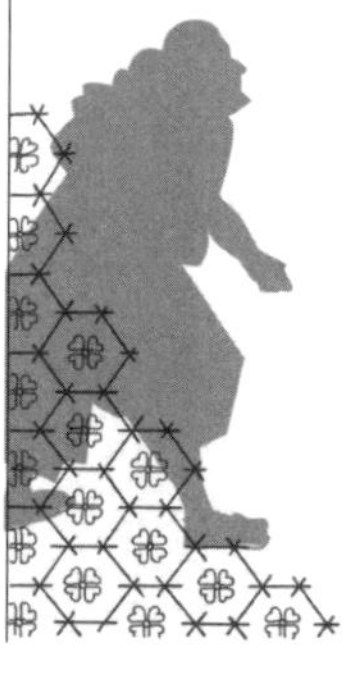

「哇，真是太好了，正可好好學習。」

對船還不熟悉的薩摩藩士都很高興。畢竟龍馬等人的技術，是有日本第一海軍專家之稱的勝海舟教出來的。

「坂本兄真厲害。刀是千葉教的，船是勝教的，二者都是日本第一名門啊。」

薩摩人道。其實龍馬的航海技術並沒那麼好，只是因勝海舟之名才對龍馬另眼相看。

船桅上飄著圓圈內畫十字的船旗。

某日，龍馬抬頭望著那面旗道：

「西鄉君呀。」

薩摩人還真怪，竟會讓我們這些他藩之人進入領國內。他語帶諷刺道。

自古以來薩摩藩就是祕密藩國，他藩之人一概不准進入。即便在江戶初期幕威極盛之時，幕府密探也無法潛入此藩。

要不是被驅逐出境，就是遭把關的官員暗中殺掉。故在江戶稱去而不返為「薩摩飛腳」，可見情況之嚴重。

寬政三奇人之一，同時也是勤王運動先驅者高山彥九郎，也遭薩摩領野間原關卡的衛士盤問，而詠了這首和歌：

薩摩人，為何呀為何，
不知已是苅萱關不閉之天皇治世。

較龍馬等人略早出道的筑前志士平野國臣決定進薩摩招募同志時，也曾想到通關之難而詠道：「一心思誠欲通關，怎奈薩摩關緊鎖。」

如此作風的薩摩藩現在卻說要為龍馬敞開大門。龍馬一方面感到不可思議，另一方面也暗想：自己的計畫對此藩而言不知多有魅力。

慶應元年（一八六五）五月一日，龍馬所乘之薩摩汽船胡蝶丸駛入鹿兒島灣，然後滑進灣內的錦江灣。

「船錨要下在何處？」

船橋上的龍馬問薩摩藩士。

「那邊。」

薩摩人指著陸地道。他所指的方向是片市街地，略微隆起且有座築有城池的城山。

「那邊有座城山對吧。朝那城山開過去，接近其正東水深約十二尋（譯註：一尋等於一．五或一．八公尺）。就停那邊。」

龍馬下令收起船帆，改由蒸汽機運轉，以低速駛入錦江灣深處。

右舷側只見櫻島巍巍矗立。美麗的辰砂色火山煙正冉冉注入五月的晴空。

「總算來了呀。」

龍馬也感動得無法自持。此藩自戰國時期以來就築起一道戒備森嚴的祕密國家之牆，不知有幾個他鄉之人能進得來。

「賴山陽曾以詩人身分獲召至此。高山彥九郎終究不得其門而入。平野國臣則是變裝成山林野僧後才得以進入。大搖大擺前來的，我應該是首開先例吧。」

龍馬如此尋思。

「這非得寫信告訴乙女姊不可。」

甲突川川口的砲台出現眼前。

接著弁天洲的砲壘也映入眼簾，青色的砲身凸出海面。此即前年七月與英國艦隊七艘軍艦發生砲戰的幾座砲台。龍馬在神戶時研究過這場海陸戰而成為這方面的權威。故當他從船橋看見那些砲壘，就像與老友久別重逢似地感動。

英國艦隊的司令艦尤里亞拉斯號遭弁天砲台的成田彥十郎所發射之二十九磅重臼砲砲彈擊中，砲門因而損毀，砲彈又滾至甲板爆炸，導致艦長喬斯領上校及副艦長威爾莫中校殉戰，還有二十多名砲兵或死或傷。另有一砲彈貫穿此司令艦之船舷，使該艦破了個大洞而幾乎失去戰鬥力。

與祇園洲砲台對戰的第二艦雷斯霍斯號，則因風浪擱淺導致艦底破損，必須靠兩艘己軍之艦拖航，其中一艘阿格斯號也中了三彈，雖尚能勉強靠自力航行，但已不可能加入戰局。這場戰爭英方共有六十三人死傷，薩摩方則僅有一人陣亡、七人負傷。不過市街地共有五百戶人家因艦砲的射擊而燒毀。

「『英國的東洋艦隊與日本一諸侯國交戰而敗退』，《倫敦時報》如此報導。這似乎給了英國政府極大的打擊。」

龍馬曾聽勝海舟如此道。有議員在英國議會上指責負責此戰之總司令古柏，而這場戰爭也成為轉捩點，使得英國外交方針轉為「不如與薩摩握手言和吧」。

在介紹龍馬進入鹿兒島之前，筆者想再插句題外話。是有關薩摩。

戰國時代有許多外國傳教士來到日本，將各種對日觀感傳回所屬教會及母國。巴黎出版了一本以其書信為基礎寫成的《日本西教史》，編者是名為讓·克拉西的神父，發行於一七一五年，正當日本的德川中期。

這本《日本西教史》是幕末之前歐洲人認識日本的少數知識來源之一。書中寫著：

「日本人最得意的就是武術。男孩十二歲就開始佩帶刀劍，往後除晚上睡覺外，絕對刀不離身。武器有刀、短刀、步槍、弓箭等。刀劍皆精練之品，銳利程度足以將歐洲劍砍成兩截而絲毫不傷及刀刃。個性特重名譽，最恨被他人輕視。日本人多強壯、不羈而長於打鬥。膚色為橄欖色，但支那人卻稱日本人為白人。精神活潑，動作敏捷，具有勤快而刻苦耐勞的美德。」

書中又稱讚日本人具有旺盛的求知欲及豐富的理

解力，還舉出許多事例說明他們是世上最優秀的民族之一。

這些對日觀念從他們的見聞範圍觀之，是因觀察九州——尤其是薩摩人——而形成的。姑且不論這本《日本西教史》中的描述在歐洲流傳多廣，但多少應已成為幕末歐洲列強與日本人接觸前的預備知識吧。

還有如此逸事。以通信使身分來到日本晉見將軍吉宗的朝鮮使節申維翰，曾問對馬藩的隨行翻譯雨森東五郎：

「聽說日本自古以來的風俗是不重性命，發起怒來就自己砍頭或自己切腹，故不需要刑法。此事當真？」

申維翰提出的這種對日觀念恐怕不止朝鮮人有，一般清國人應該也一樣吧。

針對此問題，雨森東五郎的答案是：「不，愛生厭死乃是人之常情，不可能唯獨日本人例外。」又道：

「但只有薩州不同。遇事輒死。只要官員對犯下大罪者說：『你罪該萬死，回家去死吧！』那就夠了。此人就會回家自殺，絕不會藏匿或逃亡，而官員也信之不疑。日本人不重性命的名聲，恐怕是出自薩摩民風吧。」

薩摩人多半因為這樣而成為鎖國開放前之日人形象原型，開國後也因薩英戰爭而證明此傳聞不虛。日本人之間也流傳著一首賴山陽的漢詩：「衣至骭（譯註：脛骨），袖至腕。腰間秋水（譯註：利劍）鐵可斷。人觸斬人，馬觸斬馬。十八交結健兒社。」由這首〈前兵兒（譯註：鹿兒島人稱十五至二十五歲之年輕人為兵兒）謠〉亦可知當地風氣有些令人畏懼。

——這……全員一同入境實在為難。

薩摩藩官員如此道，龍馬只得要舊神戶塾的同志留在胡蝶丸上，獨自由薩摩人陪同上岸。

龍馬走在鹿兒島城下。

觸目所及之物皆十分稀奇。

「好像到了外國呀。」

龍馬心想。房子的形狀有些不同，走在路上的武士打扮也異於他藩。頭上的月代剃得較大片，髮髻較小，裙褲較短，插在腰間的大小佩刀幾乎與身體呈直角。

「此地武士真威風啊。」

西鄉等人走過去，迎面而來的町人及農民都慌張地閃到屋簷下，微彎著腰等他們先行通過。至於土佐，武士之間的確有顯著差別，比方說上士和鄉士之間的階級差別就很嚴重，但鄉士與庶民卻幾無差別。至少當龍馬還住在高知城下時，附近的町人並不曾如此朝他鞠躬為禮。

「要是生為這領國的農民，那可就倒楣了吧。」

龍馬心想。

途中西鄉還帶龍馬參觀車床工廠及玻璃工廠。龍馬曾在長崎見過車床機，沒想到在薩摩領內也看得到，因而驚嘆不已。

「這是先君（齊彬）之遺業。」

西鄉道。齊彬打算以此車床製造步槍及大砲，可惜英年早逝，如今已覆滿灰塵。根據西鄉的說明，現在島津久光作風保守，齊彬公的先進精神已喪失殆盡。

龍馬卻不以為然。西鄉是因不喜歡久光才這麼說的，其實久光自有其厲害之處。

因為薩英戰爭後，他隨即與英國代理公使約翰•尼爾握手言和，請他擔任使臣，代為提出：

——你們英國人亦知薩摩武士之強悍。我藩也已領教英國文明之厲害。那麼，何不接受我方派遣留學生，好將薩摩藩培養得與英國一樣呢？

英方爽快允諾。故薩摩藩找了十五名優秀人才，瞞著幕府讓留學生在今年的正月十一日自鹿兒島出發了。此事詳情龍馬早有耳聞。

不僅如此，薩摩藩又違反幕法，暗中向英國訂購一套紡織工廠的設備。此事龍馬也早已知情。英國如今瞞著日本政府，打算與日本的半獨立國「薩摩侯國」結盟。至少在龍馬眼中看來如此。

「薩摩正以驚人之勢成長。再過兩三年，定將成為足堪與幕府匹敵的強大國家吧。」

龍馬如此認為。土佐也好，長州也罷，再過幾年恐怕都追不上薩摩了。

「要是能讓此藩與長州結盟就好了。」

此時龍馬心中突然靈光一閃。

第一天住在西鄉家。

他家位在甲突川北岸的加治屋町一角。

龍馬一走進西鄉家就說：

「我上街走走再回來。」

說著就出去了，直到晚飯準備好才回來。這是他的習慣，凡是到一個新地方就忍不住要四處走走，親自確認。龍馬請西鄉家的老僕帶路。

加治屋町是鹿兒島城下的一處武家屋敷街，共有七十五戶。其中夾雜著一家名為「下駄善」的商店，此外的七十四家都是武士家，且似乎家家俸祿都少得可憐。

町內有條名為貓屎小路的小路。他們沿此路往甲突川方向走去，結果發現前文提及的大久保一藏家就在堤防邊。

「啊，大久保的家在這裡呀。」

龍馬喃喃道。老僕點點頭說，他和我家大爺（西鄉）從小一起長大，感情比親兄弟還親。

老僕說，大久保十七、八歲時，有陣子家境窘困到連飯都沒得吃，那時他總是默默到西鄉家，默默坐到餐桌上。西鄉家兄弟多，故家境也不寬裕，但那時大家就各自少吃些，分點食物給大久保。

「感情這麼好啊。」

將來與西鄉和大久保往來時，這將是極佳參考。西鄉和大久保之交情早已超越同志，彼此只要一個眼神就能心意相通。

走到貓屎小路北角的房子時，老僕道：

「這也是我主人家的親戚。」

他說這家主人名為大山彥八，其子彌助目前駐於京都屋敷。這位彌助即日後的元帥大山巖，但龍馬自然無從得知。

再過五、六家就是東鄉吉右衛門的家。龍馬經過時，正好走出一名身材矮小，年約十八、九歲，身穿薩摩飛白紋樣的細棉衣及小倉布料裙褲的年輕人。他朝龍馬點頭招呼後才錯身而過。這是武家屋敷町的好風氣，對其他家的客人都要恭敬招呼。

日後成為日俄戰爭聯合艦隊司令官的這名年輕人平八郎曾對人說：

「從前我曾在家附近遇見一個好像是坂本龍馬的人。」

要是當時和成了日本海軍大前輩的龍馬攀談兩句該有多好。他懊惱極了。

不過龍馬滯留鹿兒島的目的是為鼓吹薩摩藩的海軍熱，而藩之要職也因此有了動作，傾向不再以洋式陸軍而改以洋式海軍為立藩之基礎，在龍馬來過的翌年，又把已於元治元年成立之藩立西洋技術學校「開成所」改為海軍局，主要教授砲術、操艦、天文、地理、數學、物理、分析、機械、造船等課程。而這位年輕人也進了這所學校，如此看來兩人也不算無緣吧。

龍馬終於返回西鄉家。

西鄉家破舊得連龍馬都忍不住暗中驚訝。

「這就是大名鼎鼎的西鄉家嗎？」

破舊且窄小，偏偏兄弟又多，甚至不知該讓龍馬睡在哪個房間。

但西鄉家所有人都為了讓出房間給龍馬，太陽一下山就全部不見人影。

「大家都到哪去了？」

龍馬狐疑道。西鄉有點裝傻。

「都跑哪裡去啦？」

他問夫人道。夫人似乎不太懂幽默，竟一笑也不笑地回答：「分頭到附近鄰居家過夜了。」

「啊，原來如此。」

龍馬一臉開心。倒不是因為心存感激，而單純是因屋內突然變寬敞而開心。

晚餐時，龍馬多少喝了點酒，西鄉卻光吃飯，故才喝一合（譯註：一合約一八〇毫升）左右就蓋上酒杯了。

「請再多喝點。」

西鄉夫人並未如此勸酒。大概不太喜歡這個態度冷淡的土佐人吧。

「闊別陸地這麼久了，今晚早點睡吧。」

西鄉大概也因長途坐船而疲憊了吧，一吃完飯就一副愛睏的模樣。更重要的是，西鄉在家庭中看起來似乎毫無地位，沒精打采的，讓人不禁懷疑：

「這就是撼動天下的長州征伐總督參謀嗎？」

龍馬的睡鋪已備在鄰室。

「那就……」

龍馬說著就要站起身，但起身的同時似乎想起什麼事來。

「貴藩與長州若聯手必能撼動天下。此事我就不再囉嗦了。請考慮考慮。」

「但不知長州意下如何？」

西鄉道，同時將枕頭遞給龍馬：

「即使我方願意，長州人恐怕也不答應吧。因為他們一向稱我們為薩賊。」

「沒錯。」

龍馬接過枕頭，同時又道：

「長州人的確難相處。但我有個名為中岡慎太郎的老鄉，他目前待在長州，頗得該藩有志之士的信任及支持。若由我代表薩州，慎太郎代表長州，兩人聯手奔走應能成此美事。」

龍馬說完後便走入睡房，脫下衣服扔在一旁，然後鑽進睡鋪。

鄰室隱約傳來夫妻私語聲。夫人似乎一再央求道：「房子都爛了，下雨老是漏水。」西鄉卻始終沒吭聲。

龍馬覺得好笑，忍不住躲在被窩裡輕笑出聲。

漏雨一事在收錄西鄉逸話的書籍《南洲百話》中也曾出現。

在此直接抄錄。

土佐的坂本龍馬到鹿兒島來，於翁家暫住一宿時，半夜聽見翁和夫人在房裡說話。無意中聽見夫人發牢騷道：「屋頂爛了，老是漏雨。客人來時很沒面子。快修理修理吧。」翁卻回答：「如今全日本都在漏雨，顧不得修咱們家啦。」

接著還附上龍馬見西鄉如此而十分佩服。

西鄉睡前聽龍馬提到「請考慮薩長聯合之事」，故滿腦子都是這件事，夫人偏巧對這個闊別家鄉已久、甫自風雲之中歸來的丈夫抱怨家中的不如意，西鄉為此家庭瑣事發起火來，也不問「沒錢嗎」，反倒提出「如今全日本都在漏雨，不是只有咱們家」這種莫名奇妙的理由來堵住夫人的嘴。

龍馬究竟有沒有聽見西鄉如此回答就不得而知了。

總之西鄉非常不高興，就夠他覺得好笑了。

第二天清晨，西鄉必須登城，故較早起床，漱洗完畢後太陽尚未升起。

「讓客人多睡一會。」

西鄉正想如此對夫人說，卻突然聽見後院傳來汲水聲。西鄉詫異地走到外廊一看，原來是龍馬在井邊沖洗身體。

「真是怪人。昨晚明明還說不喜歡泡澡，連洗都不洗的。」

西鄉心想。龍馬的確討厭梳頭髮和泡澡，但每兩天就會在井邊沖沖澡，故也不是完全骯髒的樣子。

全身赤裸僅剩一條兜襠布的龍馬終於擦擦身體走過來，一見到外廊上的西鄉便問：

「薩長聯合一事考慮好了嗎？」

像狗邊吠邊逼近似的。西鄉為難道：

「我一直在考慮，不過今天得登城，不會和任何人商量。」

西鄉言下之意是，如此複雜問題要是找蠢蛋商量，反而會更加複雜，或許還會把可成之事搞砸。而所謂的蠢蛋，以西鄉的角度，顯然也包括島津久光。

「等大久保一藏回來就進行。」

西鄉又道。久光比較聽大久保的，故西鄉打算透過他說服久光。

「那麼……」

龍馬迫不及待道：

「我就著手進行囉。」

「好。」

西鄉點頭致謝。

一會兒，西鄉就出門登城去了。龍馬也在西鄉家老僕的帶領下出了門。今天起要換地方住了。

自這天開始，龍馬就改住家老小松帶刀家。

龍馬在此會見了陸續來訪的藩內要員及有志之士，並鼓吹建設海軍公司。這是龍馬入薩的最大目的。

「平常做生意。」

龍馬道。此事對原本就熱中貿易的該藩官員充滿吸引力。

「在長崎設立根據地，國內貿易主要往返於長崎及大坂之間，祕密走私則往返長崎及上海之間。光是如此往返就能牟得莫大利益。」

「萬一被幕府發現呢？」

薩摩藩官員謹慎問道。

當時的貿易並非正規活動，幕府與歐美列強締結通商條約，已開始在橫濱等開港地進行貿易，但畢竟是幕府的獨門生意，諸藩一概不准。換句話說，諸藩未能嘗到貿易的甜頭。

因此被迫在一旁垂涎的諸藩皆憤慨不已，暗想：「那豈不是獨肥幕府。」甚至連幕府的開港政策本身也冷眼對待。

──所以我們才要攘夷。

甚至如此揚言。這也是攘夷問題的內情之一。攘夷之事已非初期單純的厭惡外國人，如今更複雜化，還夾雜著上述對幕府獨占貿易的反感，或只是找幕府麻煩、討伐幕府的藉口。換句話說，甚至開始帶有經濟、政治方面的意涵。

像目前擾攘中的兵庫開港問題也是如此。列強正強迫幕府開放兵庫港，而幕府也有意妥協，但京都朝廷卻堅決反對，故夾在中間的幕府只是一天拖過一天。

京都朝廷反對的理由是：

「兵庫可不比橫濱，它距京都太近了。要是讓夷狄進入如此畿內之地，別說是玷辱神州，萬一夷狄起了惡心，必可輕易攻陷京都。」

故眾公卿也一本正經地如此主張並堅持反對。

這些公卿背後有薩摩藩支持，換句話說是薩摩藩勸服這些愚蠢的公卿，要他們反對的。西鄉在大坂時除處理長州問題外，也一再推動此事。如今大久保一藏滯留京都的目的之一，也是為使京都朝廷更團結堅定反對的立場。

萬一兵庫開港，幕府將因貿易之利而更形壯大，政權也將日漸強化，日後恐難以推翻。此即薩摩之真義。

不僅薩摩有如此想法，連佐幕藩也對幕府的兵庫開港政策冷淡以對；說得誇張一點，天下的士農工商皆持反對意見。開港勢必導致物價飛騰，庶民生活將苦不堪言，與開港前相去十萬八千里。得到好處的只有幕府，天下人心自然也趨向反幕。

「哎呀，即使被幕府盯上也不會給貴藩添麻煩。這點絕不會有問題，因為我們是浪人公司呀。」龍馬如此說明。

這應該是所謂的好兆頭吧。薩摩藩的開成所正好決定在長崎買進一艘汽船，且已取名為「海門丸」。

「就把那艘船給我吧。」

龍馬對正好到小松家拜訪的薩摩藩開成所高官道。

「不，這艘船已預定為實習船，故恕難從命。不過普魯士一個名叫邱魯提的商人也提出賣我藩船隻的要約。」

「哦？是汽船嗎？」

「不，可惜是艘帆船。」

「帆船也不錯啦。」

龍馬故作滑稽以薩摩腔道：

「不能太奢求。就先用帆船賺了錢再買蒸汽船吧。」

「這船叫狂濤號（Wild Wave），是艘中古船。」

「哎呀，中古貨也無所謂。」

他說船價為七千八百兩，目前繫在長崎港內。龍馬高興地拍著手，像個孩子似的。

「那就這麼說定了。」

家老小松帶刀也很高興，翌日就去說服藩內的財務官員，決定龍馬及那些神戶塾同志全員所需之經費以藩費支付。

小松下了城。

「坂本兄，關於諸位的津貼。」

「是。」

「決定每人每月為三兩二分。」

「哦？三兩二分嗎？真是太好了。」

說著又天真地拍起手來，故小松帶刀也沒法重申「是三兩二分」，只得點頭道：「沒錯，是三兩二分。」

「差這麼一點，總有辦法。」

小松想想就算了。

「對了，坂本兄，我最近因採購海門丸一事得到長崎一趟，到時請與我同行，好決定買屋等事宜。」
「好的。」
龍馬接著趕往海岸，僱了艘短艇到繫留中的胡蝶丸上，向諸同志說明交涉的梗概。
「每月三兩二分實在太少了。」
最年輕的陸奧陽之助不服道：
「紀州藩派至江戶及長崎的藩費留學生，每個月可領八兩呀。」
「其他的賺就有了。」
龍馬板起臉道：
「下女一年薪水才三兩，可也死不了呀。」
「怎麼拿下女來比呀。」
陸奧氣鼓鼓的嘟起嘴來，這時一旁的菅野覺兵衛道：
「聽說在長崎有名的丸山花街，只要拿出二分錢就有三道下酒小菜，酒也隨你喝，姑娘還會幫我們洗足袋和兜襠布哪。三兩二分已綽綽有餘。」

龍馬立刻下船回到小松邸。
一下子忙碌起來。

住在小松邸時有件趣事。
「參觀浪人」
這活動在薩摩的年輕武士間十分流行。
所謂浪人指的就是龍馬。
薩摩領內自然沒有「浪人」這種無祿之武士。通常在江戶或大坂之類的大都市，浪人才有辦法混口飯吃，也才可以住下來，這一點都不稀奇。
本來各藩領內原則上並無浪人存在。而薩摩藩又因嚴禁他藩之人入境，故更不可能出現。
但最近因櫻田門外之變的水戶浪人及京坂一帶頻發之喋血事件，而經常提到「浪人」這詞。
「所謂的浪人究竟長什麼樣子啊？」
遠在薩摩的年輕武士都對浪人抱著奇怪的想像。說不定還幻想浪人不是人呢。

此處為封閉且偏遠之國，想必沒什麼娛樂吧。

「小松爺家裡來了個浪人呀。」

一時引起轟動。

「一定要去看看！」年輕武士如此互邀，幾乎每天都有人來。

他們問小松家的僕役：

「聽說有浪人住在這裡？」

小松家僕役的心態也如珍奇異獸展示小屋的收票員似的。

「是啊。」

說著竟得意洋洋讓他們進到庭院來。這些人嘰嘰喳喳擠在庭院，遠遠觀察龍馬。

對此龍馬很受不了。

「鄉下土包子！」

他忘了自己也是鄉下人而一肚子火。

「土佐也是鄉下，甚至還被稱為鬼國，但高知城下開化多了，才不會像這樣來參觀。」

龍馬一向偏袒薩摩，唯獨這點他實在受不了。薩摩藩真是兼具讓人無法置信的未開化性及令人刮目相看的近代性。龍馬心想。

某日，龍馬正與人下著圍棋。

正好來參觀的年輕武士見狀高興得雀躍不已。

「浪人在下圍棋！」

甚至還有人連忙衝出門外呼朋喚友。

龍馬不堪其擾。

「庭院裡的人！」

龍馬如此大喝：

「能不能安靜點？就算浪人會下圍棋，那又怎樣！」

「啊，浪人生氣了。」

他們似乎覺得這樣更有趣，竟撞撞彼此肩膀，開心地模仿土佐口音。

唯獨這件事龍馬也無能為力。

希望

船駛進長崎港內時，龍馬掩不住內心的激動對陸奧陽之助道：

「長崎是我的希望。」

又道：

「終將成為扭轉日本局勢之立足點。」

龍馬的「公司」已成功邀請薩摩藩入主為大股東。接下來還要邀請長州藩入股。

「要邀請水火不容的……」

陸奧大為吃驚。

「只要能賺錢，薩摩也好，長州也好，應該都願握手言和吧。」

若政治問題難解，龍馬打算以經濟來說明此利。總之，在政治上促使薩長同盟並將時勢扭轉為討幕方向的同時，也以「討幕公司」之名義，在長崎創立兩藩共同出資的公司以牟取大量軍資。另一方面，也讓兩藩持有外國製之槍砲以推翻幕府。若新政府成立，此公司就當做國營事業進行世界貿易。

「真是條超大的『包袱巾』啊。」

陸奧笑了出來。

「包袱巾愈大條愈方便。」

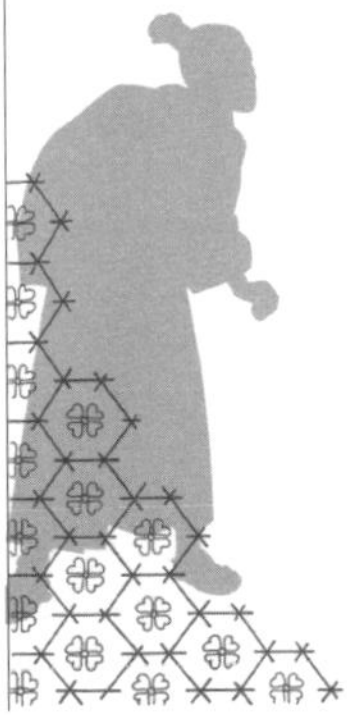

「但目前應該連顆小石頭也沒得包吧，不是嗎？」
「真的。」
龍馬也笑了。但到了長崎就先弄到房子，接著船應該也能到手吧。龍馬幻想的「大包袱巾」中，姑且算來已有兩樣東西。
一上岸，薩摩藩士已為自己一行備妥旅館。
這時薩摩藩首屈一指的行政人才家老小松帶刀也隨行前往。小松已先遣飛腳連絡駐派長崎的藩士，要他們做好一切事前準備，故進展得十分迅速。
「那麼您一行就以此處為暫時營區吧。」
一進旅館，長崎的薩摩藩士就對龍馬道。
「長崎土地不廣，實在找不到適合的房子。那邊那座小山……」
他說著拉開紙門，指著位於海港南側一座舒展如龜背的小山又道：
「倒有一處。」
「哦？那地方叫什麼名字？」
「叫龜山。」
距離日落似乎還有一點時間，故龍馬火速出門實地勘查。
插句題外話，筆者也曾前往。那是在昭和三十九年（一九六四）的春天。
寺町通後方即為龜山的斜坡，整片都是墳墓。有段名為三寶寺坂的長石階，是掃墓專用通道。爬上大約兩百級的階梯之後，可見到龍馬等人在此宿營的房子，建坪約二、三十坪。因未特別指定為古蹟，故筆者前往時正好有木工在裡面，差點就要把房子拆了。
龍馬很喜歡這房子，還把自己的團隊取名為「龜山社中」。
從這階梯俯瞰整座長崎港可一覽無遺。
翌日龍馬走下這道三寶寺坂，朝寺町走去，同時對隨後追上來的陸奧陽之助道：

「長崎……」

他起了頭，卻停頓了一會。

太陽已開始自稻佐山落下，泊在港內的洋船及和船影也逐漸轉暗。

「真是個美麗的海港啊。」

陸奧彷彿嘆息似地接著道。因為他以為龍馬方才的「長崎……」後面沒說的是這意思。

龍馬抱著手臂，同時一步步走下石階。

「長崎……是這樣的，我想暫時先將長崎這邊的事交給你們。有勞了。」

「啊？」

走在後面的菅野覺兵衛嚇了一跳。近藤長次郎、白峰駿馬及寢待藤兵衛等人都湊了上來。

「那你呢？」

菅野覺兵衛問道。

「我另有打算。」

「真教人為難呀。」

「沒什麼好為難的。龜山社中的隊務，關君……」

龍馬點名的這人是當年與龍馬翻山越嶺一同脫藩的夥伴，本名為澤村惣之丞，如今因顧忌脫藩身分而改名為關雄之助。

「就暫時由你代理，會計的事也拜託你。海務就交給菅野覺兵衛，陸奧陽之助就負責書記工作。就這麼辦。」

腳下已出現三寶寺的大屋頂。再過去，有一艘英國船正要出航。

「與薩摩藩小松帶刀氏的交涉、狂濤號的採購、營房的整備等事情繁多，這些就全交給你們了。」

眾人都不知龍馬打什麼主意。

「還有啊，長崎的大浦海岸……」

說著指指腳下可望見的港內一角。那裡成列蓋著二樓或三樓的木造洋房，是歐美列強的商館。自從與幕府締結通商條約以來，他們即頻自上海或香港進出。

「希望你們與他們多親近。」
「我們不會講他們的語言呀。」
「比手劃腳就夠了。」
龍馬道：
「對方是為賺錢來的。既是為了賺錢，他們定會設法聽懂。一切都以土佐方言進行就成了。白峰就說越後方言，陸奧就用紀州方言來進行。」
「那您要做什麼？」
「我去推翻幕府就回來。」
龍馬的口氣聽起來像是上街買點東西似的。
「我要先去準備。以目前情況繼續下去，日本就要亡國了。國家若亡，龜山社中這個以進行世界貿易為宗旨且辛苦建立的公司也不可能順利營運。」
「說得也是……」
「明天就出發。藤兵衛，沒問題吧？」
龍馬轉身道，言下之意是「你也跟我來」。

——上長州去吧。
龍馬下定決心後，日以繼夜地趕路。過了幾夜，龍馬的腳程愈來愈快。
「簡直是匹馬！」
藤兵衛也大感詫異。太陽下山後也照走，半夜才進旅館，天沒亮就離開。就像飛腳在趕路似的。
「大爺，您究竟怎麼回事啊？」
「覺得奇怪嗎？」
龍馬自己也覺得好笑，忍不住輕聲笑了：
「說出來你一定會笑的。」
「保證不笑。」
「其實我愈來愈覺得，要是我的腳程能快個半天，就能早半天拯救日本了。放眼廣大的日本，除我之外再無任何人能鎮住天下之騷亂。我開始如此擔心。」
一向衷心欽佩龍馬的藤兵衛聞言道：
「大爺說得對。」

說著還用力點了點頭：

「若非如此，我怎會拋下小偷的職業跟在大爺屁股後呢！」

「藤兵衛。」

經過久留米城下時，龍馬對藤兵衛道：

「我這是神靈附體呀。」

言下之意是，若無「全靠一己之力拯救天下」如此神靈附體般的氣魄，很難撮合薩長聯盟。即便是同一句話，對方感受到的震撼力恐怕也大不相同吧。

距久留米六里餘，有處名為筑前二日市的溫泉療養區。抵達那裡時已入夜。

「常這樣就傷腦筋了。不過偶爾卻是必要的。」

再過去有個大宰府。

與其馬上前往長州，不如中途先到大宰府辦件事。這是龍馬的得意絕招。

大宰府有五卿在。

三條實美、三條西季知、東久世通禧、壬生基修及四條隆謌五位長州系公卿在時勢之激流中四處漂流，文久三年（一八六三）八月宮廷中的長州勢力完全掃地出門，赫赫有名的「七卿流亡」逃往長州。原本提供庇護的長州，因後來也降伏於幕府，故將他們轉至筑前黑田藩的監視之下，並於此年二月十三日移居大宰府。

雖為流亡公卿，卻受盡天下攘夷志士的尊崇，尤其長州志士對五卿的發言有時看得比藩主之言還重。

「先說服五卿，再以『五卿也如此認為』來說服長州人。」

此即龍馬之策略。

這天晚上龍馬就在二日市溫泉療養旅館過了一夜，希望能得知住在大宰府附近的五卿動靜。

「雖是公卿，卻聽說每天騎馬出遠門或練刀。」

旅館老闆告訴龍馬。

翌日清晨，龍馬自二日市溫泉區往東北走上通往大宰府的大路。沿途已是夏日風光，熱得斗笠的繫繩都被汗水浸濕了。

「上古時期大宰府曾繁榮一時。」

龍馬如此告訴藤兵衛。此地在上古時期是與外國交涉之根據地，不僅築有都城，中央還派駐了都督。町區的劃分完全仿效中國，彩以青綠色的都府樓巍然聳立。

但如今已完全毀壞，只剩礎石。看過去是一望無際的田園及丘陵風光。

但大宰府天滿宮仍是全國天神信仰之中心，人氣鼎盛。

雖是神社，其實是座寺院。以佛教來說稱為安樂寺。因明治時期的神佛分離政策而成為神社，但在龍馬的時代卻仍由社僧高辻信嚴率領眾多僧人在此駐修。

其富強之況可謂關西第一。幕府進獻了千石的神領，筑前黑田家進獻兩千石，筑後久留米有馬家進獻二百五十石，筑後柳川立花家也進獻了五十石。

「這裡可真是繁榮呀。」

藤兵衛發出盜賊特有的感嘆。因為門前町實在太熱鬧了。

「別東張西望的。」

龍馬走入大宰府境內。

龍馬知道三條實美住在一座名為延壽王院的境內小寺。

他往那方向繞過去。是棟氣派的房子，外面圍以白牆，還立有四腳門。

門前有名腰間插著朱鞘大小佩刀的門衛。

「喂，是我啦。」

龍馬走進門邊後立即取下斗笠。

「啊！是坂本兄。」

門衛吃了一驚。他是土佐脫藩者，名叫山本兼馬。五卿的護衛工作，始自所謂的七卿流亡事件以來，就由土佐浪人一肩挑起，將五卿當成自己的寶貝般保護，一路為他們打理生活起居。
至於這位山本兼馬。
今年二十四歲，臉色青黑，是土佐郡杓田村之鄉士，文久二年（一八六二）脫藩上京。自那時起身體就不好，一直有咳嗽的老毛病。附帶一提，與龍馬在這扇門前重逢後的翌年，就被醫師宣告不治。
——胸懷大志而脫藩，卻死在榻榻米上，真教人情何以堪。
說著與眾同志交杯飲水訣別後便切腹自盡了。
此外還有島村左傳次。
他是香我美郡下島的鄉士，武市半平太之妻富子的姻親。維新後返回鄉下，明治三十七年（一九〇四）歿。
南部甕男。
他是高岡郡大野見的鄉士，維新後曾任大審院院長及樞密顧問官等職，獲封男爵。
清岡半四郎。
後改名公張。維新後曾任元老院議員及樞密顧問官等職，獲封子爵。
他們的領袖是土佐郡秦泉寺村鄉士土方楠左衛門（後改名久元，獲封伯爵），但他目前潛伏於京都，不在此地。
「讓我見見三條卿吧。」
龍馬道。

龍馬被帶至候傳室。
送茶來的果然是龍馬暗自期待的田鶴小姐。
「您總算來了呀。」
田鶴小姐道，同時將擺在高腳盤上的茶碗輕輕放在龍馬膝前。
「上回妳到神戶……」
龍馬低下頭。意思是，田鶴小姐特地去找我我卻不在，實在失禮。
「那時碰巧寺田屋的阿龍小姐也去找您。」

田鶴小姐挖苦似地微笑道，並瞄了龍馬一眼。
「聽說是這樣。後來聽生島家的女侍說的。」
「她長得真漂亮呀。」
「實在是漂亮。」
龍馬正經八百地點頭道。田鶴小姐似乎因此被惹火了。
「壞蛋。」
她低聲道。龍馬大驚。
「壞蛋？」
「讓人家姑娘那樣為你發狂，而你自己卻滿不在乎地上九州來。」
「是啊，真是壞蛋。」
龍馬似乎很喜歡這詞，竟輕聲笑了。
「要是好人的話，說不定現在就和阿龍小姐在京都租了個小房子。」
「租？」
「大小佩刀也不要了。」

「哇！」
「搞不好還扛著布疋之類的呀。」
「是喔。」
他會當壞蛋也是情非得已啊。田鶴小姐心想。
一會兒，清岡半四郎、山本兼馬、島村左傳次及南部甕男等人也來加入談話。
離開領國浪跡天下的土佐浪人多已於風雲之中犧牲，目前僥倖殘存的則分成三個集團。
一是龍馬的龜山社中。
一是以中岡慎太郎為領袖的長州忠勇隊諸人。
一是以土方楠左衛門久元為首腦的三條實美護衛組。
所在地分別是長崎、長州及筑前大宰府。功能性方面也各有特色，分別為海軍、陸軍及擁護流亡公卿之政治結社。若能為同一目標各自發揮功能，可說是很適合倒幕活動的團體。
「我到大宰府來其實是為此……」

龍馬坦白告訴眾人薩長聯合的密策，眾人皆拍著大腿叫好。

「我認為居中撮合的人選非土州人莫屬，但也得看什麼人呀。」

清岡道：

「坂本最適合了。你出面的話，不但可勸服薩長雙方的頑固份子，還能視情況臭罵一頓，你是最適合的人選。」

插句題外話，慶應元年（一八六五）是開創德川幕府的家康二百五十年逝世紀念，日光的祠堂、上野寬永寺及芝區的增上寺等地，在這年春天都各自舉辦了追思法會。

自然幕府官僚之間的「幕威復興之秋在即」的奮發氣氛也高漲了起來。

目前藉以展示幕威的對象，自然是這幾年不斷反抗幕府的長州。長州曾一度降服，並在第一回征長總督尾張慶勝的居中斡旋下，獲得極寬容的處置。

關於此事，江戶幕府閣僚中的強硬派十分不滿，紛紛主張應沒收長州領土，徹底將之擊垮，以提高幕府威望。

幕府要員中有許多人反對如此強硬派的論調，諸藩反應也不熱烈，尤以第一次征長之役時分明滿腹熱誠的薩摩藩最積極反對。

「若進行第二次征伐，那不過是幕府的私鬥。」

以薩摩為首，諸藩反對的根據主要是基於經濟上的考量。時當諸事皆需開銷之際，說什麼也不願負擔這場只求「提升幕威」之戰的軍費。

罕見的例外大概只有肥後熊本的細川藩。

「到時請務必讓我藩擔任先鋒。」

細川藩向幕府提出如此要求。似乎連閣老都大感詫異。但這似乎是該藩極端佐幕派份子假借藩主之名擅自提出的。

幕府態度極其強硬。

其背後有法國公使洛許撐腰。「此戰必勝。無論軍費、兵器或軍制改革所需之經費，全包在法國身上。」洛許這番話成為幕府官僚自信之基礎而暗中如此策劃：「可能的話，不僅對付長州，乾脆順便擊退薩摩、土佐、尾張、越前、因幡等雄藩，進一步改革為郡縣制度，建立強力的中央集權體制。」

征長只是個開端。

若如此，那就不是單純的戰爭了，而是幕府企圖打造以幕府為中心之國家的開端。

幕府於此年三月末公然向國內外宣布再度征討長州的意圖，且決定這回將由將軍親征。

另一方面，高杉晉作在長州藩政變成功並已掌握政權。蘭醫村田藏六（大村益次郎）獲拔擢，軍事方面的西化也正積極進行中。

龍馬暗懷薩長聯盟之策而進入大宰府，就是在這節骨眼上。

三條實美接見龍馬，聽完龍馬的密策高興得幾乎跳起來道：

「若真能如此就太好了！」

這是理所當然的。

實美身穿黑色羽二重質料且印有家紋的和服，儼然已捨棄公卿風範而就武家打扮了。

龍馬和三條實美會面，就像博多的尼輪加（譯註：一種口說的即興表演）般精采絕倫。

龍馬先從世界情勢說起。

「首先，地球是什麼情勢呢？」

他開始像自己親眼所見似地介紹歐洲政局，又描述一再受歐美列強侵略的大清帝國慘狀，然後提出：「此時日本若不思改變，恐將落入與清帝國相同的悲慘命運。」

其間龍馬大量使用滑稽的比喻，惹得三條卿捧腹大笑，最後甚至笑倒在榻榻米上。陪同在旁的山本兼馬等土佐浪人見雙方如此滑稽也受不了，只得拚命忍笑而脹得滿臉通紅。

「如此關鍵時刻，薩長卻彼此懷恨甚至宣稱不共戴天，只要有機會就想以刀劍槍砲決一死戰。這對咱們日本人而言實是無比困擾。」

「日本人？」

三條大笑的同時，內心一隅也覺得這個沒聽過的詞頗新鮮。龍馬在這場談話中屢次提到「日本人」一詞。當時知識份子或地位崇高之人在提到居於日本列島上的自己民族統稱時，通常會說「天下庶眾」、「上自公卿，下至農民」、「天下之士（譯註：武士）農工商」、「世間之武士及庶民」，或勤王志士使用的「皇國之民」等，沒有人直接使用「日本人」這個詞。

「有道理，真是個方便的詞。」

三條肯定這麼想吧。龍馬平等思想的根據也蘊藏在此詞中，但三條並未發現這點。

總之他覺得此詞有很新鮮的語感。

「坂本，我來為你引見其他四位大人吧。」

說畢趕緊派人到各居處請來其他四卿。

五卿全到齊了。

「坂本，重新再來一次吧。」

三條道。龍馬只得擦擦滿是口水的雙唇說了起來。

這回說得更有趣。眾人放聲大笑。

所有公卿及陪侍在旁的武士都不曾聽過如此愉快的天下國家理論。

「總之，坂本，你的意思是薩長非聯合起來不可吧？」

三條如此反問。龍馬用力點頭道：

「相較於毛利公，長州人更尊重諸位大人之言。若諸位大人也贊成此案，屬下立刻就上長州去說服他們。」

「我們完全贊成。」

三條點頭道，臉上還殘留著笑意。

當夜三條在日記中寫下：

——坂本龍馬來。真乃奇說家、偉人也。

說來幸運。龍馬與五卿會談那天傍晚，長州藩派了兩名藩士上大宰府來。

龍馬可說正好趁便。

這兩位來大宰府的長州藩士是奉藩命出公差的，目的是「探訪五卿」。當然，藩名及姓名都造了假，為的是避開幕府耳目。

其中一人是小田村素太郎。他是吉田松陰之友，在他藩也頗有名氣。娶松陰之妹為妻，早年就開始參與勤王運動。維新後改名楫取素彥，歷任元老院議官及宮中顧問等職。大正元年（一九一二）歿。獲封男爵。

另一人名叫時田少輔。

「他們是派去參加婚喪喜慶的專才吧。」

龍馬之所以這麼想，是因兩人都沒什麼才氣，只是穩重得離譜而禮貌周到，舉措動作無不循規蹈矩，實在太適合當「探望五卿」的使者了。

龍馬將薩長聯盟的密策告訴兩人，他們不約而同詫異道：

「這事要是被領國的同志聽到了肯定大怒，事態恐將無法收拾呀。」

「或許吧。」

龍馬見他們如此，也不想唱反調，便說：

「不過，兩位大哥只要預先把消息帶到即可。請告訴各政要，就說土佐的坂本龍馬將特為此事前往。」

「哎呀，光聽到這，高杉等人肯定就要大怒了吧。」

「對呀，對呀，所以最好別傳入高杉等人的耳中。聽說桂小五郎君已從流亡地返回領國，是真的嗎？」

「桂君因被幕府通緝，故此事一直對藩外之人保密。但因您是坂本君，故也不必相瞞。是真的。」

「啊，知道了。就請把消息告訴桂君吧，別告訴桂君以外的任何人。」

「我們可只負責傳話喔。」

小田村和時田再次慎重確認，因為萬一被捲進如此運動之中，同志定要懷疑：
——你二人成了薩摩走狗嗎？
甚至舉刀相向，到時恐怕項上人頭都保不住。高杉才剛建立長州藩的新政權，故顯得殺氣騰騰，恨不得肅清所有異議份子。
「沒錯，除傳話之外別無其他請求。在下只是希望在我進入長州之前，桂君能預先知道我的計畫並仔細考慮。」
「這樣嗎？」
「話先說在前頭，這可是為長州著想呀。萬一幕府發動第二次長州征伐，長州將被完全摧毀。故小田村爺、時田爺，您二位乃是拯救貴藩的神明啊。」
又過了數日，龍馬才自大宰府出發。
隨行的是寢待藤兵衛。此外五卿之隨從安藝守衛亦以「五卿贊成此案」之目擊證人同行。
目標是馬關（下關）。

循海路剛進入長州領的下關港時，發現下關的交易所官員已等候多時。
「您是才谷大爺吧？」
說著迎上前來。才谷梅太郎是龍馬的假名。
「正是。」
「因不知您何時抵達，故從今天起每逢有船進港，我就在此等候。」
「這真不好意思。」
龍馬用力點了點頭，看得出來長州藩期待自己到來，故也有了自信，心想：
「這事應該會成吧。」
立即進入町區，投宿在藩廳安排的旅館綿屋彌兵衛處，並吃了早飯。
吃完後，上回在大宰府見過的時田少輔來了。
「我將您的話轉告桂小五郎時，他說希望能立刻見到您，故明天就會從山口的藩廳來見您。」
時出告辭後，龍馬的身體卻發生了怪現象。臉色慘白，明明是五月卻冷得一如嚴冬。

他拿起酒杯，卻不斷顫抖。

「大爺，您怎麼了？」

藤兵衛也慌了，隨即指揮女侍取來被褥，要龍馬躺下。

「是瘧疾，沒什麼好擔心的。」

龍馬在日記中簡單寫著：

——老毛病犯了。

但臉熱得像著火，即使躺著，牙齒也不斷喀喀打顫。

藤兵衛急忙到交易所通報。交易所也大驚，趕緊幫忙請來住在長府的瘧疾專門醫師多原某。又因綿屋閒雜人等進出頻繁，而讓龍馬搬至設有獨立房間的濱村屋清藏處。

藤兵衛整晚照顧龍馬。

「小的怎從不知道大爺有瘧疾的老毛病？」

「土佐多瘧。」

指的就是瘧疾，大概是因土佐地處南方故多瘧蚊吧。龍馬小時候就染上，身上一直帶著這老毛病。

「但小的之前都沒發現啊。」

「之前偶爾也會發作，只是沒什麼好拿來說嘴的，故總是自己躲著發抖。」

翌日清晨就完全痊癒了。

一如正常人般吃了早餐，靠在二樓欄杆若無其事俯看街上風光，突然發現西邊路口來了位騎馬武士。

那人頭戴韮山笠，身穿高衩外褂及馬褲，腰間插著大小佩刀，風塵僕僕。

是桂小五郎。

看來他為了見龍馬，一路從山口疾馳了二十餘里路。

「他恐怕是連夜趕來的。」

龍馬如此認為，也由此了解：相當於長州新政權領袖的桂小五郎，對自己的薩長聯盟之策抱著極大的期待。

與桂別後究竟幾年未見了？

文久三年（一八六三）八月長州藩失勢以來，桂小五郎就過著千驚萬險的日子。

尤其自元治元年（一八六四）夏天在蛤御門戰敗後，對他而言，「活著」本身就是冒險。

此事變後幕府立即下令，要會津藩新選組及見迴組：

「搜捕桂小五郎！」

嚴密搜索桂的行蹤，甚至連戰火燒過的瓦礫堆也翻遍了。其間曾出現戰死的說法，因從戰火遺跡搜出一頂以墨寫著「桂小五郎」的缽型頭盔。但那恐怕是某人戴著桂留在藩邸的頭盔出戰而不幸戰死遺留下來的吧。

桂化身轎夫、乞丐及按摩師，睡在三條大橋下，時而流浪至大津，時而返回京都，想盡辦法要逃出幕軍戒嚴下的京都。

有名出身但馬出石且經常進出對馬藩（長州藩之友藩）藩邸的行腳商人甚助。當甚助聽說桂衝進對馬藩邸並將此地當成最後的逃亡場所時，他好心地說：

「太好了，請您將性命交給我甚助吧。」

桂已無處依靠，於是將一切交給這名年輕人。甚助是個異類，他與桂素昧平生，卻一頭栽入萬一被發現連自己人頭都不保的行動中。

他並無學識或思想，不僅如此還沉迷酒色並喜歡小賭，與出石的老父已形同斷絕關係。

甚助要桂變裝成町人，並帶他闖過途中諸藩的警戒網前往自己生國出石，還要其弟直藏也出力協助，就像母貓窩藏小貓似地輾轉讓桂四處藏匿。

桂在但馬地方時，一下子在養父郡市場村昌念寺當雜工，一下子在出石城下的雜魚批發店當伙計負責記帳，最後順著甚助老父喜七的期望，娶了直藏下面的妹妹壽美為妻，大大方方開了家雜貨店。當然，壽美及老父喜七都不知道桂究竟是何方神聖。

但因出石藩已開始注意，故甚助再度帶著桂逃出藩去。當時有個名為「湯島村」（現稱城崎溫泉）的溫泉療養區，在甚助的拜託之下，桂便在該處的溫泉療養旅館松本屋住下，成為長期住宿的療養客。松本屋現今店名是「蔦屋」，當時是棟稻草屋頂農舍模樣的房子，有田地，是半農半宿的旅館。主理的是名叫松的寡婦，有個獨生女瀧。

瀧照顧桂的日常起居，日久難免生情而懷有身孕，可惜流產了。

其間桂曾請甚助前往長州，轉告同志高杉自己目前下落。

當時長州藩在馬關海峽吃了敗仗，幕府又雪上加霜地發動第一次長州征伐，更糟的是苦無妥善處理藩中事務的人才，故高杉等人聽說桂仍健在皆大感慶幸，紛紛要他即刻返鄉。

來龍去脈就是如此。

龍馬和桂小五郎見面，是在慶應元年的閏五月一日。

桂右手拿著鞘上繫有紅色飾繩的佩刀，眉間流露著略帶陰翳的氣魄。他拉開龍馬寄居的下關濱村屋清藏處的獨立房間。

「聽說你病啦。」

桂道並坐了下來。

「是啊，瘧疾。」

龍馬道，同時定定凝視著桂。謹慎而不貿然切入待商之正題，桂一向如此。

「咱們在相州山中初次見面是安政幾年呀？」

桂似乎也念念不忘與這土佐人相遇的奇緣。

「那之後你還練刀嗎？」

「沒啊。」

龍馬道。桂曾是齋藤彌九郎道場的塾頭，龍馬則是桶町千葉的塾頭。若為太平之世，或許兩人都將以一介刀客身分終此一生。

「坂本君，我在安政四年（一八五七）蛤河岸桃井春藏道場舉辦的大比試中被你擊中面。這筆帳我一直記在心裡。」

「你記得真清楚。」

龍馬真受不了他。與其說是記憶力好，更應該說他多少屬於愛記恨的個性吧。

「自從拋下竹刀，我倆這一路改以真刀衝鋒陷陣。我還算好，桂君你真是命大呀。」

「是托習刀之福吧。」

桂言下之意並不是指刀術上的攻擊能力，而是拜修習刀術所賜而懂得抓住逃走之「時機」，並養成機敏之反應。

「殺過人嗎？」

龍馬問道。

「一個也沒殺過。」

桂答道。這兩人都身懷足以斬人殺馬的功夫，卻同樣都未殺過人。想必都是狠不下心動手吧。

「太好了。」

一旁的時田少輔道。時田頗有學識。

「據說昔日豐太閤（譯註：豐臣秀吉）討厭無謂殺人，故得信長公眾遺臣之擁戴而取得天下。坂本及桂二君想必也將代萬民決斷天下大事吧。」

「對了。」

桂斂容道：

「關於你說的薩長聯盟之事。我不相信薩摩藩，尤其是那個叫西鄉的更教我無法信任，或者乾脆說，我實在討厭他。」

這也難怪。薩摩的走向一再視現實情況改變，並因此捨棄昨日盟友而反目成仇。長州藩就是最大受害者。不僅如此，以桂個人之立場而言，他不得不在京都及但馬搏命潛伏逃亡，皆因薩摩及其代表人物西鄉的出賣。

「仇恨歸仇恨，現實歸現實。」

龍馬道：

「高杉的意向沒問題嗎？」

「高杉還好。」

桂故意回答得模稜兩可，實因另有隱情。事實上高杉晉作目前不在藩內。

他正逃亡在外。

高杉是個怪人，策動政變成功確立政權後，照理說應立即以政變主謀身分擔任藩之要職。

但他卻揪住同志道：

「我的任務已完成，凡是人都能團結一致共患難，卻無法共享富貴。關係一定會破裂。我不希望看到如此結果，故我要到外國遊歷。」

據說是私自出海。高杉的見解更是嶄新，他已捨棄攘夷主義而成為開國主義。據說其構想是：「持續對抗幕府，並以下關為貿易港以豐富藩之財政，一方面陸續購入武器，開創對幕戰爭的有利情勢。」此密謀他只向少數同志透露，還交代：「千萬別告訴其他同志。」但當他還在長崎和長州間往返之際，其他同志就嗅出其密謀了。

其他同志全是積極的攘夷論者。正因持攘夷主義才會掀起蛤御門之戰，在馬關海峽與四國艦隊對戰，甚至與持開國主義的幕府僵持不下不是嗎？然而高杉卻一向居於領導之位。

如今高杉在與四國艦隊代表談和後卻領悟到：「與外國交戰實在愚不可及。」之後，這個變幻自在者的思想也有了一百八十度的轉變。

——高杉變節了。據說要與洋夷往來。如此一來豈非和藩內的俗論黨一樣嗎？

「不一樣。」

高杉即使如此辯解，旁人也不可能理解。因為單純的攘夷主義者是一種思想瘋子。故高杉完全不與他們討論。後來有些人就主張：

「殺了高杉！」

而處處跟蹤他。高杉發現後也很受不了。

——怎能死在那些傢伙手上！

於是遠走高飛藩外。

插句題外話，一直暗中計畫暗殺高杉的，就是維新後衝進兵部大輔大村益次郎京都住處將之砍殺的長州人神代直人。

「此次暗殺大村行動共有三名長州人、五名土州人參與，都是倖存的尊王攘夷志士。他們是因不滿大村採用洋式軍制。」

因而高杉目前不在藩內。

對龍馬而言，不管高杉如何，都是長州藩內的問題，故無所謂。

他向桂力推薩長聯盟之案。桂生性謹小慎微，故沒那麼容易點頭，但最後終於被龍馬逼得鬆了口。

「要是薩州有此意願，那長州就答應。」

又立即補充道：

「不過我藩之人對薩藩極度憎恨，故此事千萬要保密。」

桂回去後來了位意外的訪客。

這真的只能稱為意外。

「世上恐怕真有神明存在呀。」

就連無特定信仰的龍馬也不禁如此詫異的驚人奇緣，就此掌握了龍馬的命運。

龍馬以為天下雖大，但正為「薩長聯盟」之天下大陰謀奔走的唯有自己一人。

不料卻還有另一個團體存在。

且竟然還是同鄉的中岡慎太郎及土方楠左衛門二人。

龍馬要前往鹿兒島時本就一直想著：

「去請中岡幫忙吧。」

中岡脫藩後便投靠長州，與長州人患難與共。年紀雖輕，今已受到客座大師的待遇。龍馬心想，若能說動中岡，要說服長州就容易了。

但中岡已和土方連袂上京偵查情勢。

「見不到中岡了呀。」

龍馬心中十分失望，不得已才單槍匹馬上長州說服桂的。
不料卻發生了怪事。
中岡雖正潛伏於京都，卻也突然想到同一奇策。
「非設法促成薩長聯盟不可。」
因他潛伏京都時，偶爾會待在位於錦小路的薩摩藩邸，於是便與吉井幸輔等人商議。
不僅和吉井商議，中岡還到京都北郊的岩倉村拜訪蟄居中的一位公卿，這人名為岩倉具視，在當時被視為怪物。中岡提出「懇請助我一臂之力」，岩倉也慨然應允。完成各種預先準備後，吉井認為：
「最主要還是得說服長州的桂及薩摩的西鄉。只要此二人聯手，接下來就沒什麼問題了。」
於是對同行的土方楠左衛門久元道：
「接下來我得四處奔走，但身體只有一個實在力不從心，咱們就分道揚鑣吧。你上長州去幫我把這事告訴桂吧。我呢，就到薩摩說服西鄉，然後帶西鄉到長州來讓他們握手言和。」

中岡自此開始活躍。他於五月二十四日自京都出發。說來湊巧，正是龍馬在遙遠的九州大宰府向三條卿提出與中岡如出一轍的密策那天。
中岡和土方循海路西進，兩人在豐前的田浦港分道揚鑣。
中岡直接乘船航向鹿兒島，土方則前往長州。
土方楠左衛門自海路抵達長州福浦港時，已是龍馬進長州的兩日後，土方對此並不知情。他被長州藩要員，即報國隊副官福原知勝等人迎接後，即騎馬前往長府下榻於本陣，在此與更多長州人會面，並不落痕跡地試探：「何不與薩摩和解？」
龍馬與桂會面後的翌日，土方才知道此事，他立即策馬趕來下關的旅館找龍馬。
龍馬對這不可思議的巧合也感到十分驚訝，長長嘆了口氣道：「真是天意呀！」日後的伯爵土方久元曾如此回憶。

自從土方楠左衛門加入龍馬的旅館後，局面就突然活潑了起來。

「楠爺，幹得好！」

龍馬如此誇讚這位比自己年長兩歲的同鄉同志。

日後，伯爵土方久元在大正六年（一九一七）八十五歲時發表了演講。演講中曾提及：「維新諸豪之中，我認為以坂本龍馬、西鄉隆盛及高杉晉作為英氣勃發之三傑。此三位之所為實為上天所授命，他人實不可能企及。中岡君也是位至誠剛直之大丈夫，自同儕中脫穎而出。當時坂本君三十一歲，中岡君二十八歲。如今回想起來也覺得幹得好，竟能完成如此偉大事業。」

「不過，龍馬……」

土方道：

「事情之成敗，端看西鄉會不會上長州來。中岡不知能不能硬把他拉出來。」

「不必擔心。」

龍馬道。中岡慎太郎絕非會討人開心的那種圓融之人，但在與人交涉上確有某種特技。定睛凝視予人一種逐漸逼近般異樣氣魄，還有一針見血的說話方式，此外又有極其嚴謹的計畫性，綜合這些優點，要有條理地說服他人可說再無較他更適任之人了。龍馬一向如此認為。

不僅如此，土方打算說服的對象西鄉也早已透過龍馬了解此案，自龍馬出發後應已著手調整藩論。

「藩論應能順利調整吧。」

「不必擔心，我在鹿兒島時西鄉已答應此事。做不到的事，他這人是不會輕易答應的。」

這天時田少輔自長州藩來對龍馬道：

「住在這種旅館，密策恐有外洩之虞，還是搬到兩位也認識的白石正一郎處吧。」

兩人於是換了住處。下關的白石正一郎是家運輸船行，為長州首屈一指的富豪，俠商之名遠播。在藩內不僅大量提供尊王運動資金，自安政年間以來處處關照志士，為他們提供落腳地，或資助旅費給盤纏不夠的人。龍馬當年脫藩，上京之前也曾在此借宿一宿。

翌日桂小五郎來找龍馬，一進房就沉不住氣道：

「坂本君，沒問題吧？」

他謹慎地確認道。桂已將此密策稟報藩主父子。且如今有消息說將軍已為二度征長而自江戶出發，目前已抵達駿府（靜岡）。故以長州藩之立場，要將藩從滅亡之命運解救出來的唯一辦法，就是龍馬提議的薩長聯盟，此外別無他途了。

龍馬及土方的待遇一天比一天好，因長州藩存亡之關鍵就握在這兩位土佐人手上。

龍馬說中岡已出發去帶西鄉過來，桂聞言不禁喜形於色。但隨即恢復陰翳的表情道：

「沒問題吧？」

龍馬繼續逗留在下關的白石邸等候中岡。更正確的說法是，等中岡帶西鄉前來。

「現在也只有等了。」

龍馬每天望著土方楠左衛門扁平的臉度日。

下關的話題相當多。

此處為西日本首屈一指的海港，要想得知天下情勢，可說很少有這麼理想的地方了。長州藩士之所以對時勢如此敏感，一方面也因下關這個海上交通要衝就位於領內吧。

「您聽說了嗎？」

某日來訪的一名長州藩士肩頭微顫道。原來是聽說水戶武田耕雲齋為首的尊王攘夷黨慘遭斬首之刑。

此事龍馬在大宰府已略有耳聞，卻不知詳情如何。

武田耕雲齋是水戶藩重臣，而水戶藩則是初期尊王攘夷運動之大本營。

後來水戶藩的佐幕派勢力增強，不同黨派在藩內爆發血腥鬥爭，激進派的耕雲齋被鬥垮，於是打算集結同志大舉上京，向朝廷及一橋慶喜提出訴願。

意外的是，包含浪人，竟集結了八百餘人之多，他們一面與前來鎮壓的幕軍及諸藩之兵對戰，一面西進。途中在越前因飢寒交迫而軍容慘澹，最後全軍只得投靠加賀藩並投降。人數共七百七十六人。幕府沒收他們的武器並將押解至敦賀監禁。

敦賀並無足以收容如此龐大人數之牢房設備。但海邊卻有成排的鯡魚倉庫，於是將全員關了進去。

之前加賀藩收容他們並代管時，也比照赤穗浪士起事後諸藩代管的先例，皆給予武士應有的待遇，不料自從被送至敦賀落在幕府手中後，他們就受到豬狗不如的待遇。

不但倉庫的天窗破了，每棟倉庫（大的有七、八間〔編註：一間約一．八公尺〕，小的有五、六間）塞進五十人。至於伙食，每天只發給每人兩個飯糰。

不僅如此，還沒收所有衣服，甚至連兜襠布也沒收，全身都扒光了才關進去，處境十分淒慘。

後來判決下來了。在敦賀市郊來迎寺的野地挖了五個三間見方的大洞。然後把武田耕雲齋及手下幹部共二十四人押出來，一一斬首後將屍體扔進去。接著處決一百三十四人，再接著一百二十人，然後是七十六人、十六人。共有三百五十二名同志接連被斬首後扔進那些洞中。可謂史上罕見的大屠殺。

「原來是這樣？」

龍馬聽完後整天不吃不喝，不說一句話。如此慘無人道的德川幕府，難道就這樣放過他嗎?!

龍馬依然在下關的白石邸等候中岡慎太郎。

「只要薩長聯盟，必能成就天下事！」

正因抱著這麼大的期望，龍馬也難得感到焦躁。何況幕軍正簇擁著將軍一步步往西逼近。

搭檔土方楠左衛門已因急事前往大宰府。

龍馬獨自一人留在白石邸的別屋裡。某日……

「嗯，不如給乙女姊寫封信吧。」

為排遣心情，特地借來紙筆，隨手寫下近況。
「我目前在下關，無聊極了。」
他甚至寫下如此句子。
「在老家時曾見農民延請法師來祈雨。我如今在下關所為就如法師。不知能否在有史以來最乾旱的天空求得雨雲，讓雨水大滴大滴落下。」
停筆之後又繼續寫道：
「差勁的法師總是沒頭沒腦地祈禱。高明的法師則會先在當地調查究竟會不會下雨，然後才選一天應該會下雨的日子進行焚燒護摩木祈雨的儀式。如此就一定會下雨。天下事也如祈雨一般，有所謂的時運，必須觀察之。我自認已充分觀察時運才至下關來，現在只差應自西南升起的雨雲尚未出現了。」
接著又給春豬、源老爹及乳母小矢部寫了信。白石家是運輸船行，故請他們將信交給開往土佐的船。
桂似乎也相當焦急，三天就上門來找一次龍馬，問他：「西鄉君還沒來嗎？」

某日……
「坂本君，我目前處境實在艱難。請聽我道來。」
他似乎忍不住了：
「我要與西鄉君見面、共商聯盟一事已確實上稟藩主父子，也極祕密地告訴部分藩廳人士。但紙畢竟包不住火。」
「洩漏了嗎？」
「已有許多人知道。故有人公然在藩廳指責我，諸隊中甚至有人揚言要殺我。」
「真慘呀。」
龍馬並不同情這種事：
「桂君，你只要裝傻就成啦。我看是因你經常往返山口及下關之間才會讓人起疑，你就推說因為在下關有相好的藝伎不就成了？與其說是到我這裡來，不如改說是在青樓流連如何？」
「要我像元祿時期的大石內藏助那樣嗎？這招在即將與幕府開戰的長州藩是行不通的。會被視為態度隨便而遭情緒激動的傢伙殺掉！」
其實一方面也因京都三本木的藝伎幾松已經贖身、恢復本名阿松，且已來到下關。怕他的愛妻會因此囉嗦吧。
閏五月二十一日。
晴。
龍馬這天傍晚正坐在貓腳桌前扒著晚飯，不料紙門竟唰地拉開了。
龍馬忍不住停下筷子。
站在門外的是中岡慎太郎。
「我等你等得好苦呀！」
龍馬才道，中岡便用力扔下大刀道：
「失敗了。」
說著癱坐下來。身上印有家紋的和服已因浪花及海風而滿是皺褶。
「中岡，打起精神來！人世間沒有所謂的失敗呀！」

龍馬大聲道，並要他詳細說明來龍去脈。
中岡循海路於閏五月六日抵達鹿兒島，立即趕到西鄉家，與他商議薩長聯盟之事。
「啊，當然好啊。」
西鄉拿酒款待並道：「此事已聽貴藩的坂本爺提過。他還訓斥說不可一直惦記私怨。」
但——西鄉是這麼說的。接著又道：「長州人意下如何呢？」
西鄉擔心的是，即使薩摩願意讓步，長州也不會願意吧。事實上，薩摩人對長州人記恨之深亦感棘手。即使是現在，往來於瀨戶內海的薩摩船隻絕不敢駛近長州的港口，毫無例外。因怕進港後會遭原本聚集在沿岸各地的長州藩諸隊殺上船來。
不僅如此，在長州藩，就連公文提到薩摩藩往往也寫為「薩賊」。
「但如今已不需擔心。桂君提出說要與您見面，推心置腹地會談，且已自山口的政廳出發，正在下關恭候。」

「哦？桂君平安無事返鄉了嗎？真是太好了。」

「先別管這個了。桂君實在極有誠意，想必您定也願意前往吧？」

中岡素有口若懸河之譽。絕不廢話，一步步切入核心，這就是中岡口若懸河的辯才。

「我當然很想求見。」

西鄉點頭道，並立即著手安排藩屬汽船的事宜。十六日出航。

十七日在日向的兔浦等候適當風勢，十八日停靠在豐後佐賀關。距下關已是咫尺之遙。

不料都來到此地了，西鄉卻突然開始退縮。

「中岡，不好意思。我接到一封信，必須即刻趕往京都。哎呀，真可惜，不能去下關了。」

西鄉的表情有些洩氣。中岡一見，便知這是推託之詞。

「中岡，冷靜點說。」

「我很冷靜。」

中岡面無血色道。

「接下來呢？」

「嗯。我在船上也一直逼問西鄉。對這巨漢實在過意不去，但仍逼問他究竟是什麼十萬火急之事不能先去下關。」

「是再度出兵征討長州之事。」

西鄉道，將軍正在西上京都的途中，目標雖是長州，但「非設法讓他打消這無謂的出兵計畫不可」。

西鄉是這麼說的。

中岡錯愕道：

「薩長聯盟不就是為此嗎？」

他迫切道。

「你說得沒錯，但如今在京都還有比去下關見桂君更重要的當務之急。」

西鄉道。

不管怎麼說，能阻止將軍此次無謂出兵計畫的勢力就只有朝廷，但公卿一向怯懦，恐對幕府言聽計從。故必須趕緊上京，一一走訪二條關白及其他有力公卿，好好灌輸如下的想法：

「這回長州再征之戰，師出無名，薩摩藩不但不參與，更持反對立場。」

西鄉如此道。

「但此事不是有大久保（一藏）君在京都四處周旋奔走嗎？」

中岡進一步質問。

「就是大久保要我去幫忙的。」西鄉如此強辯。

「那麼，因為只需短短一小時，還是請您先進下關去見桂吧。」

「不，我實在很想去見他，但往後應該還有機會吧。」

西鄉終究未改變心意。中岡也拿他沒輒。

中岡就此下船，雇了一艘漁船橫過海峽抵達下關。

就是這麼回事。

「西鄉怕是變心了。」

龍馬腦海裡閃過此念頭，但隨即轉念：

「是因我方態度過於強勢。」

情況恐怕是中岡以其利刃般的三寸不爛之舌強勢說理，搞得西鄉也無法招架吧。西鄉諒必是在逼不得已的情況下上了船，一定是這樣。然後在船上愈想熱情就愈冷卻。

「憑什麼由我薩摩藩主動前往長州陣營？真是豈有此理。要是去了，形式上豈不顯得我們承認自己有錯？」

他一定是想到這裡，覺得必須顧及藩的顏面吧。況且若只因土州浪人中岡慎太郎的一句話就被拉出來，還傻呼呼地到下關這種偏遠地方，難保憎恨薩摩的長州人不會輪番上前羞辱……

「西鄉一定是考慮到這些。他終究未能擺脫固執守護薩摩的迷思。」

龍馬心想，一面姑且安撫中岡。但中岡卻不領情似地道：

「沒用啦。桂會生氣的。」

萬一桂生氣，薩長聯盟便永無成功之日，日本也將沒入黑暗深淵吧。中岡道。

就在這時，桂小五郎進來了。

插句題外話，據說土佐人分為山岳型及海洋型兩種。

一般都以中岡慎太郎為山岳型之代表人物，而以坂本龍馬為海洋型之代表人物。

為人一絲不苟且富於計畫性，但輪廓過於鮮明，毫無彈性又不知變通。這就是山岳型。

中岡道歉的方式就是如此。

「桂君，真對不住。」

他一本正經，一副恨不得切腹的表情。

「西鄉君沒來。」

「什麼？」

桂直起腰來，氣得雙手不住顫抖。

中岡詳細說明，但桂根本聽不進去。

「夠了，不必解釋。」

桂的話聲中充滿怒氣：

「西鄉來或不來沒什麼大不了的。我不想聽什麼來龍去脈。中岡君，這就是為什麼打從你提出此案開始，我就懷疑事情能否成功。都是因為你們不斷遊說我才心動的。長州這回可真是大受屈辱。」

到頭來只是白白丟臉。桂道。

有個美人。媒人龍馬及中岡明明未受囑託，卻自動來向名為長州的男人說媒。男人半信半疑等在相親的席上，沒想到美人終究未現身。男人最丟臉之事莫過於此吧。因美人本就對自己一點意思也沒有。

「對不住。」

中岡這媒人還真慘。簡直是滑稽。

「一句對不住就能了事嗎！」

桂勃然大怒之下，口氣也充滿火藥味：

「長州藩將因我而蒙上奇恥大辱！這無法排解的心情，他藩之人是無法了解的！」

「我了解啊。」

中岡脹紅了臉道。但桂的怒氣顯然並未平息。

「中岡君，我把話說在前頭。長州本就無人願與薩摩豬握手言和。奇兵隊的所有隊長甚至說，要與薩州聯手，還不如讓洋夷踩在頭上。藩主父子的意見也大致相同。而我費盡唇舌，好不容易才爭取到可以在下關與西鄉會面。這下我回去還能如何辯解？照理說是應當切腹的！」

「那我來切腹就行了。」

中岡道。但桂卻說：

「你是土佐人吧？他藩之人切腹根本於事無補。」

「別這麼說嘛。」

龍馬大笑出聲：

「罵了那麼久，氣也該消了吧。」

「坂本君！」

「哎呀，我知道了。我有個妙計，是攸關長州興亡的妙計。」

「要聽嗎？」

龍馬對桂道。

桂重新坐好。剛一股腦把想講的話都講完了，故臉色顯得格外蒼白。

「就聽聽吧。」

「氣消了嗎？」

「沒。」

桂無力地說。但面對這個宛如海參般無法掌握的龍馬，他實在罵不出口。

「那我等你氣消了再說吧。」

龍馬一再摩挲著臉。桂沉不住氣，終於道：「點出『攸關長州興亡之妙計』的主題卻又故意不說，你也太卑鄙了吧！」

「對盛怒中人說了也沒用啊。」
「不，我已經不生氣了。心情差不多平靜了。」
「長州藩將與幕府對抗。長州十之八九會落敗，卻有取勝之法。那就是購入軍艦及洋式槍砲。」
「我知道啊！但買不到又有什麼用。」
這是理所當然的。日本公認的政府是幕府，潛在的政府則是京都朝廷。而長州藩被此二者同時當成敵人，外國商社自然不敢賣予兵器。敢賣的話往後就別想在日本做生意了。
「只要以薩摩藩的名義買就成了。」
龍馬的話似乎不著邊際。
「你說什麼蠢話！剛剛不是才說過薩摩藩是何種態度嗎？」
「我還沒向桂君提起我龜山社中的事情吧？我在幫薩摩藩做生意。」
「我聽說過。」
「那不就對了？我龜山社中買的軍艦不就等於是薩摩藩買的？然後直接轉給長州藩。」
「……」
「美國的南北戰爭已經結束。正為了戰時過量製造的槍砲該如何處理而傷透腦筋，武器商人已來到上海，那些槍砲正逐漸堆滿港邊的倉庫。長州藩只要把那些槍砲全買來對抗幕府，定能將只有火繩槍的幕軍打得落花流水。」
「喔？」
桂膝蓋忍不住前挪。
「這方法真行得通嗎？」
「行得通。我之所以以土州夥伴為中心組成龜山社中，也是為此。薩長就透過我的龜山社中聯手。換句話說，先透過生意往來聯手。等彼此了解對方心意後，就能進一步聯盟。」
「哦。」
桂眼睛都亮了起來。龍馬進一步道：
「仔細想想，要西鄉到下關來與你握手言和，一口氣完成薩長聯盟之舉，委實強人所難。當初是明知事有勉強仍孤注一擲，但終究沒能獲得理想的結果。世事絕不能寄望於偶然。桂君，你就別那麼氣了。」

「拜託你了。」

桂握住龍馬的手道。

往來三都

此處所指的三都是京都、下關及長崎。

龍馬在下關與桂（小五郎）約定之後，就像個行旅商人般著手行動。

在下關與桂分手，先請長州藩之飛腳前往長崎，給龜山社中的同志送緊急通知。

「請購入一艘軍艦。」

通知的就是此事。

也詳細寫明原因。接著又給應該還住在長崎薩摩屋敷的該藩家老小松帶刀寫了封信，詳述事情來龍去脈後又寫道：

「萬事拜託。」

飛腳返回時也分別帶回「了解，竭力配合」的即時回函。

「成了！」

龍馬拍手叫好，隨即向自己所居的白石家借來馬匹，往桂所在的山口疾馳而去。

中岡也策馬跑在龍馬身側，但騎術不如龍馬。

「真是個怪人。」

中岡邊趕路邊想。

中岡一直以為，維新回天之業不外乎與同志協商，

在京都向佐幕派施以天誅行動，或操縱公卿，或與新選組對抗，要不就加入天誅組的義舉，要不就投入蛤御門與幕軍激戰之類的行動。且中岡和土佐諸浪人都是自如此血肉橫飛的血腥戰場殺出來的，至今也仍如此認為。

「但這人的做法卻完全不同。」

薩長聯盟的目標雖無二致，他卻不是靠思想讓二者結合，而是企圖以實利促使雙方聯手。是與生野義舉和天誅組的義舉迥然不同的回天方式。是極其現實的方式。

「原來如此。龍馬，我了解了。」

中岡設法與龍馬並駕齊驅，同時道。

「了解什麼?」

「了解你的做法。我想到薩長聯盟時，只覺得兩藩同持尊王立場卻彼此反目成仇十分反常，以為既然雙方想法一致，不就該共同攜手合作嗎？於是就從這個角度切入來促使雙方結盟。」

言下之意是，他是從觀念及思想的角度切入。

龍馬卻從利害問題切入。仔細觀察薩長的實際狀況，發現即使雙方形同水火，但仍有利害一致之處。那就是購買兵器一事。長州開心，薩摩也無關痛癢。先從此處牽線。從中岡等人原先接觸的志士理論，是絕對想不出如此構想的。

「只要有高尚的情操，即使模仿商人行徑也無妨。何況目前能讓地球轉動的並不是思想，而是經濟。」

龍馬以土佐腔說了大意如此的話。

終於抵達位於山口的藩廳。龍馬把桂叫出來。

「找個識大體的人即刻到長崎去吧。」

龍馬道。

雖說要在長崎買軍艦，但目前人在長州的龍馬也無法估算該出多少錢，該買何種軍艦。

這一切，龜山社中之同志和薩摩藩家老小松帶刀應當會妥善辦理。

但實際要買的卻是長州藩。長州藩自然得派人前往。

「關於人選……」

龍馬在山口郊外的湯田溫泉旅館對桂說：

「滿腦子只知講道理的人可不行啊。」

龍馬道。他希望派的不是理想主義者，尊王攘夷的死硬派份子或厭惡薩摩、正氣昏頭的人，絕無法勝任採購軍艦這種重大任務，且恐怕一到那邊就只會和薩摩人吵架。

「要能識大體的人。」

龍馬希望派遣如此人選的原因就在此。

「正好有適當的。」

桂道，翌日便帶來兩名年輕人。

「是韓國人吧？」

龍馬不禁懷疑，因兩人顴骨偏高且眼角上吊。

「這是井上聞多，而這是伊藤俊輔。」

桂如此介紹。接著又指著龍馬道：

「這位是土州的坂本老師。」

龍馬有些害臊。

井上聞多與龍馬同年。維新後改名井上馨，以財政專家而聞名。大正四年（一九一五）過世。獲封侯爵。

井上為上士出身，伊藤俊輔卻連下士階級都不是。他是農民出身，年少時曾在武士宿舍幹過跑腿之類的活兒，偶然受鄰家子弟吉田稔麿（戰死於池田屋之變）喜愛而帶他去見已故的吉田松陰。

「俊輔有周旋之才。」

松陰特別稱許這點。所謂的周旋可說就是政治上的折衝。

俊輔無身分，為師的松陰甚覺可惜，便要他投在武士身分的來原良藏家當下屬，來原死後由桂接收並給他僕從之名份。當然只是為了讓他在藩內有發言權，實際上並未將他當成下屬。

初投身志士之列時，總是幹些跟在別人後頭幫忙暗殺或到外國商館縱火之類莫名奇妙的事，後來卻成為藩之祕密留學生，以狀似苦力的裝束遠渡英國。井上聞多也同行。不久因馬關（下關）海戰而返國，現為長州藩重要的海外專家。

「那就拜託二位了。」

龍馬分別為他們給龜山社中諸同志及駐在長崎的薩摩藩家老小松帶刀寫了介紹信，交給他們之後又道：

「若被發現是長州人恐有生命危險。在長崎時請潛伏於薩摩屋敷，裝成薩摩人。」

「是。」

伊藤俊輔精神飽滿地回答。他年方二十五，日後他將改名伊藤博文，卒於明治四十二年（一八九一）。獲封公爵。

日子一天天過去，夏天已然到來。

在長州山口與桂等人談話已經過了十天，龍馬頂著熾熱的太陽走上伏見街道，趕往京都。

寢待藤兵衛擺動短腿，小跑步跟在龍馬身後。他後面還跟著中岡慎太郎。

「大爺，京都可是所謂的浪人地獄呀。」

「好像是這樣沒錯。」

途中經過幾道關卡。會津藩、桑名藩、大垣藩、新選組、見迴組等，都奉幕府之命嚴防長州人及長州系浪人潛入。

龍馬和中岡每次都偽稱「薩摩藩士」。

兩人不管在哪道關卡都面不改色如此道。不管對方問什麼都拚命搖頭並快速以薩摩腔道：

「聽不懂，你說什麼完全聽不懂。我們才剛從老家出來，完全聽不懂啦。」

說著便強行通過。事實上甫離開薩摩藩的藩士，確有很多人不懂普通話。

「真是的，原來是鄉下土包子呀。」

眾人都是如此小聲嘀咕，然後就放行了。不僅如此，目前薩摩表面上正與幕府合作共執京都政界之牛耳，故即使覺得：

「好像有點可疑。」

卻也生怕引起糾紛，便放他們通行了。

輕而易舉就抵達位於錦小路的薩摩藩邸。

西鄉不在邸內。聽說他到三本木和會津藩的人會面，傍晚才回來。

兩人受到極其優渥的招待。說來是近乎接待權貴之人，不僅讓一名侍茶僧隨侍在側，還極為鄭重地為他們打點澡堂並準備酒菜。

侍茶的年輕人名叫高崎佐太郎，負責在京都接待諸藩貴賓。

「二位老師聽說過嗎？幕府似乎暗中有此打算……」

他將幕府的最新情勢一一告訴兩人。

根據他的說法，幕府打算趁這回長州再征之戰一舉消滅長州。

「消滅？」

「據說要將該地改為天領（幕府直屬之領），以充當海軍費用。好像是最近掌握幕閣之小栗上野介的主意。」

看來幕府把這回征長當做攸關其興廢之事。已決定擊潰長州後，將該藩的勤王黨及中岡等人悉數處死，並將現居大宰府的三條實美等五名亡命公卿流放至八丈島。

「薩藩之方針已決定。您想必已有耳聞，我藩將幕府再征長州之舉視為私鬥，採取堅不出兵響應之態度。」

「請恕我冒昧一問。」

龍馬道：

「薩藩今年稻作似乎歉收是嗎？」

「咦？」

薩藩的確稻作歉收。

薩摩藩本就稻作不豐，素以番藷、稗子、小米為主食。即便有相當地位的武士家庭，日常飲食也離不開甘藷。

但有件麻煩事。

其實該藩正隨著時勢的急遽變化，表面上為了京都守護之職，如今已自領國派來大量藩兵屯駐於京都。

「他們在京都吃番藷嗎？」

龍馬考慮的就是這點。

「應該不會吧。」

他如此猜測。他們本就被諸藩之士暗中譏為「芋武士」（譯註：日文「薩摩芋」即番藷）。若在此繁華都市仍食用番藷會損及藩之聲譽，不僅如此，恐怕也無法大模大樣擺出京都政界一方翹楚的架勢。

「應該是吃米飯。」

但沒那麼多米。的確，只要肯花錢即可向大坂或大津的白米批發商購買，且要多少就有多少。但薩摩藩之理財觀念可謂已過度發達，故應不會眼睜睜購買如此昂貴的白米給藩兵吃吧。

「其實有比較便宜的白米。」

龍馬道。這下又不搞不懂他是勤王志士還是掮客了。

「哦？願聞其詳。」

高崎佐太郎熱切地探出身子。他是藩內首屈一指的歌人，後任職於宮中的御歌所，負責陪明治天皇作和歌。但年輕時似乎多少對理財方面的事務有興趣。

「是哪裡的米呢？」

「哎呀，目前還不得而知。」

龍馬支吾其詞。

龍馬心裡想到的是長州的白米。長州是大米倉，雖說官方記錄寫的是三十六萬九千石，但拜兩百年來的開墾及疏水事業所賜，據說實際收穫超過百萬石。龍馬就是打算說服長州將部分米糧撥給薩摩藩，當做駐京軍之軍糧。

——要是能成功就太好了。

龍馬心想。那些米將具有重大意義。

因薩摩在京都派駐大量軍隊的最大意義就是牽制幕府，阻止其再征長州之舉。

對長州而言，再無任何較此值得感激之事。他們將便宜的白米送上京都給薩摩當做軍糧，以表達謝意。

「透過白米，長州人憎惡薩賊的情緒也將漸趨緩和吧。」

這就是龍馬的構想。較之爭論勤王之義，他更希望藉著這類事情逐步促成薩長聯盟，甚至討幕的大構想。

傍晚時分，西鄉終於回來了。

「哎呀，是坂本兄啊。中岡兄也來了。」

西鄉滿頭大汗擦也沒擦就直接進房來打招呼。

「沒去下關真對不住。在此鄭重磕頭賠罪。咦，媒人大爺是為了追究在下等人的過失而特來質問的嗎？」

「關於作媒一事……」

龍馬道：

「暫時別提了。」

「不提了？你是說已受夠、不願再為我西鄉撮合了嗎？」

西鄉道。眼神突如小兒般靦腆，雙頰都脹紅了。

西鄉真是個怪人。他當初的確與中岡約好到下關去見桂，都來到佐賀關了卻臨時改變主意。他相信龍馬是因自己食言而生氣。

「他被惹火了。的確是我不好。」

西鄉似乎如此自責。

這麼一想，臉就像少年般紅了起來而顯得不知所措。

「這人真不可思議。」

龍馬暗中觀察。
有趣的是，同一位西鄉，另一半卻能面不改色演出權謀術數的大騙局。一個人格之中同時住著極端成熟的大人及天真的稚子。
西鄉的魅力似乎就在此。兩種極端的個性非常自然地同居在其人格中，不間斷輪流或露臉或消失，甚至發出旋轉似的耀眼光芒。因而產生了一個怪現象，薩摩南方的健兒甘願為他犧牲性命的意願甚至比為藩主還高，原因想必也在此。
「哎呀。」
連龍馬也因西鄉的過於天真而不知所措：
「我不是這意思，只是發現時機尚未成熟。說不提只是暫時不去提親，更重要的是希望先設法讓雙方產生無論如何也想要結合的心情。我是這意思呀。」
「哦，那我就放心了。」
西鄉笑了，同時轉向一旁的吉井幸輔和中村半次郎道：
「怎麼，沒酒菜嗎？」
問了藩邸的伙食官，回說要的話只有乾貨，於是便從廚房送了過來。
「為何在佐賀關突然改變心意呢？」
龍馬問道。西鄉笑而不答，只說：
「無論哪個藩都有守舊頑固的佐幕派。」
總之西鄉大概是無法取得包括島津久光在內的藩內名門諒解吧。長州乃幕府之敵，與長州攜手合作一事，依常識是無法想像的。若西鄉擅自與長州聯手，就變成是他個人獨斷之舉了。
「換個話題。」
龍馬接著提出長州藩希望以薩摩名義在長崎採購軍艦槍砲，又說此事已委託駐派於長崎的貴藩家老小松帶刀，長州也應已派出井上聞多及伊藤俊輔二位前往採購，請西鄉作事後追認。
「當然好啊。薩摩藩的名義已借給你的龜山社中，不管你要將此名義做任何目的使用，薩摩藩任何人都不會有異議。」

另一方面——

長州藩密使井上聞多及伊藤俊輔兩人於七月十六日自長州的下關出發。

搭乘和船前往九州。

兩人在同志之間素有「神酒德利」（譯註：供神的成對酒瓶，有焦孟不離之意）之稱。不管去哪裡總是同行，更奇怪的是好女色這點兩人也很合得來。講話適度詼諧且具有適度的膽量。就像彌次郎兵衛和喜多八（譯註：滑稽小說《東海道中膝栗毛》中結伴旅行的主角，喜多八為彌次郎兵衛之食客）那樣的交情。

在船上……

「喂，聞多。」

伊藤望著井上道：

「不管再怎麼熱，也千萬別拿下斗笠呀。」

「知道啦。」

井上聞多道。他右頰直到嘴邊有道極深的傷痕，這臉要是露出來，上路後住旅館時肯定要遭懷疑：

「究竟是什麼人呀！」

他的傷痕不限於臉上。脫下上衣的話，全身上下都是刀疤。

關於這些傷痕的來龍去脈是這樣的——

去年（元治元年）九月二十五日晚上八點多，他離開藩廳正要返回山口郊外湯田的自宅。走到袖解橋前方時……

——是聞多爺嗎？

幾名武士自暗處走來問道。「正是。」聞多才回答，一人便從背後揪住他，其他數人紛紛舉刀朝他一陣亂砍。第一刀砍中背部，幸好他的大刀本就迴至背後，正好抵住，故雖血流如注，但傷口離脊椎尚有一公分。就在他正要起身時，後腦杓突然被砍了一刀，接著臉上也被砍，然後腿部挨掃，腰腹也遭砍傷。但說來還真幸運，他隨身拽在懷中的銅鏡正好抵住刀刃，故雖被砍中仍不至於致命。

這隨身銅鏡是京都一家名為松儀的婦女雜貨舖製作，裝在一只華麗的法式織繡袋中。是京都祇園那個相好的藝伎君尾送給聞多的餞別禮物。真可謂奇蹟。

後來附近農夫將他扛進屋，並請來兩位醫師，卻仍束手無策。這時正好美濃出身的浪人所郁太郎來訪。

「能否順利進行不得而知，不過我就幫他縫縫看吧。」

花了大約四小時，縫了五十針，並連日細心照料。所郁太郎於翌年慶應元年三月在長州四處奔走時死於赤痢，本是醫師出身的志士。

凶手是藩內俗論黨人，但姓名終究不得而知。

後來又被過激攘夷派盯上，只得喬裝成苦力逃往別府，寄居當地一個姓灘龜的老大家裡。這時拜傷痕之賜倒很吃得開。「我是因與別人老婆私通才變成這副模樣的。」聞多曾如此告訴那些流氓。

總之他特別命大。

兩人在大宰府停了下來。

這兩位說來樂天的長州人之所以中途到筑前大宰府落腳，是因為有土佐浪人在這裡。

兩人前去拜謁三條實美，並告知將前往長崎的祕密。

「早就等著了。」

三條道。他和侍衛們都已知道詳情。

「長州將以薩摩之名義買進軍艦槍砲一事，已聽坂本龍馬詳細說明過了。」

決定由土州人楠本文吉負責帶他們到長崎的龜山社中。

不僅如此。

「以長州人身分上路恐有危險，還是喬裝成薩摩藩士上路吧。」

在土方楠左衛門的關照下，得到已至大宰府薩摩藩士篠崎彥十郎及篠崎澀谷彥助的理解。眾人都十分親切。

十九日，自大宰府出發。

二十一日，潛入長崎。

這回是井上馨和伊藤博文在維新前的最大任務。

一抵達長崎，立即登上龍馬之黨「龜山社中」大本營所在的龜山。

兩人正爬著石階。

「俊輔呀。」

井上聞多邊爬邊小聲問道：

「聽說長崎妓女漂亮又便宜，真期待啊。」

「那對你傷口不好吧。」

「傻瓜！只要是喜歡的事就對傷口好呀。」

「聞多，有點分寸吧。」

伊藤俊輔道：

「我們這回可不是來買春的，是來買軍艦的。」

「知道啦。」

兩人抵達龜山社中。

那是租來的小房子，屋簷都傾斜了。

「什麼嘛。」

兩人看房子如此破舊都愣住了。

「聽坂本龍馬滿口『龜山社中、龜山社中』的，還以為是什麼豪華宅邸，沒想到就是這裡。」

兩人走進屋裡。

被領至裡面的六疊榻榻米房間後，龍馬手下便魚貫進來向他們打招呼，其中有個人道：

「在下是土州人近藤長次郎。」

長得眉清目秀的一副秀才臉。

龍馬平常叫他「饅頭」。

饅頭是個相當厲害的蘭學通，英語也多少會一點。

龍馬看準這點便從下關寫信下令：

「長州採購軍艦一事就由饅頭爺負責。」

「二位在長崎期間就由在下帶路。」

饅頭道：

「就先帶二位到今後住宿之處吧。」

「要住在哪裡？」

聞多和俊輔問道。饅頭一本正經地回答：「薩州屋敷。」

關於這位饅頭爺——

龍馬位在高知城下的老家後巷有條水道，故這一帶就叫做水道町。

水道町有家名為大黑屋的饅頭店，長次郎就是這家的孩子。

自少年時期起，町區的人就喚他「賣饅頭的長次郎」，因為他自己也常把包餡的饅頭放在箱子裡邊走邊叫賣。乙女姊等人都很喜歡包餡饅頭，總是大喊：

——啊，長次郎君正要經過門口！

然後要龍馬的乳母小矢部他們趕快跑去買。

長次郎後來不賣饅頭，開始讀書學畫。學畫是跟著河田小龍，小龍也順便傳授他外國知識。他就在小龍的私塾認識從江戶習刀返鄉的龍馬。

後來，成為上士由比豬內的手下前往江戶跟著安積艮齋學習漢學，跟著手塚玄海學習洋學，還跟著高島秋帆學習砲術。

藩方面對他如此有才華大為驚嘆，雖為町人身分卻也特准他佩刀並給他終生享有兩人份米糧及十兩年金，讓他好好學習。土佐藩如此階級嚴明，竟因其學識而給一介書生武士般的待遇，實為罕見之例。

龍馬在江戶塾求學時，長次郎脫藩前來投靠，故讓他成為勝的塾生同時修習航海術。後來便隨龍馬前往長崎。

以上為其主要經歷。在長崎也使用上杉宋次郎的化名，伊藤博文及井上馨等人之書簡集中提及的「土佐人上杉宋次郎」就是這個賣饅頭的。

他不太笑，總是板著臉走路。上進心異常強烈，多少有些自私，與同志間的感情不太和睦。
高杉晉作等人後來碰到他也寫道：
「一見就讓人感覺是位相當優秀的才子。」
龍馬後來在其手帳中寫道：
「術數（花招手段）過多，至誠不足。」
不過龍馬似乎並無惡意，寫給家鄉乙女姊報告長崎龜山社中之事的信上也寫道：
「和我一同打拚的人裡面，最積極的就屬二丁目（高知本町筋）的紅面馬之助、水道橫町（龍馬生家後巷）的長次郎及高松次郎。此外還有已故的望月龜彌太（死於池田屋）。」
顯然是喜孜孜的筆觸。
這個賣饅頭的將井上聞多及伊藤俊輔帶至長崎的薩摩屋敷，要他們藏匿於此，並為他們引見正要乘藩船海門丸返回領國的家老小松帶刀。
薩摩方面對他們盛情招待。
饅頭爺趁機提出才子才想得出來的提案。

「不知二位意下如何？」
「什麼事呢？」
井上聞多問道。
饅頭爺起勁地膝行向前，道：
「區區採購軍艦槍砲之事，我一個人即可勝任。故二位只要一人留在長崎，另一位不如就隨小松帶刀爺上薩摩去吧？」
「咦？上薩摩去？」
要長州人沒得到藩的准許擅自前往敵對的薩摩藩領土，這是想怎樣？
「就這樣吧。去看看薩摩，多認識薩摩人，情緒自然會緩和。故請上薩摩去吧。」
饅頭喜歡硬梆梆的武士用語。他咄咄逼人道。
小松帶刀也勸道：「這真是個好計策，請務必到我藩看看。」
聞多和俊輔面面相覷。俊輔迅速喊道：

「我留在長崎，聞多你上薩摩去！」
「完了！」
聞多心想，同時瞪視著俊輔。長崎有青樓，薩摩可沒有。俊輔一定是打算自己一個人為所欲為吧？
翌日即出門採購軍艦。
「要去哪裡買呢？」
俊輔問饅頭。
饅頭得意洋洋道：
「大浦海岸。」
大浦海岸上有成排歐美貿易商的商館。
「有個名叫葛羅佛的英國人。他擁有大浦海岸最大的商館，我已事先關照了。今早龜山社中的高松太郎也先過去了，正在商館等我們過去。」
「謝謝你為我們做的一切一切。」
聞多道。
來到海岸，果然有一角看起來就如外國風光。成排都是兩樓及三樓的木造洋房，北側就是海港的碼頭。
「這家……」
饅頭指著即將經過的一間洋館道：
「叫做哈特曼商館。我們也很熟。」
終於走到英人湯瑪士・布雷克・葛羅佛的商館前。龜山社中的高松太郎立即起身帶他們進去。他是龍馬姊姊千鶴之子。
葛羅佛正等著他們。
他將眾人帶至屋裡的私人房間，熱情款待。
談話並沒有太大障礙。聞多和俊輔雖只停留數日，好歹也是去過倫敦，且饅頭也會說隻字片語英語，而葛羅佛本身也已能聽懂一點日本武士的用語。
「我就接受您們的委託吧。」
葛羅佛道：
「因為賣東西就是在下的工作。」
洽談進行得十分順利。

在饅頭巧妙居中美言之下，聞多及俊輔與葛羅佛先從步槍開始談起。

「一把五兩。」

葛羅佛一說完，饅頭就大呼「No!No!」又道：

「那種便宜貨不成哪！那是蓋貝爾步槍（Geweer）吧。」

蓋貝爾步槍的點火裝置屬於燧石式。扣下扳機後即如現在的打火機般瞬間點火，然後槍尾的火藥便會爆發，同時射出子彈。不過子彈是以槍口滑膛式裝填，故頗費時且命中率極低。這款步槍是歐洲陸軍國家的制式槍。

日本幕府的洋式裝備軍也多半使用這種槍。

「蓋貝爾步槍一把只要五兩，不是挺便宜的嗎？」

聞多小聲問道。饅頭立刻搖手道：

「那是因為全世界都降價了。但長州不可能靠蓋貝爾步槍打贏幕府的。」

饅頭知道歐美已出現一種名為米尼步槍（Minie rifle）的武器。這等於是步槍史上的革命性發明，子彈的裝填方式屬於後裝式。且子彈直接附有火藥筒，只要扳機一扣，撞針即開始動作，撞擊雷管，子彈便藉著雷管的爆炸發射出去，命中率極佳且操作簡單。蓋貝爾步槍射出一發子彈的時間換成米尼槍可射出十發。換句話說，只要具備此裝備，長州兵一人即可抵十名幕兵。

「有米尼槍嗎？」

饅頭問葛羅佛。

「有。可自上海調貨。」

「多少錢？」

「十八兩。」

葛羅佛道。

價格的確較蓋貝爾步槍高出許多，但應有此價值。饅頭開始討價還價：「十八兩太貴了，少算一點吧。」聞多和俊輔卻阻止他：

「武士買東西還討價還價很可笑，只要價錢合理就這樣算吧。」

數量決定要四千三百把。共七萬七千四百兩。

饅頭又建議聞多和俊輔：

「反正很便宜，蓋貝爾步槍也買個三千把吧。」

「您剛剛不是才說蓋貝爾步槍沒用？」

「不，這得視使用狀況而定。軍隊行進時讓前隊拿著手上『轟』地一起發射嚇唬敵人後，中隊的米尼槍再跳出來發動狙擊。重點在於使用方式。」

饅頭與高島秋帆學過洋式砲術，故這些他都懂。

於是也決定購買三千把蓋貝爾步槍。洽談重點就此移至軍艦上。

「有適合長州大爺的好船，先給您看看。」

葛羅佛說著便離席去轉動放在房間那個保險箱的門把。

「這艘war ship……」

伊藤以英語單字問道：

「在長崎港這邊嗎？」

「目前泊於上海。」

葛羅佛以日語回答。這個英國人娶了曾受雇於長崎淡路屋的藝伎阿鶴為妻，或許是因為這樣吧，發音特別柔軟。

「Yes!」

伊藤煞有其事地點點頭。一旁的井上聞多拉拉他衣袖道：「別說英語吧。」

「就是這艘。」

葛羅佛把附有軍艦照片的型錄攤在桌上。

「上杉爺……」

井上聞多轉向饅頭近藤長次郎，以眼神求救。

「我們對軍艦一竅不通，麻煩您幫忙鑑定吧。」

那神情就是此意。

那是艘木造蒸汽船，船身長約二十四、五間，並不是多大的軍艦。船籍為英國，船名則是「聯合」。

「是舊式的呀。」

饅頭心想。這一兩年來列強軍艦幾乎都是鐵皮製的，木造船已經過氣了。或許就是因此才拆下大砲拿出來賣的吧。

插句題外話，幕府海軍的軍艦也全是木造船。鐵皮軍艦是幕府後來在美國買的，而該艦駛回橫濱時幕府已然瓦解，上野的彰義隊戰爭正要開戰。故這艘鐵甲艦不知何去何從，最後歸新政府所有，不僅加速了東北平定戰，還成為明星軍艦。此鐵甲艦後命名為東艦，中日甲午戰爭時仍活躍其中。

「與幕府對戰，這樣子應該就夠了吧。」

饅頭心裡也同時這樣想。

不管怎麼說，幕軍已逼至大坂。對長州而言，最重要的是趕緊先找艘像樣的軍艦。

「下水大概多久了？」

饅頭問道。

「七年。」

葛羅佛答道。船齡七年以這時代的蒸汽船而言實已相當老舊。因為鍋爐容易損壞。

「大概還能用個兩三年吧。」

葛羅佛老實說明。

井上聞多及伊藤俊輔二人問道：「此外沒其他更合適的軍艦嗎？」葛羅佛道：「我母國那邊的話就有。」如此得耗費許多時間開回日本。長州藩希望這一兩天內就能到手。

「決定了。」

接下來就討價還價，最後附上大砲以三萬九千兩的價錢成交。

真便宜。

若如此就能擊敗幕府就真的太划算了。

總之生意談妥了。

不過現貨不在長崎。

步槍和軍艦都還在上海。在葛羅佛完成進貨且雙方順利在長崎一手交錢一手交貨之前，伊藤俊輔在此只是乾等。
井上聞多得搭薩摩藩汽船到薩摩去參觀。
這天晚上，井上、伊藤及饅頭三人被邀至葛羅佛位於山坡上的新家過夜。這房子就是直至今日仍以葛羅佛邸之名由長崎市政府負責保存的洋館。
天一黑，三人就偷偷隨著葛羅佛自大浦海岸的商館出發。途中怕引起幕吏起疑，饅頭還特地準備三盞薩摩藩的提燈，讓兩名長州人也各拿一盞。
三名壯士和一個英國人緩緩爬上狹窄而蜿蜒的坡道。
「天下雖大卻無人知曉我們四人的密計。」
饅頭心裡湧出一股熱血翻騰般的感動。歷史將透過自己四人之手改變。只要幕軍攻至長州國境，剛買的四千三百把新式步槍及三千把蓋貝爾步槍定將噴火把他們完全擊潰吧。
「只要軍事上戰敗，政府也將倒台。」
他曾聽龍馬如此說過。

饅頭慢慢爬著坡，感覺自己就像身處歷史劇中。
「京都情勢愈來愈糟了。」
伊藤俊輔道：
「新選組及見迴組似已瘋狂。王城之地也已化為討幕志士之地獄。」
「沒錯。」
饅頭點頭道：
「土州人看來也死了不少。但……」
他望著搖晃的提燈又道：
「幕府中卻淨是些白痴。無論在京都殺多少人，該改變的時勢仍會改變。而且不會在京都改變，將在長崎改變。」
「在長崎？」
「沒錯。透過我們的手，方才歷史已完全轉變。二位，對日本而言，今晚將成為難忘的一晚。」
饅頭抬頭望著天空。稻佐山上繁星點點，正閃著耀眼的光芒。

抵達葛羅佛邸了。

邸前有棵巨大的偃松。這棵松樹遠從市街即可望見，故民眾慣稱此為橫松異人屋敷。

房子是洋風平房，只有屋頂覆著黑瓦，走的是日本風格。據說是由葛羅佛親自設計，請日本工匠興建。

三人被領至客間。八疊榻榻米大，透過窗玻璃可望見港內燈火。

不一會兒葛羅佛夫人阿鶴親自送來酒菜。沒叫僕人伺候，想必是因三位是祕密客人吧。阿鶴以長崎腔喚葛羅佛為「爹爹」，三人都覺好笑。

關於這回洽談事宜，饅頭近藤長次郎實在表現得可圈可點。

伊藤俊輔等人也寄了多封報告書回領國給桂小五郎，每次都歸功於近藤長次郎。

「上杉宋次郎（近藤之化名）這回又分外費心。」

就是如此語氣。

身在京都的龍馬也透過龜山社中的報告書對這回洽談的進行有所了解。信是委託往來於瀨戶內海的薩摩藩汽船送來的，順利的話，長崎寄到京都的信約八天就能送抵。

「這世間愈來愈便利了。」

龍馬深深體會到機械文明的可貴。

不止信件，人員的往返也迅速多了。像這樣，事物的節奏愈來愈快……

「時勢或許也將愈快成熟。」

龍馬暗想。若交通情況繼續維持數年前那樣仍得悠然徒步往返東海道，幕府及諸藩要員或許還能保住幕府的壽命吧。

「我如此認為。」

龍馬也對西鄉如此道：

「幕府的壽命再長也不過兩年。既然如此，若不以一洩千里之勢推翻它，國情反將陷入混亂，並發生料想不到的外患。」

西鄉覺得龍馬如此感覺很有趣，還說：「你實在是位獨樹一格的志士。」

龍馬接到饅頭第三封報告書的那天傍晚就離開京都。

他去了伏見。

走進船宿寺田屋，登勢和阿龍一見面就立刻問他要待到何時。

「還不知道。我得搭明天的淀船到大坂，然後前往長州。」

吃了很晚的晚餐，喝了兩三杯酒便將酒杯倒扣，說：

「我要睡了，幫我鋪床吧。」

阿龍正好下樓上廁所，房內只剩下登勢。

「對了。」

登勢剛站起身來，突然湊近龍馬的臉道：

「喂，阿龍好像有心上人了呀。」

「你說的心上人是這個嗎？」

龍馬豎起拇指（譯註：代表男朋友）。

「沒錯，因為你都沒空理她才會變這樣。也因為她實在太漂亮了，很受咱們店裡常客及町區的人歡迎。」

「所以就被纏上了嗎？」

龍馬嘿嘿笑著。

登勢不高興了。因為她方才是故意拿話套龍馬，想試探他對阿龍用情之程度。

「坂本大爺，您究竟有什麼打算？」

「到時看情況。」

「看情況指的是？」

登勢微偏著頭繼續逼問。問法緊迫盯人，這點像極認真教導的乙女姊。

「換句話說，是要看情況娶她為妻囉？」

「應該是這樣。」

「坂本大爺原來說過不娶妻的吧。改變主意了嗎?」
「現在仍是如此打算。帶著妻子怎麼奔走諸國?」
「一同奔走也很好啊。」
「有道理。」
龍馬露出新鮮的表情:
「這樣應該也很有趣吧。」
真是個好主意!龍馬心想。帶著妻子趕路,應該就能充分瞞過幕吏的耳目了吧。
「請正經一點。」
「我是很正經啊。」
說罷又問道:「對了,妳方才提到阿龍交到心上人,究竟是什麼情況?」
「果然還是在意呀。」
登勢笑了出來。
「當然啊。不在意的話才怪呢。」
「那是騙你的啦。」

「騙我的嗎?真沒意思。」
說著把小指伸進鼻孔,挖出鼻屎後又道:
「登勢夫人,這是坂本龍馬送妳的紀念品。」
說著拉住登勢的右手就要把鼻屎放到她手上。
「討厭!好髒喔!」
登勢想抽回手,龍馬卻緊緊握住,試著把鼻屎擦到她手上。
不知不覺形成彼此交握的樣子。
這時傳來紙門拉開的聲音。兩人轉頭一看原來是阿龍。
「這是怎麼回事?」
阿龍表情僵硬地問道,似乎對眼前的情況有所誤會。
登勢連忙解釋。
「是這樣嗎?」
阿龍在走廊上坐下,僵硬的表情仍未緩和。

這麼一來，登勢就因天生個性生起氣來了。
「這樣不行喔。」她反過來責備阿龍：
「妳顯然不了解坂本大爺這種怪個性，這樣不配嫁給這種怪人唷。因為他雖已一把年紀，卻仍像個長不大的孩子般有些傻裡傻氣的。」
「可是……」
「沒錯，剛才是我不好。乍看之下任誰都會想歪了。」
登勢說完後又轉向龍馬：
「讓我們繼續剛才的話題吧。」
「什麼話題？」
「什麼時候要娶阿龍的話題啊。」
「登勢夫人也很怪。」
龍馬拿起倒扣的酒杯，給自己斟酒。
「為什麼？」
「那種事情，問我這種男人怎會有答案嘛。」
「可是要不要娶親，應該是由坂本大爺決定吧。」
「我可是靠不住的唷。」
「也對喔。」
登勢也忍不住笑了出來。連阿龍都笑了。
「因為他這人就是教人傷腦筋。每次說的都不一樣。」
「沒錯。」
龍馬口中的酒噴了出來。似乎自己也感到可笑。
「最重要的是，即使娶妻也沒有個家。」
「您不是說在長崎那個叫龜山還是什麼的地方租了房子嗎？」
「我是說過，但那是伙伴共宿的地方。才三間大就住了十多個無所事事男人，很擠呀。」
「真的太擠了喔。」
登勢愣愣望著龍馬。
「依這情況，我得永遠幫你看著阿龍了。她是養女，所以我也希望她永遠住下來。但女人家怕的是年紀啊。」

「說得沒錯。」

「你在說什麼呀。」

登勢真想捏龍馬臉頰。

「登勢夫人呀，我現在正在做一件驚世駭俗之事，能不能成功還不知道。要是成功幕府應該就滅亡，萬一不成功就是國家要滅亡了。」

「是促成長州藩和薩州藩聯手一事吧？」

「咦！」

這下換龍馬驚訝了。他仰起頭來一臉「妳怎麼知道」的表情，並詫異地瞪大雙眼。

「我可是寺田屋的登勢呀！你以為我這老闆娘連這點事都沒法憑直覺看出來嗎？」

或許真是如此。龍馬心想。薩長士的所謂勤王志士應該很少不住在此寺田屋的。眾人或多或少都受登勢照拂。不管怎麼說，文久二年的寺田屋之變血鬥後，登勢就手戴念珠默默擦拭著血跡。她就是如此女性。她對時勢的直覺特別強烈也很合理。

「最適合演這齣大戲的就屬坂本大爺了。您可是重金名角呀。不管任何人說什麼，寺田屋的登勢都為您打包票。」

「若真能成功……」

龍馬也裝腔作勢地乾了杯道：

「那我應該就會娶妻了。」

若不成功，還談什麼娶老婆，龍馬恐怕將在法式幕軍攻勢下成為死屍吧。

「那麼，只要薩長聯盟實現……」

登勢忍不住湊上前去，龍馬立即以手制止。

「喂喂，聲音太大了。鄰居會聽見呀。」

「聽不見的啦，這裡是二樓，且鄰居應該都睡了吧。」

「經常有幕府的偵察兵巡邏。」

龍馬故意嚇她。登勢嚇得站起身來，把紙門拉開一條縫，定定地俯看下面的街道。

北側遠遠傳來狗吠聲。

「沒問題啦。」

她重新坐好。

「要是薩長聯盟成功，你就要娶阿龍，對吧？」

「就先這樣決定吧。到時我就帶阿龍到長崎去，讓她當我的搭檔。」

「我想去長崎學月琴。」

阿龍這話真是牛頭不對馬嘴。登勢不禁皺起眉頭，但龍馬本人卻對阿龍這種不搭調似的想法感到高興，故也無可奈何。

「那個所謂的薩長聯盟究竟是何時呢？」

阿龍問道。

「不行呀！」登勢低聲喊道：

「這詞不能隨口說呀。萬一被人聽見，那邊奉行所的官差就會來查，到時阿龍妳纖細脖子上的人頭就要飛啦。」

「我才不怕什麼奉行所的官差呢。」

阿龍依然搞不清楚狀況，但在她眼裡這並不是搞不清狀況。正如她這句話，阿龍自有旁人所無的特殊膽識。

「何時還不知道，但若不快進行反而會壞事。妳也到那邊的神社去拜拜，祈求我能順天運進行吧。」

「可我不喜歡求神拜佛。」

「哦，是喔。」

龍馬對這種事並無特別意見。

「在長崎學月琴的事我曾稍有耳聞。丸山的藝伎阿元好像彈得很好，聽說長得很漂亮。」

「您見過嗎？」

阿龍又露出一貫的懾人目光。這是她的習慣，一旦不高興就露出怪怪的懾人目光。

「還沒見過。聽說長得漂亮，月琴又彈得很好，所以我心裡想，這樣應該長得很像伏見的阿龍，打算這回一到長崎就立刻找她過來睡睡看。」

「咦！」

阿龍和登勢都大吃一驚。

「坂本大爺不能這樣呀。」

「妳是指聽月琴的事嗎？」

「不，是指睡覺的事。」

「我是說要找阿元到房間來放鬆躺著聽她彈月琴呀，是妳們兩個想歪了，有點不正經喔。」

「還不是您先說了奇怪的話……」

登勢鋒芒稍斂，但又道：「不管怎麼說，我們已經達成協議囉。只要薩長聯盟的計畫完成，就和阿龍在一起。」

之後龍馬前往神戶，自兵庫搭乘薩摩藩汽船胡蝶丸，兩日後駛抵下關港。

一上岸就到前文提過的白石邸，然後立刻要藤兵衛到山口找桂小五郎。

翌日，桂匆匆忙忙地趕過來。

「桂君，我在京都和西鄉見了面。」

龍馬道。桂一聽到這名字就立刻擺出一張臭臉。看來他對西鄉的厭惡已升至相當程度。

龍馬見他如此又道：

「該拋開討厭薩摩的舊情緒了。你這張苦瓜臉真教人不敢領教，不能稍微開朗點嗎？」

「我就是這個性。生來就不懂得掩飾不高興的情緒。」

桂道。龍馬不容分說道：

「西鄉也對長州很有好感。我還特地問了他上回沒能到下關來的理由。你相信西鄉就對了。」

「不，大致情況我都已了解。多虧你長崎龜山社中及薩摩藩的幫忙，而成功購得步槍彈藥及軍艦。如此應該就能稍稍對抗幕府了。」

「很好。」

龍馬點頭又道：

「那也是薩摩藩釋出的極大誠意。這你應該了解吧。」

「了解。」

桂點頭道。龍馬拍拍他的肩膀道：

「薩摩藩以態度及實物表現了誠意。長州也應以態度及實物表示一下感謝之意吧。」

「你從京都寫來的信上曾提到兵糧一事，如果是指這事，那麼一切都已安排就緒了。」

「哦？」

龍馬很高興。兵糧指的是薩摩藩兵屯駐京都期間所需的米糧。龍馬曾對桂提到，希望由長州提供。

「太好了。看到長州提供這些米糧，薩摩人定也對你們的好意心存感激吧。薩長彼此之間必有較目前進一步的好感。」

薩摩藩自領國派遣大軍上京的理由之一，是仗此軍事力量提出反對幕府及朝廷再度征討長州的主張。故其藩兵之兵糧由長州負擔也是順理成章。

「坂本君，你真是個怪人。」

桂嘆息似地道：

「就像變戲法似的。白米呀，軍艦或槍砲之類的戲法道具一一飛過之後，我們對薩摩的反感也開始淡化。」

「再讓我多耍一會戲法吧。我來表演一場誠心誠意的大魔術。」

「拜託你了。」

「對了，大概能提供多少兵糧？」

「看薩摩要多少都行。」

「米價多少？」

龍馬一問，桂就乾脆地回答：「免費奉送。」龍馬忍不住為他如此爽朗的膽識鼓掌，同時大聲讚道：

「桂君，你定能取得天下！」

長崎的龜山社中也十分活躍。

插句題外話，當時日本有兩個最大的浪人結社。

一個是龍馬所組、日後改名為「海援隊」的長崎龜山社中，另一個則是京都的新選組。龜山社中是以海上運輸、貿易及建立私設海軍為目標，志在倒幕。京都的新選組則完全相反，始終以靠刀劍執行恐怖行動為主要目的，希望能振興逐漸衰微的幕威。這真可謂奇觀。

龜山社中裡尤以饅頭近藤長次郎的表現格外出色。更恰當的說法是，長次郎總是一意孤行而不與其他同志商量，自然顯得鶴立雞群。

其間的消息，陸奧陽之助及高松太郎等人一直以汽船郵件一一向遠在下關、大坂或京都的龍馬報告。

「因你不在，長次郎老是獨自行動，實在傷腦筋」或「長次郎似乎只顧著完成個人的野望」或「長次郎引起同志的憎惡了。這人根本無法與同伴共事」等，淨是諸如此類的報告。

「的確如此。」

龍馬心想。長次郎是個才子，但似乎欠缺在組織中與人合作共事的能力。這可謂出身貧家之秀才努力出人頭地的悲哀，只求自我表現而無暇顧及同伴的感受。

「但城下水道町賣饅頭的兒子竟也已能面對薩長二藩處理大事了呀。」

一思及此，龍馬就覺得饅頭那張冷靜而機伶的秀才臉實在太惹人愛了。

「大家要好好相處。」

一直缺席的「社長」龍馬只是這麼交代。

「只要薩長聯盟成功，將立即奔回處理隊務。在此之前一切應以工作為重，盡量協助能做事者。」

他在信上如此寫道。

但饅頭如今已有野心，他不想只從事貿易業務，還漸漸成為格局較龍馬略小的策士。

面對長州藩士井上聞多和伊藤俊輔，他也開始想小試牛刀。他建議井上聞多前往薩摩也是基於此因。此事本身兼具「促進薩長融合」之大義名分，實為妙計，但他竟說自己也要同行，而毫不猶豫地與薩摩藩家老小松帶刀搭乘該藩剛買進的汽船海門丸前往薩摩。

接下來的隊務全交給社中其他人。舉凡出鋒頭的好差事饅頭就趕緊攬去做，眾人當然不可能高興。

饅頭到了薩摩藩，就拉著井上聞多四處拜訪該藩要人，然後才返回長崎。

他有著同志不知的祕密野心。

饅頭長次郎自薩摩藩邀請之旅返回長崎時，聯合號已自上海駛回長崎，正泊於港內。

步槍及彈藥已運抵。

問題是，這些軍需物資要如何避開幕府及佐幕諸藩耳目送往長州。

關於此「奇術」之表演方法，龍馬已自下關送來指令。

「在船桅掛上薩摩藩旗。」

船之名義始終維持為薩摩藩籍，軍艦之名也命名為「櫻島丸」，表面上感覺就是艘薩摩船。

還有一項重點。

那就是，此船的操縱營運及修理一概由龜山社中包辦。

這件事龍馬已在下關和桂小五郎等長州藩要員商議過，並取得他們的認可。總之，實際的所有者為長州，名義上為薩州所有，卻交由土州運用。薩長土因一艘船而結合在一起了。

根據龍馬如此指令，已返回長崎的饅頭便前往說服長州特派員井上聞多及伊藤俊輔。

「意下如何?」

饅頭問道。兩人皆無異議而笑答：

「妙計啊。」

若不假借薩州名義，船也不可能到手，且若非土州人的龜山社中居中奔走也談不成。

「三方皆得利。」

饅頭也一副得意洋洋的樣子。龜山社中更因此免費獲得一艘能夠航海的軍艦。可謂奇術。
至於步槍彈藥，龍馬當時已奔至大坂拜託薩摩藩，請他們將兩艘藩艦胡蝶丸及海門丸駛回長崎。所有事情都一步步順利進行。
不久胡蝶及海門兩艦便駛邸長崎，並將向葛羅佛買的步槍彈藥裝載上去。
龜山社中的人以士官身分上了軍艦，每艘船的船桅上都飄揚著「⊕」模樣的薩摩船旗，這三艘船便就此破浪駛出長崎港。幕府方面竟未發現這三艘怪船的玄機，大概注意力全集中在京都風雲之上吧。
一駛抵下關，饅頭就與井上及伊藤下船，只有船還繼續往堪稱長州藩軍港的三田尻。
龍馬應該在下關吧？饅頭滿心期待。可惜龍馬已因薩長聯盟工作前往大坂了。饅頭無奈之下只好單獨上山口的藩廳。
藩廳方面對饅頭百般禮遇，因他是為己藩一手買進對幕作戰所必須之海軍兵器的大功臣。

「藩主大人諭知明日想當面向您道謝。」
長州官員道。
龍馬自大坂溯淀川而上，走進伏見寺田屋時，饅頭自長州山口寄出的快信已先一步送抵登勢之手。
打開一看，信上寫著饅頭獲准謁見藩主毛利父子，並拜領了後藤祐乘製的三所物。
所謂的三所物，指的是由同一作者所製的三樣刀附屬裝飾品，包括插在刀鞘外之小刀「小柄」及簪子「笄」，以及刀鞘上的鉚釘「目貫」。不管怎麼說，近藤長次郎在土佐只被當成年輕隨從看待，如今卻獲准拜謁毛利藩主，光是這樣就很不得了了，他竟然還說藩主親口向他道謝。
「這事非得向乙女姊報告不可。」
龍馬的神情愈來愈開朗。
不僅如此，根據饅頭的來信，長州藩主還接受他的建議，向全藩下令：

「從今天起，凡是經過下關海峽的薩摩船，只要提出要求就盡量提供薪炭、水及糧食。」

回想以往曾高呼「把馬關當成薩摩芋（番藷）的鬼門關」，並自長州砲台朝通過馬關海峽的薩摩船開火一事，如此轉變實在極為劇烈。

「時機已漸成熟。薩長聯盟也已不是夢。不僅如此我方也獲得可運用的船隻。」

龍馬愈想愈開心，笑逐顏開的模樣頗不尋常。

「您是不是精神失常啦？」

連登勢都覺得怪。

這時喜愛樂器的阿龍拿著奇怪的琴進房來。不是阿龍喜歡的清國樂器月琴，但也不是一般的琴。是把只有一根絃的琴。

其實這是阿龍前些日子在伏見一家名為船岡屋的古物店發現的。聽古物店說這叫一絃琴。

當時古物店的人曾說：

——這琴僅流傳於土佐。只有一條絃，一般人無論如何都彈不來。

阿龍一聽到龍馬故鄉土佐就買下來了。

「哦，這不是一絃琴嗎？」

龍馬果然十分高興。

「您會彈嗎？」

「在我家鄉是女人彈的，不過我小時候跟乙女姊學過，會彈一點。」

龍馬才說完，阿龍和登勢就非要龍馬彈給她們聽。「那就彈一會兒吧。」龍馬欣然答應並將琴拉近，邊唱著古曲〈海原〉邊彈。

土佐的海，
海底暗礁處，
生有珊瑚之玉呀。
是赤誠的貫之大人（譯註：紀貫之為平安時代歌人，著有《土佐日記》）的居所吧？
遙想往昔，而今依舊。

世人高讚其名。
自宇田松原打過來的浪濤聲。
清澈而壯大的
土佐的海原。

阿龍和登勢深深被這土佐民俗樂器的奇妙音色所吸引。怎麼也想不到只有一根絃竟能發出這麼多樣化的聲音。

不僅如此，歌曲也很有意思。〈海原〉似乎是首相當古老的曲子，以僅有一根絃的琴來表現土佐海的清澈及黑潮的潮音。不僅如此，若閉上眼睛聆聽，彷彿還感覺得到海潮的味道逐漸蔓延過來。

「再多彈會兒嘛。」

阿龍央求道。

「再來一曲嗎？」

龍馬閉上眼睛想了一會兒。

「那就彈這首〈漁火〉吧。」

這首〈漁火〉中並未編入土佐的風土事物，而是以伏見再過去一點的宇治一帶風景為主題編寫的詞曲。更可說是表現佛教思想的曲子，意思是：「長夜無明，紅塵多迷，唯有法燈，足堪依靠。」

「要彈了喔。」

龍馬以左手壓絃，右手挑絃，開始彈了起來。

武夫的
八十氏川的竹筏。
撐篙緩緩前進的澄澈水波聲。
朦朧的漁火。
黎明將至的岸邊。
平等院的夜半鐘聲，
定能敲醒無明之夢吧。

彈完後，登勢垂眼沉默了半晌才抬起臉來道：

「真好聽。」

登勢已依自己的方式解讀了這首曲子。她認為無明之夢指的應該就是當今時勢。而護住漁火並將呼喚黎明的，就是眼前的龍馬吧。

琴聲連樓下都聽得到。

不，甚至傳到路上了。一般通稱「寺田屋之濱」的碼頭柳蔭下有個男人，他也聽見了。

「怎麼有怪聲？」

他抬頭望著映在樓上紙門上的人影。聽說最近寺田屋不太對勁，故幕府旗下的獨立警備隊見迴組日夜派密探盯住這一帶。這男子即為其中一人。

「到底是什麼聲音啊？」

他如此納悶。他拍拍正好經過而駐足聆聽的一個商人模樣的老人問道：

「那是琴的聲音吧？」

老人手上的提燈寫有「船岡屋」字樣。正是阿龍買一絃琴的那家古物店。

「應該是一絃琴吧。」

老人歪著脖子道。難道那姑娘已經會彈了嗎？

「但那琴應該只有土佐人才會彈呀。」

「什麼？土佐人？」

密探的眼睛一下子亮了起來。然後突然消失了身影。

這個見迴組密探名叫疙瘩三七。三七總是在伏見的寶來橋附近閒晃，監視是否有行跡可疑的浪人乘船進京。

三七立即返回伏見奉行所。一走進見迴組崗哨的土間就低聲道：「大爺，寺田屋似乎有些不對勁。」

崗哨中隨時駐有五、六名隊士。「三七，你嗅到什麼異味了嗎？」從屋內提著大刀走出來的是幹部級的牧野東藏。他是心形刀流的高手，為伊庭門下的名人。

見迴組之目的本就與新選組無異，但隊士原則上並非浪人，而是具有幕府直參武士次男以下身分者。當然是志願制的，故根本沒人要來應徵，現實上組成份子各種來歷都有。

「是，好像有土州人。」

疙瘩三七道。

「叫什麼名字？」

「我也不太清楚，不過聽那些女人好像都叫他『坂本大爺』。要去逮捕他嗎？」

三七若無其事地說，卻見牧野東藏立即臉色大變。

「土州的坂本？那不就是坂本龍馬嗎？」

這人是位天下豪傑，牧野聽說過。還是北辰一刀流的高手，在江戶時，其敏捷的刀法更被推為三大道場之首，這牧野也都有所耳聞。若這人真是坂本龍馬，憑目前這裡的五、六人是不可能攻進去的。

「三七，再繼續查探。」

牧野無力地坐下，並放開手中的刀。

另一方面，龍馬也彈膩一絃琴了。他把琴扔下，說：「我要睡了。」

這時，寢待藤兵衛進房來了。

「大爺，這旅館周遭好像有人徘徊。」

「是盜賊嗎？」

「好像是密探。大爺，怎麼辦？」

「什麼怎麼辦？」

「還是偷偷溜出這旅館為上策吧。」

「藤兵衛，恐怕沒法這樣。」

「怎麼會沒法？」

「我今晚已經睏了。要再穿上草屐四處走，我可受不了。」

龍馬說著以大刀撐住站起身來，走進另一房間並鑽進被窩。他似乎極為疲憊，完全沒把阿龍或密探的事放在心上，直接就睡著了。

藤兵衛整夜站在樓下的土間，監視著門外路上及後門等處的動靜。

一夜無事，天亮了。

早上龍馬草草吃過早飯就離開寺田屋上京去。他到了錦小路的薩摩藩邸並脫下草屐。

龍馬之所以造訪京都錦小路的薩摩藩邸，是為了撮合西鄉和桂各代表薩長在京都密會。

「這回應該沒問題了吧？」

龍馬向西鄉確認道。言下之意是：「別再爽約啦。」

西鄉點頭道：

「不會再出差錯了。」

但龍馬依然不安。薩摩藩瞬息萬變的外交政策，老實說連龍馬也無法相信。

「桂將……」

龍馬道：

「冒死前來。對長州人而言，京都大坂是極端危險的地區，這你應該也知道。桂這回上京是抱著必死的覺悟，完全是為了來見你。你既已答應，可別又出什麼差錯呀。」

「不會的。」

西鄉低頭道。龍馬一看，西鄉的臉都紅了。

「那我就放心了。」

龍馬說著忍不住泛淚，但接著又說：

「要是薩摩爽約，桂小五郎也不能返回領國了，應該會當場自盡吧。但我也不會讓桂單獨切腹。薩長聯盟若不成功，往後也不值得再為國事奔走了。我會當場殺了你，同時也殺了桂，然後再以同一把刀自裁。」

西鄉似乎被龍馬這番話鎮住了。他沉默半晌後，道：

「三個人一起死嗎？」

他抬起頭同時笑了出來。「坂本，要是桂跟咱倆同時死去，日本也將墮入黑暗深淵吧。我會提起全副精神說服領國那邊，以免被你殺掉。」

他說的領國那邊，指的是目前人在領國內且握有實權的藩主生父島津久光。久光頗有氣概，卻有著徹底保守的個性及思想。不僅如此還討厭他藩，是個無論任何事都想由薩州一手獨攬的固執之人。

「桂進京一事，再晚應該也會在十二月下旬抵達。到時你一定要在京都呀。」

「一定。」

西鄉輕輕點了點頭。

當天夜裡，龍馬就在此藩邸過了一夜。翌日薩摩汽船送來大量信件，其中有一封是饅頭寫給龍馬的。信上提到那艘聯合號的事，說龜山社中與長州海軍局起了爭執。

「不管哪個藩的官員都一樣呀。」

龍馬感到十分厭煩。長州海軍局的官員大擺架子道：「關於採購聯合號一事，完全未與我們商議，簡直是把我們當局外人。真是豈有此理。」信上如此道。這艘船的採購是龍馬、桂、西鄉和小松等人以雜耍般的政治手段付諸實行的，海軍局的官僚對這種事根本不了解。

海軍局的人甚至擺架子道：

「船的運行竟然要交給龜山社中，豈有此理。」

龍馬立即前往兵庫，自小野濱搭大舢舨到碇泊在該處的薩摩藩汽船，著急的模樣就像開船前才跳上船的人那般緊張。

龍馬對船長道。

「能不能立刻為我起錨開往下關？」

船長不禁大笑出聲。他這口氣好像薩摩海軍的船艦全成了龍馬自家用的船似的。不過龍馬之所以能如此自由使用該藩軍艦和汽船，是因西鄉曾對藩之海軍下過如此指令：「只要不影響藩用，船就借給龍馬。」龍馬忙於為薩長聯盟之事奔走，使他行動更迅速乃薩摩藩之義務。龍馬的行動若晚一天，歷史就遲一天，如今事態就是如此。

不久船駛出大坂灣，開始往西滑入瀨戶內海。

船名為翔鳳丸，是薩摩藩於元治元年在長崎買的，原為英國船，靠內輪槳推進，吃水量為四百六十一噸。

「這船不知多少錢？」

龍馬在船橋問船長。

「好像聽說花了十二萬美元。」

「挺貴的。」

龍馬環顧四周道：「我有點擔心這股震動。蒸汽機好像很舊了。」

想必是日本各藩老是出手闊綽，長崎的外國人便以高得無法無天的價格出售的吧。

終於抵達下關。

一到白石邸，就發現饅頭近藤長次郎正等著自己。

「長老弟，究竟怎麼回事？」

龍馬劈頭便問道。

簡單說來，問題出在長州海軍不滿聯合號的乘組士官全是龜山社中的人。

「長州海軍局實在是無理取鬧。我在長崎已與井上聞多及伊藤俊輔二人簽訂櫻島丸（聯合號之別稱）條約。他們的意思是想將此約作廢。」

櫻島丸條約如下：

第一條，船旗向薩州侯借。

第二條，乘組士官為高松太郎、菅野覺兵衛、寺內信左衛門、白峰駿馬、前河內愛之助（澤村惣之丞）。但可加入最多兩名長州士官。

如此條件，以長州海軍的角度看來，應該會覺得船好像被龜山社中搶走了吧。故他們以強硬的態度要求廢除此條約。但饅頭堅持不肯。

「若如此我就把船還回長崎去，幸好買船的款項還沒付。」

他甚至對長州方如此道。夾在中間的桂小五郎及高杉晉作等人實在尷尬。

「長老弟，你幹得不錯。」

龍馬如此稱讚，又道：「但要是這下咱們土州和長州關係不好，那也麻煩。這事就交給我吧。」

龍馬將寫著該條約的文件拽入懷中，往山口出發。

龍馬在山口旅館第一次和高杉晉作見面。

此二人皆以奇略縱橫之特點為幕末史增添色彩，角色卻多少有些不同。高杉自始至終都是以藩內為舞台，而龍馬的舞台卻不在土佐，他很早就離開土佐藩，馳騁天下。

或許是雙方的出身及環境使然吧。高杉為長州藩上士出身又深得藩主父子信任，可說是利用此權力將長州藩塗上清一色的勤王行動色彩。

龍馬是鄉士之子，根本不具參與土佐藩政之資格，自然不得不離開領國四方奔走。但雙方個性及足智多謀的想法卻有些相似。尤其是直覺特佳這點，兩人簡直相似得一如孿生子。

話說高杉在桂的陪同下前往龍馬所住的旅館，兩人的會面就此揭開序幕。

高杉一放下佩刀便道：

「您就是坂本兄嗎？」

他以稍嫌尖銳的長州腔道，同時不客氣地盯著龍馬。

龍馬苦笑著抹了把臉，以土佐腔道：

「臉色很黑吧。」

說到臉色黑，高杉的臉色是偏白的。應該說是蒼白，而顯得表情深沉。不僅如此，也未留髮髻。他將烏黑的頭髮三七分線，並以髮油梳得整整齊齊的。他不是為了梳成洋式髮型，而是因某事對不起藩主說要出家才將頭髮剪掉的。也沒剃成光頭，只是披散著頭髮。

「坂本君。」

高杉晉作以當時流行的「君」字稱呼龍馬。「自安政末年起，我就一直聽桂提起你的事，從長州的土佐夥伴那裡也聽到不少。一直希望能和你見上一面，今天總算真的見著了。你果如我原先想像的，是名彪形大漢呀。」

高杉本是沉默寡言之人，尤其常被初次見面的他藩者批評待人極為冷漠，沒想到今天的態度卻迴然不同。

「乙女女士的事情也多有耳聞，聽說比坂本君還厲害啊！」

「足相撲是比我厲害啦！」

龍馬苦笑道。

接著，桂、高杉及龍馬三人便就聯合號的相關糾紛討論該如何解決。大概五分鐘事情就解決了。

將聯合號設定在長州海軍局的規制之外，乘組士官由龜山社中負責安排。這點和之前相同但又加入一項條款「大致行動應聽從海軍局指示」。

高杉晉作當天將一把新進口的手槍連同一百顆子彈送給龍馬。

那是柯爾特式六連發型手槍，把正中間打開，即可看見輪身中有六孔，狀似蓮藕，裡面可塞進六發子彈。

龍馬對桂道：

「十二月下旬上京來，完成與西鄉的祕密會談後，便一舉簽訂薩長攻守同盟。」

「要我主動前往嗎？」

桂一臉為難。桂得顧及長州藩的面子。言下之意是不想由己方厚著臉皮主動前往，好似去向薩摩藩乞討似的。

龍馬厲聲道：

「桂君，這難道不是為了日本嗎？」

「我坂本龍馬可不是為區區三十餘萬石之領的長州而奔走的！」

「我了解。」

桂為難地點頭道。但這句「我也不是只為了長州藩」卻仍說不出口。老實說，桂目前尚無心思考慮「為了日本」這種模糊的抽象概念。因為他和高杉晉作兩人正背負著即將垮台的長州，不得不將所有心思全放在自藩上。

「總之，請你一定要上京去。」

龍馬皮笑肉不笑道：

「要是違背約定，我就把你當成無益於日本的廢物一刀砍死。也把西鄉砍死。當然我也會自我了斷。這事我也對西鄉說過了。」

「西鄉說死在你手下也甘心嗎？」

「沒錯。但也說一定要完成薩長聯盟以免被我殺了。」

「這樣啊。」

桂並沒有笑。他依然滿臉為難：「那我就上京去見西鄉。」

「太好了。這樣桂小五郎就是對日本有益的人了。」

「別給我戴高帽子了。」

桂這才露出苦笑。桂小五郎本就生性晦澀，個性並不爽快。凡事喜歡深思熟慮，可能考慮老半天，最後什麼卻也不做。且又愛記恨，雖不至於爆發，但恨意經常深深留在心底。在這激動的藩裡，其才能除高杉外無人能出其右，故他偶然成了肩負藩之命運的革命政治家，換成平承時代，必然還有更適合他的職業。

「何時出發？」

「就定在十二月末吧。」

桂終於下定決心道。

不過，插句題外話，促使桂如此回答的並不只是龍馬的力量。

薩摩密使已進入長州藩領，目前停留在山口。這人就是黑田了介（日後的清隆。維新後任總理大臣。獲封伯爵）。西鄉與龍馬商議之外，又派遣密使前往，企圖說服長州藩中反薩情緒最強烈的奇兵隊等所謂的「諸隊」，一再釋出薩摩藩的誠意。龍馬派了兩名自己手下的土佐人陪同這位黑田了介前往。這兩人是前文提過的池內藏太及田中顯助（日後的光顯，獲封伯爵）。

想必是他們的說服奏效，諸隊的反薩情緒逐漸緩和，故桂才能明確答應龍馬上京吧。

龍馬接著又趕往長崎。

在此第一次見到饅頭費盡千辛萬苦才取得營運權的聯合號。

船繫在大浦海岸的岩壁上。船名已變更，是長州藩海軍局命名的，叫做乙丑丸。

「好船呀！」

龍馬衝上繩梯，從甲板到機械室毫無遺漏地巡視，最後到操舵室，還轉了轉船舵。

「喏，饅頭呀，這船或許將透過咱們龜山社中之手而在貿易上大顯身手。不過，第一件重大任務似乎不是這個。」

「那是什麼呢？」

「戰爭呀。」

龍馬道：

「幕軍應該沒多久就要進攻長州。想要進攻長州，東要從山陰山陽兩道連攻過來。西方為海故應從小倉渡海攻來，因此幕府海軍將會出動。好好教訓他們吧！」

「用這艘船嗎？」

「是啊。也已載有充足的大砲，到時即可大顯身手！」

「我也要上場嗎？」

「嗯，當然也要讓你上場。」

龍馬拍拍他的肩膀道。但饅頭看來只喜歡外交、商務及學問研究，戰爭似乎不在行。

「我是町人出身的，不大喜歡戰爭……」

「你真傻。事先就這樣說，枉費你那麼有天份，還是會被人瞧不起的。男人要打架時，就得抱著豁出去的大勇猛心，否則無論平時嘴巴上掛著什麼卓見高論，人家只會把你當成一個只有點小聰明的人。」

「但不在行就是不在行呀。」

「不在行也得幹！若傳出去說近藤長次郎在軍艦上參與了一場戰爭，往後你的卓見高論將增加千鈞之重。人們會覺得你不是光會耍嘴皮子的才子。如此一來你的工作就更容易進行，將能成就意想不到的大事業。」

「可萬一戰敗，軍艦沉了又將如何？」

「也不過一死啊。」

龍馬滿臉不可思議的表情望著饅頭道：「這是理所當然的呀。」

「但現在死就太可惜了。」

「饅頭，覺得自己值得可惜嗎？」

「請別叫我饅頭。」

「那好，長老弟，不管多麼微不足道之事男人都要有隨時可為之送命的自信，才能成大事。」

龍馬正設法教育這個龜山社中全員都討厭的才子。

「可幕府海軍真會出動嗎？」

「一定會。」

龍馬說完後臉色突然一變，因為他突然想到：

「萬一這回幕府海軍總督是勝海舟老師，那我該怎麼辦？」

龍馬在長崎僅停留數日，忙得分身乏術。

在龜山社中方面，他以社長身分集合所有同志，針對這堪稱日本最早股份公司的社業方針進行商議。

「我想在長州的下關也設分店。」

龍馬道。

因為他注意到東西兩邊物價是以下關為界，雙方差異極大。這是龍馬在奔走期間得知的。故應在下關設分店取得長州藩的支援，一一調查經過下關之船隻的貨品，詢問價格，並調查與大坂之間的價差。如此一來就能搞清楚「現在商品應以何種價格出售」。龜山社中若持續以此堪稱科學方式的商情調查為基礎，在國內進行貿易，定能賺錢。

「因此我已在下關拜託阿彌陀寺（地名）一家名為伊藤助大夫的藩御用運輸船行，請他把房子讓我們當分店，這事已談妥。大坂當然也要設分店，我打算租用薩摩藩御用商『薩摩屋』的一部分店面，他們在土佐堀二丁目有批發店。伊藤和薩摩屋也說自己身為商人，以往卻從未注意到這點，答應給我們大力協助。為經營此二分店，必須派社中的某人常駐於下關及大坂。」

眾人都對這炫目的構想感到茫然。龍馬又說：

「總之，將來龜山社中必須培養出百萬石程度之藩的實力。我們就是要靠此實力繼續主導薩長、推翻幕府並建立新國家。」

龍馬進一步道：「即便推翻幕府並成立新政府，我們大家也別成為官僚。應一方面振興海軍，另一方面則致力讓此龜山社中成為世界第一的公司，大家應抱著如此決心來做。不過倒幕活動及倒幕戰爭進行期間，諸君多將或死或傷吧。即使志業尚未完成就倒下也無所謂。那時請調轉目標的方向，以此姿勢從容就義吧！」眾人皆激動不已。

然後，龍馬就到大浦海岸一一拜訪葛羅佛商館等外國商館。

也再度造訪薩摩藩邸。在薩摩藩邸道：

「在下無法長時間待在長崎，必須暫時往返於京都大坂和下關之間。不在時還請多方關照龜山社中。」

長崎的薩摩人也很清楚龍馬是為了薩長聯盟這個不著邊際的夢想而奔走。

「了解。公司目前設在龜山一定有些不便吧。我們會在市內找間負擔得起的房子。」

他們好心道。

「對了，坂本爺到長崎的丸山青樓區玩過嗎？」

薩摩的長崎留守居役道。

龍馬回答：「沒有。」薩摩眾人便說：「我們一定要帶你去。」當天華燈初上，眾人就出發了。

這夜龍馬就在丸山冶遊。

丸山是與江戶吉原和京都島原並稱的日本三大青樓區之一。

思案橋頭紅燈輕搖，幾株枝條低垂的柳樹映著燈影看來十分青翠。過了這座橋就是夜夜笙歌之里。

道路是長崎風格的石板路，龍馬一邊踩著石板路前進，同時瞪大雙眼。

「這可真了不起啊。」

高樓櫛比鱗次，燈光耀眼得恍如白晝。每家店各不相同，多數地方用的是一種稱為無盡燈的燈泡，和吉原或島原不同，似乎帶著點異國風情，果然深具長崎青樓之特色。

頭上傳來和著三味線的小曲〈春雨〉。

偏愛小曲的龍馬心想：

「哇，可是難得聽到呀。」

同時手插在懷中，隨著眾人往前走去。

他被帶至賴山陽等人常去的「引田屋」。這是丸山首屈一指的青樓，現在改名「花月」，已被指定為史蹟，龍馬醉後拿刀在壁龕柱子上所劃的刀痕也仍保存著。

進入包廂後，酒宴就開始了。

酒宴之間有幾名藝伎居中招呼，不一會兒其中一人就拿起三味線道：

「要我來唱首什麼曲子嗎？」

她有著渾圓而天真的臉蛋，雙眼卻閃著亮光充滿戰鬥精神。那對閃閃發亮的眼睛從剛才開始就一直緊盯著龍馬。

「妳叫什麼名字？」

龍馬問道。

「阿元。」

龍馬聽了大吃一驚。曾聽說此處有位很會彈奏月琴的藝伎，不就是這位阿元嗎？阿元手上拿著的不是月琴，而是三味線。

「大爺，您是……」

「坂本。」

「大名也請順便吧。」

「龍馬。」

「坂本龍馬大爺？太好了！我最喜歡您了。我來為您唱首曲子吧。」

阿元說著開始調音。龍馬把剛才聽見的曲子哼了幾句，請她就唱這首。

「那是〈春雨〉。」

阿元笑道。〈春雨〉是目前長崎相當流行的小曲，據說是肥前小城的藩士柴田花守到這家引田屋來玩時作的詞，曲則是某位藝伎配的。

一會兒阿元就開始彈，由其他藝伎唱。

被春雨淋濕的黃鶯，
振翅之風飄著梅花香。
嬉戲於花間，好溫馴呀。
就連小鳥也如此專情，
決定了歸宿，心意如一。

龍馬開始有些醉意。這數年奔走的疲憊似乎愉快地消散了。

他醉眼遠眺，只見懸在庭院簷端燈籠模樣的紅色簷燈正迎風搖盪，十分嬌媚。

「長崎若無這名為丸山之所，定能順利帶錢回京。」

正如西鶴此作品所述，如此風情最適於融化男子的鐵石心腸。

「三味線借我一下。」

龍馬拿起阿元腿上的三味線，也沒調音就漫不經心地彈奏起來。

我是黃鶯，您是梅。
若能重獲自由身，
啊，那豈不正似鶯宿梅呀。
啊，別想太多呀！

這是〈春雨〉第二段歌詞。阿元見龍馬把曲調記得這麼清楚很是詫異。

「我再多教您一些。您聽過〈漫步曲〉嗎？」

「沒聽過。」

龍馬豪邁地乾了杯。他大概已經喝了有一升吧。

阿元解說這首〈漫步曲〉。她說長崎人本就好親近、愛交際又喜冶遊。每逢慶典或節日民眾就在街上漫步。

「就是這樣產生的歌。」

阿元自彈三味線，同時以低沉而悅耳的聲音唱了起來。

長崎名物，放風箏，
盂盆祭，
秋天是諏訪的雜樂團。
信眾慢慢走。
閒晃閒晃。

「這曲子真有意思呀。」

龍馬的眼睛都亮了起來，大概是覺得與自己個性很合吧。

「再唱，再唱！」

說著豎起耳朵。

大井手町的橋上，
孩童舉大旗賽跑。
才五、六町距離，世話町的大人，
要花兩三天慢慢走，
閒晃閒晃。

「好啊！」

龍馬興奮地拍著手，要阿元「再唱，再唱！」

今年有十三個月，
輪到肥前的大爺（鍋島藩）當班（譯註：輪駐長崎港）。
順便參觀城之島。
俄羅斯人慢慢走，
閒晃閒晃。

一會兒，龍馬走下庭院，踩著石板去上廁所。解完手一出來，發現那裡種著珍竹。而阿元就拿著手巾站在那叢竹子後。

「哎呀，原來妳站在那裡呀。」

龍馬接過阿元遞給他的手巾，突然擦起臉來。阿元忍不住爆笑。忍住笑後突然臉色一正，問道：

「下次什麼時候來？」

龍馬明天就得離開長崎趕往京都。

突然嘩啦嘩啦下起雨來，打在 旁的珍竹葉上。濡濕的竹葉映著紅色簷燈，龍馬見了醉意更深。

「人家問您下次什麼時候來呢？」

竹林下的阿元又問了一次，並抬頭望著身材高大的龍馬。

阿元的雙眼如小野獸般閃閃發光。她在這丸山是出了名討厭男人的藝伎。

「不知道。」

龍馬道。他得冒著生命危險，努力在京都完成薩長聯盟這項困難的大事。幕府的捕吏恐怕早就摩拳擦掌等著龍馬進京了吧。

「我好像愛上妳了呀。」

龍馬本想如此道，卻開不了口，只是傻傻站在雨中，任雨打在身上。

「什麼時候？」

「不知道呀。要是老天爺饒我性命，我就回長崎。」

「跟我接吻。」

阿元湊了上去。但龍馬不懂阿元究竟在說什麼。

「阿元，妳會被雨淋濕呀。」

說著就想把她身體壓回去。阿元卻搖頭嚷著：「不要，不要！」同是日本人，但這個土佐人和長崎女卻像不同國籍人士般雞同鴨講。

「阿元或許害羞……」

阿元微笑道。言下之意是：「但我喜歡您呀！」龍馬不明就裡，還「哦哦」地點點頭。

「再也不離開了。您已是我的青餅。」

「青餅是什麼?」

龍馬愣在當場。後來他才知道，青餅就是戀人、情人之意。在長崎，人們把戀人情人稱為「相思」，這龍馬聽人說過。這方言應該是從清國話來的吧。青餅是長崎特有的草粿，會黏搭搭地黏在手上。似乎就是因為這樣才變成戀人之意。

「您在京都有喜歡的人嗎?」

「當然有啊。」

龍馬厚臉皮地道。

「討厭。」

「沒辦法呀。也不知為什麼老是有好女人呀。」

「討厭!討厭!」

阿元跨步上前，不斷使勁推著龍馬胸部。龍馬嘟囔著:「喂喂，等等……」同時走近珍竹林中。竹葉上的水珠啪嗒啪嗒地滴在龍馬的髮髻和肩膀上。

龍馬不知不覺竟已緊摟著阿元。阿元張開雙唇。

龍馬曾聽說，在長崎情意相投的男女會讓雙方嘴唇相貼。

「接吻。」

阿元命令道。

龍馬把自己的嘴唇貼上阿元的，然後熱烈地吸吮那溫暖的露珠。

祕密同盟

幕府也不是白痴。

非但如此，其諜報組織還十分敏銳，早已探知龍馬進京之事，以京都守護職會津中將松平容保為總司令的警察組織也發出動員令，要京都所司代、京都奉行所、伏見奉行所、新選組、見迴組等，在大坂甚至兵庫撤下警戒網，等著龍馬潛入。

究竟在何處、如何走漏消息就不得而知了。

總之，幕府機關雖未察覺龍馬潛入之目的在撮合「薩長攻守同盟」，但已探知「土州的坂本龍馬將帶長州人進京，好像要做什麼驚天動地的大事」。

龍馬的長相被描繪成：

「濃眉，嘴角線條堅毅的彪形大漢。」

此人相書也已徹底傳至末端的捕吏。

至於其動向，幕府也推測：

「他特別喜歡汽船，故應循海路進畿內，恐怕會從兵庫上岸吧。」

故下令要負責兵庫警戒之岡藩嚴加戒備。

又進一步推測這土州人應該會從大坂的天滿八軒家乘淀船上伏見，而決定派新選組前往八軒家。

話說龍馬——

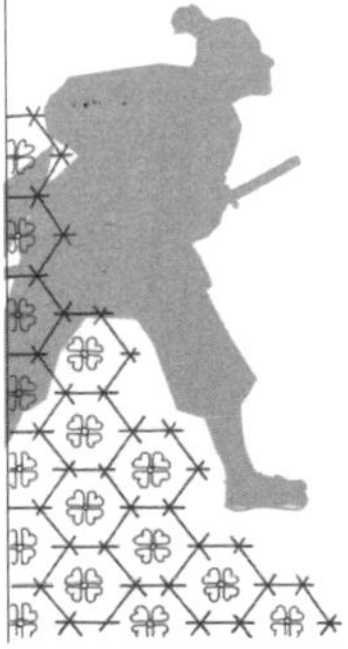

自長崎出發後，即循陸路穿越北九州，再橫渡下關海峽至下關。

接著又前往三田尻。

高杉晉作、井上聞多及伊藤俊輔就在三田尻的白石邸等他。

他在此聽取高杉的報告：

「木戶準一郎（桂小五郎之別名）已率貴藩的池內藏太君、田中顯助君及我藩的品川彌二郎等數人，於前天二十五日自下關出航，前往京都。」

這個以桂小五郎為大使的長州祕密使節團，龍馬特派龜山社中的池內藏太以侍從身分隨行。土州人池內藏太已幾度在此小說中登場。內藏太似乎已有預感這回進京恐怕是自己戲劇性志士生涯的終點，故將一把來福槍包在大布巾中隨身攜帶，準備一旦遇到緊急狀況就取出來連續發射殉戰。

「坂本兄將如何？」

高杉問道。

「我立刻出發。」

龍馬道。薩摩藩汽船為搭載龍馬已來到下關，自數日前即已下錨泊於港內。

「坂本兄，藩已下令要長府藩（長州藩支藩）藩士三吉慎藏當您的隨行護衛官。他是位短矛名手。」

「這下我可就放心了。」

「什麼話，您也是千葉門下響噹噹的北辰一刀流高手。要是隨扈的功夫太差就說不過去了。不過三吉慎藏生性機靈，絕不會礙手礙腳的。」

高杉道，但或許是擔心龍馬等人前途安危，臉色顯然較平常更蒼白。

但當晚就起了風暴，碇泊在下關的薩摩船外輪也因而受損。

當時汽船若要大修非得到長崎不可。長崎有幕府的官營造船所，還有來自上海的船塢。順帶一提，此船塢連同機械設備目前仍由三菱長崎造船所（由幕府所創之造船所演變而成）妥善保存於長崎市的小菅。

龍馬細心檢查船的破損之處後道：

「這非送長崎檢修不可。」

無奈之下只得放棄搭船。

因為這樣，龍馬自然也延遲出發了。因為得另尋他船。

其間，龍馬就投宿在已成為龜山社中的下關支店、亦即阿彌陀寺的大町人伊藤助大夫處。

龍馬將此支店命名為「自然堂」。

他這人不尊崇釋迦和孔子，但古代哲學家之中卻獨尊老莊。希望效法老莊凡事崇尚自然的精神，故取名為自然堂。

停留期間，碰巧長州藩的書法家岡三橋來訪，故請他將此三字提於扁額。

「哦，自然堂嗎？」

岡三橋露出贊佩表情，多次搖了搖頭。為勤王思想而奔走的所謂志士竟懷有老莊的虛無思想，這也太不可思議了吧。

主人伊藤助大夫對龍馬極為崇拜，雖為海峽首屈一指的海運業者卻親自為他奉茶，晚餐也與他共飲。

「助大夫兄，請幫我找艘開往大坂的船吧。」

龍馬每天一起床就拜託他。

「是，我曉得。」

助大夫為此頭痛不已。因為可不是隨便哪家運輸船行的船都能搭，非得薩摩船才能載龍馬。因為只有薩摩船擁有強力的治外法權，能逍遙於幕府的搜查行動之外。

到了正月。

年節飾物「門松」都已撤下時，終於有艘插著印有「⊕」模樣藩旗的薩摩藩御用和船駛進下關港。

此船於正月十日自下關出航。當然，龍馬和奉長州藩藩命與龍馬同行的三吉慎藏也在船上。

慎藏有著長州人的清秀相貌，一如高杉的推薦，是名感覺特別敏銳的年輕人。
龍馬在船上朝夕相處後，非常喜歡他。
「三吉君即使是翻筋斗，一定也是一晃眼就完成的神速吧。」
龍馬說著咯咯大笑。
船在播州海面遇上小型風暴。
冬季至早春期間，即便是瀨戶內海也不甚平靜。
再度破浪前進穿過明石海峽，進入兵庫港時已是慶應二年（一八六六）正月十六日。
龍馬於慶應二年潛入兵庫，正值勤王派局勢最慘之階段。
將軍家茂已進駐大坂城。
以大坂城為大本營，不但整軍準備進行第二次長州征伐戰，另一方面也持續彈壓天下親長州份子。
諸藩亦順應幕府強硬之政策，陸續誅殺藩內勤王份子。不僅龍馬之母藩土佐藩，安政年間以來勤王家輩出的肥後熊本藩及筑前福岡藩情況也相當悽慘。
筑前福岡藩（當主為黑田家）在幕府發布第二次長州征伐令的同時，藩內也發生政變，佐幕派恢復政權，並陸續處決勤王份子。
起初殺戮行動是以溫和方式進行。筑前知名的志士筑紫衛決定脫藩，他趁夜疾速穿過城下，奔至那珂川的渡口。但翌日卻被發現溺死，屍體的脖上纏著大小佩刀及衣物。
藩內勤王派首領月形洗藏對此憤慨不已，決定發動政變，於是要求同志集會。不料密謀走漏風聲，被藩廳得知，全體同志都成了階下囚。
故加藤司書以下共六人奉命切腹。
月形洗藏以下共二十四人遭斬首。
這回福岡城下大量死刑連續進行了三日，五十二萬石之藩中勤王份子一個不剩。
時勢慘澹已極。
扭轉局勢的微小可能性，只剩下正遭幕府武力壓制的長州藩及置身事外保持中立的薩摩藩。這兩藩若再各自孤立下去，就無法有任何作為了。

龍馬正設法聯合兩者，維新回天的可能性可謂全繫在他一人肩上。

龍馬進入兵庫後，隨即自大船轉乘舢舨。才剛踏上海邊地面，長州藩護衛官三吉慎藏便望著岸邊景象道：

「坂本兄，不可能了。」

松林及大路上四處設有取締違法潛入者的崗哨，搭了一些臨時小屋，還有眾多武士走來走去。

「是豐後岡藩的人。」

三田慎藏看到那些武士身上的家紋後如此道。豐後岡藩（今大分縣竹田市）是祿高七萬零四百四十石的中川家之領，此藩在文久三年（一八六三）之前一直以勤王藩為人所知，現在卻成了佐幕藩。

「還是搭船上大坂吧。我再搭一次舢舨到港內看看有沒有正好要開往大坂的船。」

「這種暴風雨……」

「哎呀，有錢能使鬼推磨。坂本兄就在這葦草叢中等我一下吧。」

三吉慎藏說罷就往海邊走去。

辦事能力真強。一會兒他回來向龍馬報告說有，並要龍馬搭上舢舨。三吉說，他把身上所有的五十兩全拿出來租了一艘和船。

兩人繼續前往大坂。

兩人在大坂天保山港下了大船，接著又租了艘小船，溯川進入市區。途中經過安治川的川番所時被攔了下來。

「等等！」

只見船上的龍馬吃著便當，優哉游哉地報上假名。

「薩州家臣才谷梅太郎。」

故川番所的人也揚了揚下巴道：「過吧！」

「您這是武術的氣勢吧？」

通過之後三吉慎藏小聲道。所謂武術的氣勢是像蛇面對青蛙時的一種動物性反應，瞬間就能將對方催眠。蛇就趁此時襲擊青蛙，而在武術對決時就出手攻擊。三吉指的就是這個。

但龍馬並未特別刻意使用如此氣勢，聞言也只覺得「或許是吧」，然後繼續吃他的飯。

一會兒便轉進土佐堀川。兩人把船扔在位於二丁目的薩摩屋敷後面。

薩摩藩邸已接獲西鄉自京都發出的指令，早就等著龍馬到來。

「平安抵達，真是太好了。」

薩摩大坂留守居役木場傳內道。傳內是同藩之西鄉及大久保的老同志，一方面因年齡較長，故很受他們敬重。維新後改名木場清生，陸續擔任大阪府大參事及宮內大錄等職，後辭官隱居，明治二十四年(一八九一)過世，享壽七十五歲。

「將軍在大坂城，故全市正處於空前的警備狀態，日落之後還在市區或路上走的就只有狗了。因為目前派駐了三萬幕兵，並將全市分成幾區，命諸藩分別負責戒備，只要發現可疑人物即就地處斬。且這十天以來，坂本爺您一直是搜查重點呢。」

「啊？我嗎？」

龍馬不禁苦笑。心想一定要寫信告訴乙女姊。幕府傾其警備力量來搜捕龍馬一人，這實在太了不起了呀。

「但幕府應還不知我上京來的目的吧？」

「沒錯。我想他們尚未查知這點，但潛伏於大坂的長州人中有個名叫赤根武人的，已被新選組逮捕。赤根似乎對高杉懷恨在心，拷問到最後好像供出藩的機密了。果真如此，幕府也不見得不知情。」

「原來如此。」

「總之這一兩天就請您躲在此藩邸內。」

「不，我今晚就要出門。」

龍馬道。木場傳內嚇了一跳，大聲道：「您要是這麼做，在下就無法完成任務了。」又問道：

「您究竟要上哪去？青樓嗎？」

「不，是大坂城。」

龍馬氣定神閒道。這大坂城可是幕府機關之中樞，更是幕軍的大本營，是所有敵軍的巢穴，不是嗎？

「去做什麼？」

「想了解一下京坂的警戒網。若不了解就無法潛入京都，事情將陷入膠著。」

龍馬道：

「我要上大坂城代家去。」

順帶一提，大坂城的城主是將軍。城代就是將軍在大坂的代理人，與京都所司代同為幕府地方官中最高之職位。

除統轄大坂城外，政治上還負責統帥關西諸國，行政上更是大坂東西町奉行及堺奉行的管理者，一般是從五、六萬石的譜代大名中挑選。擔任此職位後再轉任京都所司代，就能進一步升為老中。此即幕府高級官僚的晉升路線。

因幕府處於非常狀態，故目前的大坂城代暫時破例白旗本中挑選，而非譜代大名。不管怎麼說，從倒幕勢力的角度看，此人即最大敵人，是搜捕坂本龍馬的幕府機關最高責任者之一，這是絕對錯不了的。

「這人瘋了吧！」

薩摩藩大坂留守居役木場傳內暗想。因為龍馬說要摸進敵軍巢穴去見對方首領然後問他：「要搜捕在下的警戒網究竟如何？」

「你認識大坂城代嗎？」

「不認識。」

龍馬道。但他認識其部屬，即寄居於城代屋敷的幕府高官大久保一翁。

大久保一翁是龍馬老師勝海舟至交，曾擔任將軍家的御側取次（譯註：在將軍身邊負責傳旨）等職，目前官名為越中守，駐於大坂，擔任將軍的顧問。

「坂本君，你太大膽了。」

「不，這只是我一般作風。」

「這樣不成，你可是幕府傾力搜捕的對象呀！」

「木場君，麻煩幫我備兩頂轎子。要是能借我印有島津家家紋的提燈，讓我沿途驅魔那就更好了。」

「我豈有不借之理，但……！」

木場傳內還想阻止，但龍馬根本不聽。

木場無奈之下只得開始安排。

太陽已經下山。

龍馬坐進前面轎子，長州人三吉慎藏坐進後方轎子，大大方方從薩摩藩邸大門出發了。

木場傳內站在門口目送，直到提燈看不見了才大喊：

「chesuto!」

這是薩摩人的吶喊。憤怒時、鼓勁時、懊惱時、高興時，他們都會這麼叫。以傳內而言，是對龍馬的大膽行為感到既生氣又覺得了不起，應是包含憤怒與讚嘆的吶喊聲吧。

托薩摩藩主家紋之福，龍馬輕易突破町區間的柵欄、路上的崗哨及諸藩崗哨，終於跨過本町橋。過了這橋就是幕軍的警戒範圍。

在橋頭受到盤問，但龍馬堅稱自己是薩摩使者，故又穿過內本町、太郎左衛門町，往上爬至上町坂時，就到了城代屋敷。龍馬在門前停下轎子。

越中守大久保一翁正在審閱負責大坂警備工作的町奉行及相關諸藩上呈的報告書，傳令兵在紙門外道：

「有自稱薩州大坂留守居役木場傳內爺同僚的人求見。」

一翁闔上文件。

「叫什麼名字？」

「肝付右兵衛。」

傳令兵答道。這名字一翁毫無印象，但肝付這怪姓只有薩摩才有，且在薩州還是名門。總之既是薩摩的高級官僚，那就非見不可。這麼一想就簡短下令：

「到書院。」

一翁開始整理文件。所有文件都是與大坂兵庫警備狀況有關的資料，尤其最近報告又寫得更為緊張。據說土州的坂本龍馬將帶著長州的桂小五郎潛入畿內，為此情報已張開萬全的警戒網。

兩人的人相書也都發下去了。桂是「膚色微黑」，龍馬是「膚色偏黑」。

「微黑跟偏黑到底有什麼不同？」

大久保看對警吏如此形容方式，心裡暗覺好笑。

一翁走到走廊上。

「好冷。」

一翁左手握緊拳頭。侍臣手中捧燭台，走在前面領路。

到書院了。侍臣拉開紙門的一剎那，大久保一翁的雙腳就像釘在地上似的。

龍馬就坐在裡面。

「……」

一翁轉頭看看侍臣。人稱幕府官僚首屈一指之才子的一翁，有著寬闊的額頭及白皙的膚色。這時他白皙的額頭突然冒出汗來。他從不曾如此狼狽。

「你到外面走廊去。」

他小聲命令侍臣。「我沒叫人，誰都不許進來。」

「遵命。」侍臣見主人臉色如此異常也十分詫異，嚇得牙齒不住打顫。大概是因為又冷又緊張吧。

一翁走進書院坐下，然後默默將暖手爐拉近。

「你這不是教人為難嗎？」

這位將軍手下名臣當然沒這麼說，只是露出如此表情。

龍馬卻絲毫未將一翁的為難放在心上，只管一個勁兒地微笑。
「天氣實在很冷呀。」
龍馬道，他幾乎是環抱著暖手爐。接著又說：
「京都、大坂也不錯啦，就是這冷天氣教人吃不消。」
「怕冷的話……」
大久保幾乎哭出來了：
「別來就好了呀。」
「不，有事的話，這理由也說不通呀。」
「坂本君。」
一翁的聲音發著抖。
才叫了他名字，大久保一翁就閉上嘴巴，半晌說不出話來，表情僵硬。
「您怎麼了？」
龍馬嚇了一跳問道。
「沒什麼。」
「可您都不說話呀。」
「廢話。」
一翁露出痛苦的表情：
「你可是幕府通緝的要犯呀。現在京都、大坂警備全開，正摩拳擦掌等著你從九州潛入。」
「就是這件事。」
龍馬擊掌道：
「就是因為這樣，我才想，只要來這裡就可清楚知道哪裡人手較少，哪裡監管得比較嚴格。」
「你在說什麼蠢話！就是由我負責指揮町奉行、定番（譯註：一段時間固定駐守以護城之職）、加番（譯註：協助定番警備之職）及諸藩，肩負大坂警備工作之責任呀！」
「因為您是大坂城代並（譯註：「並」表地位相當於前述官職）吧。」
龍馬用力點頭道。
「你佩服個什麼勁！重點是，我是指揮搜捕你的所有人員之總指揮！」

「我知道。」

「那你為何還來？」

一翁愈來愈焦躁。

「我想大坂城代並應不至於親自逮捕坂本龍馬吧。」

「那邊那人是誰？」

一翁指著三吉慎藏問道。

「他是長州人。」

咦！一翁滿臉錯愕。長州人現為朝敵，也是幕府之敵，只要是長州人，皆可當場格殺勿論。

「你真教人為難呀。那種人你也帶過來！」

「是朋友嘛。」

龍馬說著天真笑笑。

「無論如何，你就盡快逃離大坂吧。雖早聽說你會進京來，但大膽也該有個分寸。你的命不管有幾條都不夠吧！」

「我早有覺悟。」

龍馬道：

「您剛說知道我要進京，消息還真靈通哪。」

「已經收到報告了。」

「您認為我上京都來要做什麼？」

「這、這我怎麼知道？」

一翁生氣了。因為他心想，你這是特地來嘲笑人的嗎？

「沒收到這報告嗎？」

「還沒。」

一翁道。龍馬放心了。他想知道的就是此事。薩長聯盟之事要是走露風聲被幕府知道，那就萬事休矣。

「那我告退了。」

「我送你吧。」

大坂城代親自送他們到門口，還對正要走出去的龍馬小聲道：

「新選組已出動至天滿八軒家，正一一盤查進京的船客。反正你一定會用假名吧，不過要是有什麼萬一就說你認識我。只有發生萬一的時候喔。」

天滿八軒家是開往伏見之淀川船的大坂站。

位在天滿橋和天神橋之間的南岸之地，沿川櫛比鱗次開設的船宿，總是聚集許多往來京都、大坂的旅客。

其中有一家名為京屋。

京屋是新選組的專用旅館，將軍停留大坂期間，就駐派一小隊人員於此盤查上下行的旅客。

隊長是藤堂平助。

藤堂倚在京屋二樓的欄杆，正俯瞰底下過往的旅客。

「咦！」

藤堂這天上午大吃一驚。

一名身穿黑棉紋服的高大武士，正從京屋隔壁的船宿堺屋走了出來。

那是坂本龍馬，絕對錯不了。頭上還戴著柏餅（譯註：外包柏葉內包紅豆餡的扁平半圓形麻糬）狀的韮山笠。

「藤堂爺，那人……」

一旁姓新田的某隊士指著與龍馬同行的三吉慎藏道。

「我見過。應該是長州人。而且他身上那個包在深藍大布巾裡狀似釣竿的東西，我看恐怕是短矛。」

「應該是吧。」

藤堂故意不以為意地道：

「哎呀，碼頭那邊的夥伴應該會盤查吧。別管那麼多，我肚子餓了。」

藤堂拿著大刀站起身來走下階梯，一副要去吃飯的樣子。

藤堂平助是龍馬千葉道場的後輩。龍馬在伏見往京都路上遭成群的新選組隊士攻擊時，藤堂曾設法助龍馬逃脫。

「真是個傻瓜！」

藤堂一邊走下階梯，一邊感到氣憤。竟敢搭白天的船來，實在太大膽了。這樣豈不是公然拋頭露面嗎？

藤堂最近思想有些動搖。他與近藤及土方共同成立新選組，是老成員了。但池田屋之變後，新選組就喪失攘夷結社的特色，純粹成為幕府的走狗，他對此極為不滿。何況人家說血濃於水。新選組的核心幹部近藤勇、土方歲三、沖田總司、井上源三郎等皆為武州多摩地方之古劍法「天然理心流」出身，暗地裡十分團結。雖說同為創辦初期以來的同志，但藤堂平助學的卻是千葉道場的北辰一刀流。藤堂一直感覺近藤等人老是把自己當外人。

不僅如此，千葉道場在傳統上尊王攘夷之風向來盛行，在櫻田門外暗殺井伊直弼的水戶、薩摩浪人皆為千葉門出身。且千葉道場這方面出了相當多的志士，比方說死於赤羽橋的清河八郎及坂本龍馬。

實在合不來。

藤堂已決定與新加入的千葉門前輩伊東甲子太郎等人一起退出新選組。

藤堂平助跳下土間就立即穿到後門去。後門就是大川。天滿的船宿，正確說來，後門才是正門，三十石船都是從這裡進出的。

「天氣真好。」

他做出讚嘆的樣子，刻意伸展軀體並望著對岸。陽光照在籠罩著對岸町家的霧氣上，閃閃發亮。這正是所謂「梅日和」的晴朗天氣吧。

旁邊就是船宿堺屋的碼頭。現在正好有艘日班船要出去。踏板已架妥，船上、岸上都擠滿旅客。

藤堂手下五名隊士正一一嚴格檢查旅客，這五人身穿制服，即附有白色山型袖口的外褂。

輪到龍馬了。

與他同行的依然是那個扛著狀似短矛之物的武士。

「等等！」

隊士們頓時緊張起來。

「我們是京都守護職會津中將手下的新選組。職責所在，必須問你幾個問題。請報上藩名及姓名。」

「薩摩藩。」

長州人三吉慎藏回答。

「姓名呢？」

「這位是肝付右兵衛，我叫肝付鼎。」

「那根長長的東西是什麼？」

隊士指著三吉肩上的東西道。

「這個……」

是釣竿。三吉正想如此回答，但已走上踏板的龍馬突然轉過身來道：

「是短矛。」

他竟不假思索地說了實話，隊士因而騷動起來。

其中一人畢恭畢敬道：

「我們的臨時屯駐所就在那邊、神社擺放神輿的地方，請您隨我們過去一趟。」

「沒這必要吧。」

三吉慎藏道。慎藏生於定駐江戶武士之家，故一口江戶腔。

「您自稱薩摩人，卻無薩摩口音。」

「那是當然，我可是在江戶出生的。」

「無論如何還是請二位隨我們過去。」

「這是對薩摩藩士的態度嗎？」

三吉慎藏一副挑釁的模樣。

「不，我看你們恐怕不是薩摩藩士吧。尤其是那位仁兄。」

他指著龍馬又道：

「他很像我們要抓的人。總之到屯駐所那邊再慢慢說吧。」

「不必，不必！」

龍馬以周遭町人幾乎都要嚇得跳開的音量大聲喝道：

「懷疑的話就去找土佐堀藩邸的留守居役木場傳內吧。除他之外無人能限制薩摩藩士的自由。」

藩的留守居役相當於今天的領事。
「那我們就派人去找土佐堀的木場爺，在他回來之前請先到屯駐所歇會吧。」
「可是我們在趕時間！」
這時藤堂平助來了。
他與龍馬對看一眼。
兩人視線交會時，藤堂平助做勢壓制龍馬的視線，隨即放鬆並將視線移開。但龍馬一直佯裝不知。
藤堂把盤問龍馬等人的隊士叫到後面來，然後好整以暇地走在岸邊。
「那是薩摩藩士吧？」
他望著川面同時道。
「對方的確這麼說，但似乎是假冒的。」
「最好立刻聯絡薩摩藩。」
「屬下正準備如此。」
「不過，他們兩個先放行。」

「先放行？」
隊士聞言大驚。只見藤堂平助道：「當今政治情勢一觸即發。」文久三年，薩摩藩協助幕府將長州勢力逐出京都，最近卻反對兵庫開港及再度征發長州之策，而纏著幕府吵鬧不休。這節骨眼若再給予無謂的刺激，薩摩不知將倒向哪一邊。藤堂道。
隊士更是驚訝。因藤堂平助這人有點像土生土長的江戶人那般豪邁，要跳入戰場時頗為勇敢、機敏而傑出，但平素有話總是憋在心裡，不是會談論政治情勢那種人。
「但他們恐怕是冒牌貨呀。」
「萬一是真的怎麼辦？到時候可就吃不完兜著走了。」
「那就放行。但慎重起見還是派人至伏見報告，說有如此如此長相之人即將前往吧。因為是堺屋的船，故應該是開往寺田屋的碼頭。」
船終於開動了。

龍馬和三吉慎藏順利溯淀川前往伏見。

「幸好放行了。」

慎藏鬆了一口氣低聲道。

「喔，那是托千葉門的福。」

「怎麼說？」

「剛剛碼頭那些笨蛋的組頭我認識。他叫藤堂平助，曾在神田玉池修習刀法。」

「哦？說到千葉，乃是尊王攘夷之風極盛的道場，沒想到如此出身者也會加入新選組呀。」

「大概是因交友不慎吧。」

龍馬輕輕一笑。

「喔，是因為朋友呀。」

「藤堂刀術出眾，故在江戶時經常到近藤勇的天然理心流道場閒晃。雖屬其他流派，但好像是擔任師範代那樣的工作。近藤的竹刀技巧不太行。聽說若有其他流派來要求比試，就派人到千葉或齋藤之類的大道場請人過來。待過齋藤道場的桂小五郎和渡邊昇（大村藩士，後獲封子爵）好像經常去代打領賞錢。藤堂平助也為此經常進出近藤道場，最後簡直就像是食客了。好像是這麼回事。」

「人的命運真難懂啊。」

「話不是這麼說。人的命運有九成是自己不智造成的罪過。無論如何，事到如今藤堂平助這人已不可能回頭了。」

凌晨四點多，抵達伏見寺田屋的碼頭。

碼頭上開往大坂的第一班早船正要開，故旅館前擁擠不堪。

龍馬二人上了岸。只要走個十步就是寺田屋的土間。

「有個可疑人物。」

龍馬發覺背後有可疑人物，好像是密探。那人一直盯著龍馬的背影，但過了一會兒就突然吹著口哨，消失在黑暗中。

「哎呀，麻煩了。」
龍馬走進土間。
帳房裡的登勢立即起身領龍馬二人上二樓。
「阿龍今早沒值班。」
登勢道。登勢和阿龍兩人早上輪流到帳房送首班船的客人離開。
「那麼阿龍在睡覺嗎？」
「才剛去睡。她會睡到日班船的時間，日班船開始就換我睡。」
「船宿的老闆娘真辛苦呀。」
「不過明天日班船開始，本店就要暫時關門了。請多包涵。」
「妳在說什麼呀？」
龍馬完全不理她。即便曉鴉可能有時不啼，伏見的船宿也不會歇業，這是人盡皆知的常識。這不是伏見與大坂之間的公共交通工具嗎？
但登勢試著撥旺銅製大火盆內的火，同時道：
「是真的喲。」
她說真的要歇業，原本已經預約的房客也轉託附近的水六、小道具屋及綿屋代為接待。
「發生什麼怪事了嗎？」
「是呀，薩摩藩來拜託，所以得代為照顧某個不得了的大人物。」
「誰呀？」
「坂本龍馬。」
登勢道接著又湊近龍馬的臉道：
「就是你啦！」
「哎呀，別開玩笑。」
「是真的啦。」
登勢一臉正經道。
昨晚薩摩藩伏見屋敷的留守居役前來道：
「坂本氏將於數日內到伏見來。幕府似乎對他緊迫盯人等著取他性命。若住在伏見藩邸就好了，但薩摩藩士之父島津久光卻嚴禁他藩武士住在藩邸內。

故萬分抱歉，就請寺田屋代為照顧吧。」
寺田屋一直是薩摩船的專用旅館，故這等於是藩命。
「那麼為防萬一，就等坂本大爺抵達當天開始歇業。」
登勢爽快地答應了。龍馬不知道要待多久，而這期間內不接待其他客人所衍生的損失都得由登勢負擔。但這位女子卻一點也不在乎。
兩人準備上床。
三吉慎藏不愧是奉長州藩命而來的護衛官，十分謹慎地將大刀、短矛及衣褲放在枕邊，躺下之後又幾度練習抓取刀及矛的動作。
「你在做什麼呀？」
龍馬忍不住輕笑。
「預先練習遭到攻擊時的反應。」
「別忙啦。」

龍馬掀開棉被鑽進被窩。如此汲汲於自我防衛哪能成就大事？這就是龍馬的想法。
「坂本兄，高杉送您的西式手槍在哪裡？」
「應該在行李裡面吧。」
「還是放在枕邊比較好。」
慎藏立即翻身爬起，從龍馬的背袋中掏出手槍。槍把上還黏著飯糰的飯粒。
「好髒呀。」
慎藏把飯粒拿乾淨後，「喀啦」地打開槍看。蓮藕狀的彈匣中裝著六發子彈。
「就放在這裡唷。」
說著放在龍馬枕邊。
對了，還有刀。龍馬身為刀客，卻將刀靠在壁龕內的牆上。
「大刀也幫您拿過來放吧。」
「選一個放就成了吧。」
龍馬充滿睡意道。桂和西鄉的會談不知進行到什麼程度了，他模糊地想著。

「您真是太不謹慎了。」

「是活或死，都不過是事物的一種表現。豈能凡事皆拘泥於此呢？我現在認為人只要擔心能否成事即可。」

「我三吉慎藏竟然護衛到這種人，請您體諒我的辛苦吧。」

「這裡有個名叫阿龍的姑娘。」

龍馬把話題轉到別處：

「是個很漂亮的姑娘唷。」

「那和手槍有什麼關係嗎？」

「沒啊。」

龍馬自己也覺得好笑，忍不住抖著肩膀笑起來。

「這旅館就是文久二年有馬新七等九名薩摩志士與島津久光所遣之使血戰而犧牲的場所吧。」

「事變後我立即到此旅館。看到樓下牆壁、帳房附近、進門處的木板地上，到處血跡斑斑。那位登勢正指揮下人進行掃除工作。」

「真是位俠女呀。」

「她也真怪。支援我們不僅得不到一分錢，若稍有差池，恐怕連頭都保不住呀。」

「這回也是竟為了窩藏您而暫時歇業。」

「連這種女人都出現了，日本總有一天要強盛起來。」

龍馬蓋上棉被。

慎藏爬近行燈準備熄燈，正好看見龍馬因護面具摩擦而蓬亂的鬢髮。

護衛官三吉慎藏醒過來時已日上三竿。

「坂本兄。」

他朝旁邊喚道，卻沒聽到回答。仔細一看，龍馬的睡鋪空了。

「他起得還真早呀。」

慎藏頗覺意外。

為了洗臉，他下樓然後走下土間。從土間走進去就是京都風的廚房。慎藏在廚房的井邊刷牙洗臉。

「三吉君，你醒啦。」

龍馬的聲音不知從何處傳了過來。慎藏以舊手巾擦著臉，同時走上走廊循聲朝裡頭而去。

陽光正照在裡頭的外廊上。

龍馬就在此梳頭。為他梳著髮髻的是個美麗的姑娘。

「這位就是阿龍嗎？」

阿龍的美讓慎藏驚為天人。阿龍的對面有株老梅樹，上面開著兩三朵白花。

「也讓她幫你梳吧。」

龍馬道：

「這姑娘比差勁的梳髮師高明多了。」

「這樣嗎？」

慎藏不禁因姑娘的美而興奮起來。但這位姑娘卻板著臉繼續手上的動作，既不和慎藏打招呼，也不說「我來幫您梳頭吧」。恐怕是個冷漠的姑娘吧。

「不用了。」

慎藏不高興地緊閉著嘴。龍馬似乎察覺到慎藏的情緒。

「這姑娘很怪。」

說著還輕聲笑了：

「像狗一樣很怕生。這樣的人竟還能當船宿的養女。」

阿龍用力扯住龍馬的頭髮。好痛！龍馬臉都皺在一起了。

「不過熟了之後就知道不是什麼壞人。啊！好痛！」

龍馬短促地喊道。

慎藏忍不住笑了出來。雖是個冷淡的姑娘，卻頗懂得如何表達自己的意思。

龍馬梳完後，慎藏坐了下來。

阿龍把梳子浸在雙耳盆裡，解開慎藏的髮髻，利落地一下下梳了起來。技術真的不錯。
「可以也幫我刮刮臉嗎？」
慎藏才道，阿龍便答「是」，竟乖得讓人意外。說不定真的熟了就會是個親切的姑娘。
「三吉君，路上似乎有可疑傢伙徘徊，看來白天是沒法在街上走了。」
「要趁夜外出嗎？」
「暫時得以此寺田屋為主要根據地。看樣子得晝伏夜出了。」
後來龍馬拜託阿龍到京都的薩摩藩邸跑一趟，通知西鄉及應已先行抵達的長州桂小五郎，說自己已經抵達寺田屋了。

太陽下山後，龍馬便朝京都出發。
他獨自一人。他要三吉慎藏在寺田屋等候。難得長州好意派這位護衛官來，但他覺得兩個人並肩趕夜路反會使幕吏起疑。

到京都有三里路。
龍馬左手拿著提燈，懷中藏著手槍，快步趕路。
打從出了寺田屋，他就感覺背後有人緊追不捨地跟蹤他。
「是密探吧。」
龍馬心想。
走到伏見的鎮上時，他把提燈吹熄。這是一種試驗，若真是密探，會以為「被發現了」而停下腳步，或至少腳步聲會變得零亂。
果不其然，腳步聲消失了。
「果然是密探。」
龍馬心裡暗暗嘲笑。另一方面又想到別的事而加快腳步。
他掛念的是桂和西鄉的會談究竟進行得如何。龍馬等人既已預先打點過了，沒有理由會談會陷入僵局。但有個奇怪的預感一直使龍馬不安。這預感究竟是什麼具體內容，龍馬也不知道。

不久前方左側的星空下出現妙法院的大房子，至此就進入京都市區了。

龍馬行至四條通，走進先斗町後立刻轉向穿過木屋町的小巷，一走到木屋町，又從別條小巷走回先斗町，然後飛快沿屋簷下方往北走。這是為了擺脫跟蹤者。

先斗町路很窄，若是有個大漢大張雙手，指間就能摸到兩側人家的格子窗。這裡不時有藝伎和舞伎穿梭而過，故龍馬背後的跟蹤者一下子就看不見龍馬的身影了。

龍馬在三條小橋的橋頭攔了頂轎子，繼續往北趕路。

他想先去見桂。

桂在薩摩藩的安排下，住在小松帶刀家。

一會兒就抵達，龍馬敲了敲門。

格子凸窗的紙門拉開了，保護桂的薩摩人探出頭來。一發現是龍馬就趕緊打開小門。龍馬鑽進小門後立刻要求：

「不好意思，請幫我看看各個路口。恐怕有人跟蹤。」

是。五、六個人點頭答應，並立刻衝了出去。因為薩摩人脾氣暴躁。要是發現密探，恐怕就直接殺了吧。

龍馬走進面對庭院的客間。桂應該在二樓睡覺。

桂的跟班品川彌二郎先下來了，他拉開客間的紙門。

神情黯淡。

接著，桂小五郎也下來了。一坐下就道：

「坂本君，我要回去。」

回長州。他補充道。

龍馬凝視著桂。

這個以開朗著稱的年輕人竟露出前所未見的駭人

眼神。

「理由說來聽聽。」

龍馬以低沉的聲音道。他已有覺悟，視狀況及經過情形，即使當場砍死桂也在所不惜。

「那我就說了。」

桂原本黯淡的眼神因憤怒及焦躁而變得更黯淡，並微微閃了一下。嘴唇也因無處發洩的情緒而顫抖。桂明明說「那我就說了」，但又似控制不住情緒而無法順利開口。

桂等長州祕密使節一行人於正月十日進京。龍馬來找桂這天晚上是正月二十日，算來已過十天。其間桂和西鄉究竟做了什麼？

「究竟都在做什麼？」

龍馬問道。桂不屑地說：

「三餐都是山珍海味。光在大啖美食。」

正月十日，桂一行人順利潛入京都後，立即來到相國寺門口的薩摩藩邸。此處是因錦小路的藩邸過於狹小而新建的，前方即為皇宮，周遭多寺院及公卿宅邸，即使大白天也很少人打門前經過，是最適於防範密探的場所。

桂等人就在靠裡面的房間與薩摩藩指導者西鄉吉之助會面。

桂的個性有些像婦人，思慮之深與聰明伶俐確為長州第一等人物，可惜情緒向來陰鬱，一旦與恨意糾結在一起就無法輕易解開了。

他劈頭便以陰沉的聲音道：

「我們對薩摩充滿恨意。」

這是場為了和解、友好及同盟而舉行的祕密會談，卻以一句憎惡拉開了序幕。

接著，桂竟然又開始說起文久三年以來的薩長戰爭史。

桂一一說明每次戰爭時長州所持之立場及真正心意。

「我們自文久年間以來一心一意遵奉朝廷，只盼發揚勤王之大義。但這番心意卻反遭誤解，衍生出暗藏稱霸天下之野心的莫須有罪名，終於蒙上『朝敵』之污名。如今尚未昭雪。」

桂這番話充滿諷刺及怨恨，只差沒說：「誣陷我們的究竟出自誰的計謀呢？正是薩州的計謀吧。」

桂說這話時，西鄉始終不發一語。但桂一說完這段獨白，西鄉便正襟危坐當場以手支地並深深低頭道：

「您所言甚是。」

關於此事，隨行的長州品川彌二郎在維新後曾如此描述：

「木戶（桂）所說的話及其態度就連我這長州人在旁聽了都覺得許多地方不對。站在薩州立場，若是有意，絕對有許多可反駁之處。然而西鄉卻只說了一句『所言甚是』，且一直低著頭。不得不說他不愧為大人物。」

「哦？西鄉低頭了嗎？」

龍馬十分佩服。西鄉遠比桂像個外交家。這時不管如何剖析或評論過去的一切，對雙方都沒有好處。西鄉肯定了解這點吧。

因此才深深低頭，只說：

「您所言甚是。」

但桂卻是個孩子，或者應該說是在這數年激變中受盡欺侮的長州人。以其立場來看難免有所埋怨而故意諷刺，甚至忍不住攻擊薩摩。

「對方有誰出席？」

龍馬問道。一旁的品川彌二郎扳著手指，一一舉出薩摩人的名字。

有三名家老出席。

小松帶刀、島津伊勢及桂右衛門。

還有西鄉吉之助。西鄉在藩內的身分是家老之下的中老之格，實際上卻是薩摩藩之代表。

此外還有：

大久保一藏（後改名利通，維新後任參議）

岩下左次右衛門（後改名方平，任元老院議官，獲封子爵）

伊地知正治（後任宮中顧問官，獲封伯爵）

村田新八（後任西南之役之謀將）

中村半次郎（桐野利秋，同上）

西鄉愼吾（後改名從道，西鄉胞弟，後任元帥，獲封侯爵）

大山彌助（後改名巖，日俄戰爭之滿洲軍總司令官，獲封公爵）

野津七左衛門（後改名道貫，日俄戰爭之第四軍司令官，獲封侯爵）

長州方除代表桂小五郎外還有：

品川彌二郎（後任內務大臣，獲封子爵）

三好軍太郎（後改名重臣，任樞密顧問官，獲封子爵）

田中顯助（後改名光顯，土佐浪人，後任宮內大臣，獲封伯爵）

此外還有已歸化長州之筑前浪人早川渡。

薩摩方待這些長州客人一如貴人般慇勤款待。

對桂那番痛批薩摩的言詞也念在長州處境堪憐，人人心想：

「就讓他說個痛快吧。」

而無任何人提出反駁。眾人皆微笑繼續飲酒。

然而薩摩方卻一句也沒提起薩長聯盟之事。

西鄉只說「所言甚是」，接下來就默默吃菜。

田中顯助，即後來的光顯曾回憶道：

「桂也心想，這還真怪。本以為見了面就能虛心坦懷切入正題，以此情況實在沒搞頭。桂也只是起了個頭，最後並未談及此事，雙方一直大眼瞪小眼似地氣氛很僵，最後根本沒觸及坂本苦心居中斡旋的問題就結束了。」

這次會談後，翌日薩摩方就把他們帶至小松帶刀邸，在此仍採美食攻勢，但終究沒開口。長州方也一直保持沉默。

「等等！」

龍馬壓不住怒氣，貿然打斷桂的話：

「既然薩摩不提起，為何長州不主動提起呢？」

「那可辦不到。」

桂低聲道。眼裡滿是悲憤之色：

「坂本君，請你仔細想想兩藩之立場。請先看看薩州吧。」

桂如此形容薩州之立場：

「薩州公然朝天子，薩州公然會幕府，薩州公然交諸侯。」

簡單說來就是，薩州雖同為勤王之藩，卻因精於處世之道，在光天化日之下自詡為天下之公藩，公然參與政事，無論在朝廷或幕府面前都很吃得開的意思。話鋒一轉，長州又是如何？

「孤立於天下。蒙受朝敵之污名而遭幕府追討，不僅無法光明正大走在路上，藩之四方已有幕軍壓境。長州如此立場，你想還能主動開口嗎？要是開口就不是對等的同盟，而是一如乞丐般哀求薩州援助了呀。」

辦不到。桂道：

「要是那樣做，我就等於是以長州代表的身分出賣領國中的同志了。」

「你在說什麼蠢話！」

龍馬厲聲道：

「你還未從藩這個迷妄中清醒過來嗎！薩州怎麼了？長州又算什麼？重要的是日本呀，不是嗎？小五郎！」

龍馬沉重地喊道：

「我們土州人還不是慘遭腥風血雨……」

龍馬說到這裡就說不下去了。他想起犧牲的同志而哽咽得說不出話來。

「穿過原野東奔西走，不顧自己性命。這難道是為了土佐藩嗎？不是呀！」

不是。這桂也知道。土州系志士不僅未得到母藩的任何保護，甚至反受迫害。不是死在京都街上，就是橫屍於蛤御門、天王山、吉野山、野根山或高知城下的刑場。他們的行動不像薩長兩藩之人那樣充滿自藩意識，這已是天下皆知。

「我也是如此。」

龍馬道：

「我之所以挺身支持薩長聯盟，可不是只為了區區薩摩藩或長州藩。你也好，西鄉也罷，難道不是日本人而只是長州人或薩州人嗎！」

這句話一針見血，直刺入此時期西鄉及桂的本質最深處。

龍馬後來對龜山社中的中島作太郎（信行，後獲封男爵）道：「仔細想想，自己這一生還未曾如此生氣。但當時實在氣到幾乎發狂。」

「怎麼樣！」

龍馬大喊，但桂依然固執地低著頭小聲道：

「我還是要回去。這是長州男子漢的尊嚴。」

桂身旁放著一個白色的陶製暖手爐。裡面已經沒炭火了。

桂也沒發覺，還一直緊抓著火爐邊緣，幾乎要把它捏碎了。

「坂本君，你提倡的薩長聯盟若不成，長州恐怕就要滅亡了。」

「……」

龍馬只是沉默。

「滅亡也無所謂。」

桂忍住激動小聲喊道。

接著又道：

「皇家……」

只說了這麼短短的詞。所謂皇家狹義上是指天皇家族，廣義上則意味著「以京都朝廷為中心的新統一國家」，當時的志士經常將這詞伴隨著「皇國」一詞使用。順帶一提，若光說「日本」就意味著以幕府代表政府的現有秩序。再插句題外話，若只說「國家」，一般是指各藩。

「皇家？」

龍馬平靜地反問道。

桂朝龍馬瞥了一眼，隨即將視線落在火盆之中。

「目前有薩州守在皇家身側為之效力。長州自文久年間以來即賭上藩之存亡效力至今，而如今藩之氣數將盡。但只要薩州能倖存並繼續奮鬥，那就是天下之幸。我們將中止交涉，返回領國勢必得迎戰幕府大軍，但即使滅亡也不後悔。」

桂這番話在記錄性的文章中寫成如此名文：「既有薩州為皇家效力，長州雖亡亦為天下之幸。」

桂雖執著於長州武士的面子問題，卻也非完全沒考慮到「天下」。這點龍馬了解。

同時，桂嚴重的自暴自棄心態也溢於言表。

桂這人即使在維新後成為元勳，如此執拗的性格仍未稍改。

因他具有適合當革命家的理想家氣質，維新後也對自己親手打造的政府感到不滿，與人接觸時老是心懷絕望、不平及不滿，最後登門造訪的人也就少了。

維新後，某日去找薩摩人大久保利通（一藏）抗議：「政府為何冷落長州人？」強調長州人過去為建立新國家做出多麼大的犧牲。直到三更半夜還不回去，即便是大久保也受不了桂如此糾纏不休且乖戾的態度，甚至憎惡地將此事寫進日記。

龍馬雖當面斥責桂，但也因桂那段覺悟己藩即將滅亡的話而動容。

關於此時龍馬的態度，桂曾留下記錄性的文章，在此直接引用：

龍馬沉默半晌，發現桂之決意已堅，不可能輕易說動，故不再苛責。

這土佐人拿起佩刀，站起身來。

「你要上哪去？」

背後傳來桂的聲音。

龍馬已衝上走廊，但仍丟下一句：「你想也知道吧。」他是要前往薩州的二本松屋敷。

走出大門發現自己的鞋就只有一雙草屐。正好有雙竹皮夾繩的庭院專用木屐，龍馬便趿著這雙木屐，要門衛打開便門讓他出去。

幸好今晚有星星，勉強看得到路。

龍馬拖著木屐喀啦喀啦快步走在毫無人跡的街上。路上結著冰。

黑暗中吹來陣陣狂風，轟地掃過街道，幾乎把龍馬吹倒。但龍馬依然專心趕路。

他臉色都變了。這或許是他打從出生第一次臉色這麼難看吧。

走到二本松的轉角處時，發現公卿宅邸的門邊暗處躲著兩個按摩師。

兩個按摩師走在一起實在不正常。這當然是幕府安排的密探，在此監視薩摩藩邸夜間人員進出狀況。

幕府機關包括京都守護職、京都所司代、新選組和見迴組等，不分晝夜都派有密探在這一帶徘徊。

薩摩方也對此有所警戒。

故要舉行祕密集會時，總是放消息說要舉辦薩摩琵琶的研習會，集會時甚至還故意讓琵琶聲傳遍鄰近地帶。

站在公卿門簷下的兩名按摩師，聽到遠處傳來響亮的庭院用木屐聲大吃一驚。

——有人來了！

兩人都大為緊張。

極目往黑暗之中望去，一路跑過來的那人似乎是名高頭大馬的武士。

「是武士！」

這下兩人更緊張了。萬一這人走進薩摩藩邸，準是因為發生什麼緊急大事。

他們想知道這一路衝過來的武士是何方神聖。

「看不見他的臉嗎？」

「太暗了。除非有貓的夜視能力，否則實在看不見呀。」

龍馬咻地衝過兩人面前，但又立即喀啦喀啦地折了回來。兩名按摩師嚇了一大跳，怕是被察覺了。

「你們是密探嗎？」

龍馬開門見山問道。

兩名按摩師嚇得腿都軟了，連忙說：「沒那回事！我們是按摩師！」

「是什麼都無所謂。」

沒想到龍馬一點也不介意，還問了個怪問題：

「薩摩藩邸在哪？」

龍馬本就近視，晚上看不清楚路況，加上他並不曾去過二本松的薩摩藩邸。

話雖如此，不管對方是密探也好是按摩師也好，找這種人問路也實在太沒常識了。

「應該就在隔壁吧。」

假扮按摩師的密探道。

龍馬一衝進薩摩藩邸就道：「幫我叫醒西鄉，十萬火急呀！」然後走進門衛的小屋。那裡面生著火，凍僵的身體這才回暖。

西鄉聽到龍馬來訪的報告時已鑽進被窩，但仍立即脫下睡衣，換上薩摩飛白紋的和服，穿上裙褲，並披上黑色的皺綢外褂。

「半次郎爺。」

他叫醒形同自己左右手的中村半次郎。鄰室的半次郎還沒睡。

「聽說龍馬來了。」

「看來是這樣。」

「也幫我把幸輔爺、了介爺和一藏爺全叫醒，要大家到前面客間去。」

西鄉走出房間，穿過走廊。

寺田屋已預先派人來報，說龍馬已自下關來到伏見，但不知他究竟何時上京來的。

「大半夜跑來，想必已和桂見過面了吧。」

他所謂的急事不難想像。

不一會兒走進前面客間，下令拿五個火盆進來，並要人把火燒旺。

「再把房間弄暖一點。」

吉井幸輔道。因為這位仁兄怕冷呀，他笑著要人多添幾個火盆。

龍馬在門衛的小屋中。

這時中村半次郎進來道：「您辛苦了。」說著露出白皙的牙齒笑笑。

「西鄉爺已經起身，我領您進屋吧。今晚還真冷呀。」

說著領頭走進屋裡。

半次郎很擔心。龍馬今晚的模樣和平常似乎有些不同。

「似乎在生氣。」

他只知如此。

甫進門，才走上地板，龍馬就忍不住大踏步搶先走了進去。

半次郎也趕緊加快腳步跟上。兩人爭先恐後在走廊上奔跑，一會兒就來到前廳的紙門前。

龍馬走進房裡。

西鄉伸手推了張坐墊給龍馬，同時道：

「大半夜的，究竟有什麼事呀？」

難得他也會問這種廢話。

龍馬默不作聲。

一會兒才抓著火盆邊緣道：

「詳細情形我都聽桂君說了。」

咄咄逼人的語氣。

「哦？」

「西鄉君，別只顧著面子問題了。唉，夠了。事情我已大致聽說了。我邊聽桂描述，忍不住邊流下眼淚。」

龍馬轉述桂的話：「既有薩州為皇家效力，長州雖亡亦為天下之幸。」又道：「我讓桂在旅館等候。所以我們現在就叫他過來，完成薩長聯盟的締結手續吧。」

龍馬說完後目光炯炯地凝視著西鄉。

不誇張，這段情節，筆者足足思考了數年。

老實說，我會想到要寫龍馬，可說和這段情節頗有關係。

當時薩長聯盟並非龍馬獨創的構想，在薩長之外的志士間早已是常識。薩摩若與長州聯手就能打倒幕府，這點任誰都想得到。公卿岩倉具視也想到了，被筑前藩廳處死的該藩志士月形洗藏也一直有此想法，此外，與龍馬同鄉的中岡慎太郎等人本也有此意。

去年底中岡慎太郎曾自大宰府住處寫了一封長篇論述寄給家鄉同志，此文被評為真知灼見，而其中曾提出：

「從今以後，振興天下者非薩長兩藩莫屬。」又說：「我認為近日之內，天下將聽從二藩之命，此事顯而易見，一如照鏡。而他日建立國體、杜絕外夷之輕侮也必全靠此二藩。」

這已是一般輿論。

但畢竟是紙上談兵。像一九六五年的現在，天主教和新教諸派若合併，即能形成基督教大勢力。又如美國與蘇聯若能握手言和，世界和平或許今日就能達成。此公論與諸如此類的議論有些相似。

如此難題的最後階段，竟是由龍馬這年輕人獨自奮鬥完成的。

薩長已彼此走近。龍馬曾說：「小野小町（譯註：平安時代女歌人）乞雨成功絕非因她所吟之和歌靈驗。小町是預估今日將下雨，這才吟唱和歌的。關鍵在於其估算之準確與否。」正如此一理論，龍馬已估算兩藩將漸走漸近。

接著就剩情緒方面的處理了。

桂的情緒果然轉硬，正打算拂袖離席返回領國。薩摩方也礙於藩之面子及尊嚴問題而默不作聲。

在此階段，龍馬彷彿對西鄉大喊：

「長州太可憐了吧！」

這夜龍馬所說的話不外乎此意思。

因他接著就只是目光炯炯地凝視著西鄉而沉默不語。

說來奇妙。

薩長聯盟居然就此成立了。

歷史有了大逆轉，時勢就在這夜轉而進入倒幕階段。就為了描寫一介土佐浪人這句話的不可思議，筆者感覺自己好像耗費了將近三千頁稿紙。能否成事，端看出自誰人之口。筆者想透過這個年輕人來思考箇中道理。

西鄉終於打破龍馬的沉默。

西鄉突然坐正道：

「你說的沒錯。」

說著又朝大久保一藏望了一眼，道：

「薩長聯盟之事，就由本藩主動向長州藩提出吧。」

大久保點了點頭。

當場便決定結盟之日期。

就在明天。

翌日。

慶應二年（一八六六）正月二十一日就成了薩長兩藩結盟之日。

至於場所，龍馬建議道：

「長州人已傷了心。就以他們所住的小松邸為會場，有勞薩摩方動身前往赴會如何？」

西鄉答應了。

只是擔心若大批薩摩人絡繹出門，幕府恐會起疑。故吉井幸輔建議道：

「老方法，就說有琵琶的研習會吧。」

然後著手準備。

立刻有數面琵琶從二本松的藩邸運至小松宅。

不到早上十點，所有人就到齊了。

龍馬帶當時一直住在薩摩錦小路藩邸的龜山社中之人池內藏太及寺內信左衛門一同出席。寺內信左衛門即新宮馬之助，也就是龍馬一向叫他「紅面馬之助」的那位。

這三人就是負責調停的土州人。

薩摩方除西鄉吉之助、小松帶刀和吉井幸輔三人外，還有中村半次郎等負責警備及聯絡工作的十多人。

長州方則有桂、品川、三好及早川渡四人。

眾人各自在十疊榻榻米大的房間就座。為掩護這回會面，特別安排了薩摩琵琶彈奏者在鄰室。

雙方各自此起彼落打過招呼後，會議就此自然展開。卻依然沒人起頭開口。

其實應該是負責居中斡旋的龍馬來起頭的，但他這方面的技術不純熟，竟只管背倚紙門閒得發慌。

後來長州方的三好軍太郎才以僅同伴聽得見的聲音暗道：

「絕無理由讓長州先低頭。就由『芋頭』先認輸吧。」

他自以為很小聲，孰料可能是音量調節不靈吧，聲音竟大到意外地傳進在座所有人耳裡。

薩州人及長州人都大吃一驚。這時土州席間的龍馬道：

「芋頭？說得好啊。」

同時忍不住爆笑出來。因為這笑聲，連薩摩方也笑了出來，現場氣氛頓時和緩。西鄉敏銳地掌握現場氣氛的轉變，道：

「真要認輸嗎？的確該認輸。」

故氣氛愈來愈緩和，就連難以取悅的桂也不知不覺放鬆臉部表情。

有關盟約的具體討論終於正式開始。首先決定此盟約之性質為攻守同盟。

傍晚祕密同盟就成立了。

此同盟由六項條約組成。

內容首先提到幕府及長州開戰後，薩摩必須一直假裝中立，並立即自領國派兩千兵上京與已在京都之兵會合，維持強力的軍勢。這第一項日後揭開了重要的歷史序幕。因為駐京的薩摩軍不斷給幕府軍事上的威脅，終於抬出京都朝廷而維新成功。

第二項，幕長戰爭中只要長州稍佔上風，在京的薩摩軍應立即進逼朝廷，以朝廷為調停者進行談和，並將事態導向利於長州之方向。

第三項是有關萬一長州在幕長戰爭中屈居下風的情形。

「因一年半載絕不致毀滅」，故其間薩摩應視時機適切伸出援手。

第四項是假設幕長戰爭未發生的情況。換句話說，如果目前聚集在大坂的幕軍就此返回關東，薩摩應敦促朝廷，努力為長州洗刷目前蒙受的莫須有罪名。

第五項，薩摩以上工作若遭佐幕派的一橋、會津或桑名等藩從中作梗，應毅然決然發動戰爭。

第六項，今日起薩長雙方應齊心協力，以恢復朝廷之權為目標共同奮鬥。

最後這項，是薩長兩藩正式宣示為維新革命的最初盟約，倒幕維新之運動可說自此正式展開。

龍馬以協調人之身分，自始至終在場見證。

盟約終於成立，房間整理後酒菜便送上來了。

薩摩藩家老小松帶刀正襟危坐道：

「沒什麼好招待的，只準備了這些東西。希望彼此都能盡棄前嫌，敞開胸懷，共醉於粗酒之下。」

客套完後又轉向龍馬，將膝上的雙手放下，並低下頭道：

「今日盛事全虧您居中辛苦斡旋，真是萬分感激。」

桂也同時轉向龍馬，同樣鄭重行禮致意。

龍馬用力拱起背，不由得害臊起來。

宴會開始了。

就在這時，原本一直在鄰室待命的薩摩琵琶演奏者也拿起琵琶，揚起撥子開始彈奏。

這是薩摩方的主意。

在這回的會談加入音樂。

彈奏者是有藩中第一之稱的兒玉半藏，這個少年日後將參加戊辰戰爭及西南戰爭，其後取南天為號，在明治時期的薩摩琵琶樂壇上被推為第一人。

半藏彈的曲子為〈形見櫻〉，描述的是義兄弟之友情，也是薩摩人喜愛的曲子之一。此曲可說再適合薩長聯盟之宴不過了，半藏想必就是因此選這曲子的吧。

席上的薩摩琵琶彈奏似乎讓桂很感動。他邊喝酒邊將懷紙攤在腿上即興作了一首詩，最後站起身來走到龍馬身旁，道：

「應該得押韻才行，但一時之間只寫得出這樣。」

說著把那首詩給龍馬看。不是什麼高明的詩，但顯然洋溢著他滿腹的感動。

別離在近欲分袂，
忽聞座邊彈四絃（琵琶）。
曲是悲想第一曲，
人是少年第一人。
追懷往年迫憾骨，
不覺紅淚自潸潸。
知此明朝淀水夢，
半在京城半故國。

桂真是個怪人。

明明如此感動卻仍無法完全相信薩摩人。半個月後，他寫了封長信給龍馬。

「不知薩摩人會不會騙我們。不好意思，想請兄台背書。」

還隨信附上寫有盟約各項條款的文件。龍馬不得已就在該文件背面寫上：

正面所記之六項條款為小（小松帶刀）、西（西鄉吉之助）兩位和老兄，加上龍等人亦同席共同討論後所得，絲毫無異。將來絕不改變。此乃神明共鑑。

丙寅二月五日

坂本龍

但盟約成立後的翌日早晨，桂就離京踏上返鄉之途。薩摩方這天也將向島津報告，故大久保一藏也自京都出發。

龍馬又停留了一兩日處理善後事宜，然後也離開京都前往伏見。

為了向等在寺田屋的三吉慎藏詳細報告事情成功的經過。

龍馬進入伏見抵達寶來橋邊的寺田屋時，已是子時。

亦即午夜零時。

因龍馬已預先通知三吉，故這天三吉一直沒睡等他。登勢和阿龍也都等著。

龍馬一走進土間，慎藏就迫不及待從二樓衝下來。

「三吉君，成功了！」

龍馬道。三吉在帳房雀躍不已，高興道：「天下事已成呀！」

龍馬脫下草鞋，洗了腳走上地板，沒想到這個不愛洗澡的人竟立刻一反常態問道：

「阿龍，有洗澡水嗎？」

伏見寺田屋

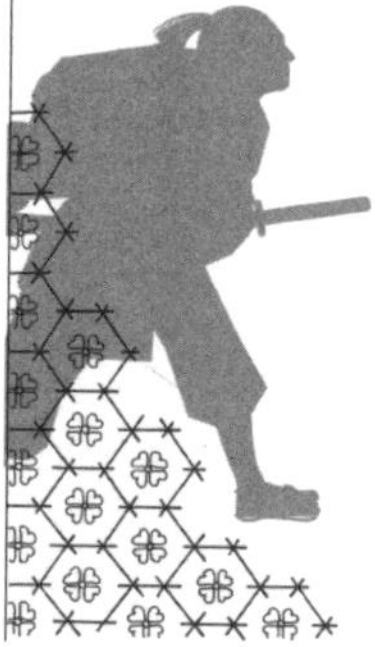

龍馬在京都的工作順利完成，寺田屋老闆娘登勢也很高興，儘管大半夜的，仍為他們把酒菜送上二樓。

地點在二樓最裡邊的奧之間。

三吉慎藏等著龍馬洗完澡。

不久，龍馬坐到桌前，舉杯並簡潔喊道：

「可喜可賀！」

然後一飲而盡。

「辛苦了！」

三吉慎藏道。龍馬點點頭，接下來卻什麼也沒說，只道：

「真的……」

話說後來……

「幕吏似乎緊盯著這旅館。」

三吉慎藏告訴龍馬這件非同小可之事。

他說事實上自龍馬那天出門後，伏見奉行所的與力、同心及見迴組的隊士曾幾度上旅館臨檢。

又說，登勢和阿龍每次都將慎藏塞進二樓八疊榻榻米房間的壁櫥並以棉被蓋住，這才躲過臨檢。

「哦？來了幾次？」

龍馬問道。阿龍掰著手指說：「三次，不，應該是四次吧。」

「真是的。」

登勢也從旁道：

「如此頻繁的臨檢，以前從未發生過呀。」

「大概是察覺到什麼蛛絲馬跡了吧。」

龍馬用力抓抓脖子。

事實上，將軍之輔佐役一橋慶喜將自大坂進京，今晚應已進入伏見。或許因此更嚴加戒備吧。

「一定是因為這樣。」

龍馬根本不當一回事。

這是事實。

但情況也沒那麼簡單。伏見奉行那邊已偵查得知，通緝中的坂本龍馬今夜將自京都方面來此，並住進伏見寺田屋。

當時的伏見奉行，是祿高一萬石的上總請西藩主林肥後守忠交。

這天晚上，林肥後守接獲龍馬已住進寺田屋的報告，自凌晨一時過後就來到奉行所，準備親自指揮搜索及捕殺。

也與人相書無異。

如此確定，便要下崗的官差悉數到奉行所集合，又連絡了見迴組。

約莫凌晨二時，與力、同心以下上百名官差齊聚奉行所。

他要捕吏拿棍棒、梯子、刺叉，同心以上的人穿鐵鎖甲。幾名與力戴著缽型盔，準備得委實過了頭。

他們吹熄提燈，避免引人注意地化整為零陸續前往，然後重重包圍寺田屋。

大致完成包圍時為凌晨三時左右。

龍馬在浴衣上加了件棉襖，依然和三吉慎藏對飲。

敏銳的諜報網可說是德川幕府的特點之一，但如此厲害的幕府卻沒能查知薩長聯盟成立的情報，想必是哪裡出了差錯吧。

不過也不至於完全無能。

「土州的坂本龍馬頻在京都、大坂出沒，定是圖謀不軌。」

他們只探到如此異狀。

他們定沒想到此異狀就是在撮合薩長聯盟，還以為：

——恐怕是企圖暗殺將軍或將軍後見役一橋慶喜吧。

他們如此解讀。

因為去年正月六日，大坂的松屋町曾發生類似事件。土佐脫藩浪人大利鼎吉、池大六、橋本鐵豬、那須盛馬、田中顯助五人潛伏於住在松屋町的同志本多大內藏店裡二樓，計畫伺機暗殺目前人在大坂城的將軍家茂，同時放火燒城，好讓舉世震驚。偏巧被在町內開刀術道場的備中人谷萬太郎查知，正想加入新選組的谷萬太郎於是與奉行所聯繫，之後便殺進本多店裡。當時店裡只有大利鼎吉留守。大利是龍馬自小就認識的朋友。

奇怪的是，遭襲擊的前日他似乎已對自己命運有不祥的預感，而詠了一首被認定為辭世之作的和歌：「身分本低賤，但今以此微薄心意報答天皇。」

大利拔出據傳為天誅組首領中山忠光遺物的半太刀奮力對抗，殺了數人後終於倒在亂刀之中。

此即松屋町之變。

此事件記憶猶新，難怪幕府機關會據此事件而研判：

「同樣是土佐人，一定又是暗殺計畫。」

包圍進行得十分慎重。

看來反而是過於慎重。

「若真為坂本，那可是千葉門的高手啊。」

因此寺田屋附近的所有巷子全充斥著捕吏。

附近人家的屋簷下、防火水桶後也都躲著五人、十人不等。

部署了約三十人準備從正門殺進去，這三十人就半發抖著群集在寺田屋正門。

大門緊閉。

一名手持長槍的同心敲了敲門，故意吊著嗓子客氣地說：

「拜託一下，拜託一下。」

這裡有登勢的手記：

「有人拍著門說：『拜託一下。』家裡的下男問：『什麼事？』並把門打開。對方又道：『請這家寡婦（指登勢）出來一下。』我心想，究竟是什麼事？一看多達百來人，頭巾的結都打在後頭且手持亮晃晃的長槍，我實在大吃一驚，但仍問道：『請問各位大爺有何貴幹？』結果……」

就在如此事態下揭開序幕。

前來盤查登勢的那些同心已做好逮捕罪犯的萬全準備。

他們都不是穿著裙褲。個個穿著日式窄腿褲並繫上綁腿，身穿短褂，裡面還穿著鐵鎖甲，手臂戴著護手具，腿上也繫著護腿。

其中一名同心以低沉而顫抖的聲音問道：

「那我問妳。那邊二樓有兩名武士，這我們確已查明，故妳不得隱瞞。是這樣沒錯吧！」

登勢一時說不出話來。

「該怎麼辦？」

她暗自盤算，但猛一看，眼前的拘捕陣仗卻是密不通風。

——已經瞞不下去了。

登勢在手記中如此寫道。

她是位剛強的女性。心想不如乾脆說出來，龍馬二人就不會被懷疑了。

「當然有啊。」

她故意裝出驚訝的表情道：

「但可是薩摩藩的武士，並不是什麼可疑人物喲。」

「登勢夫人，這點我們會調查。妳只要老實回答我們的問題即可。」

「這樣嗎？」

登勢露出不滿的表情。

實在膽識過人。插句題外話，據說這位女中豪傑在維新時照料過許多勤王家，故連當時年紀尚輕的明治天皇都對她頗感興趣，要人收集前文般的登勢手記及照片等物，並從倖存志士口中聽取其逸話。登勢死後因其功勳而獲官位追謚。

同心們想問的其實是接下來這句：

「現在在做什麼？」

同心問道。言下之意是，他們是睡著了還是醒著。要是睡著了，就容易攻進去了。

「到底怎樣？」

「是。還沒睡，還醒著說話呢。」

登勢泰然自若地回答。

這答案對眾同心而言是個打擊。他們還以為兩人睡了，才會選這時間突襲，沒想到人算不如天算。

他們害怕起來，即使看在登勢一介女流的眼中也實在可笑。

直接引用登勢的手記吧：

「因此，捕快極為擔心，『該如何？不如這樣』，怕東怕西的，『誰先上吧，他先上』，混亂之況無可比擬。」

登勢又尋思：

「像這種貨色的捕吏不管來幾萬個，想必也不是那兩位（龍馬及慎藏）的對手。我心裡這麼一想就放心了。」

終於決定攻入時，同心便扯住登勢的衣袖，把她拉至路上。

話說二樓的情況……

阿龍已在鄰室鋪了床。

「床鋪好了。」

說著走下樓去，但龍馬等人還圍著火爐說話。

龍馬這天晚上想必是因完成薩長聯盟大業之餘勇還持續著，而無法壓抑心中的亢奮吧，直對慎藏暢談天下情勢，並不斷說著自己對時局的看法及今後事業的構想，一點睡意也無。

「難得他也會這樣。」

難怪慎藏這麼想，因為幾乎都是龍馬一個人在講。終於說夠自己對時勢的觀感後，龍馬接著聊起他新穎的閱人觀點。

「對象若是較自己年長之人，就不得聊些猥褻的話題。」

龍馬提出奇妙的觀點。

龍馬本具有獨特之說話技巧，即便是在談論天下國家大事，他也拿下流的男女祕事當做比喻。在大宰府時他也是如此，甚至讓三條實美及其他公卿都笑倒在地。後來三條卿在其手記中如此評論：「坂本龍馬來。偉人也。」因此還算好，但龍馬並不認為老是靠這招就好了。

「為什麼？」

慎藏問。龍馬答道：

「得意忘形淫談戲論之際，無論如何，話語中定會出現足堪輕蔑之處。年長者雖覺得有意思，其實心裡還是瞧不起。」

最重要的是淫猥話語要懂得拿捏分寸。若知節制，不管做什麼必能成大事。在我看來，西鄉還真是個高手。龍馬竟因如此奇怪的理由誇起西鄉來了。

「坂本兄對生死有何覺悟？」

慎藏也如此問龍馬。指的是他的生死觀。

龍馬沉吟一會兒。

「好像沒這回事。」

龍馬道：

「生死並不值得特別提出來思考。我會只想要做什麼。我個人認為活在世上之意義在於成大事。」

「所謂的大事指的是什麼？」

「就是志業呀。雖說是種事業，但是呀，我又覺得模傚前人很沒意思。釋迦和孔子也因未模仿他人才顯得偉大吧。」

龍馬見慎藏兩眼發亮聽得津津有味，因而痛快地發表言論。

但似乎終於意識到自己如此，而伸手搔搔後腦勺。

「哇哈哈，我今晚還真怪。」

說著就要起身。

另一方面，阿龍……

阿龍幫龍馬及慎藏鋪好床後，就下樓穿過走廊到浴室去了。

後來有人敲大門，男僕前去應門，登勢也隨之被叫出去。但這些聲音都未傳入屋內深處的阿龍耳裡。

阿龍脫下足袋，調好熱水溫度後，解開腰帶，開始脫起和服。

阿龍已一絲不掛。

她雖然身材嬌小，但膚色白皙又結實，軀體讓人不禁聯想起森林裡行動敏捷的小動物。

因為是旅館，澡盆約一般家庭的三倍大。

阿龍不怕冷。

她緩緩拉開門走進浴室，然後掀開鐵砲風呂的蓋子。

濃重的熱氣竄了出來，浴室微暗的行燈顯得更暗了。

她發現怪事了。

熱氣正逐漸流失。

「怎麼……」

阿龍因自己的粗心而覺得好笑。窗戶沒關。

窗戶是朝著後巷。

阿龍伸長手想把窗戶關上，卻嚇得差點叫出聲來。後巷竟密密麻麻排滿了人，提燈不住晃動。

「是捕吏——」

阿龍一驚覺立刻衝出浴室，壓根沒想到自己一絲不掛。

她從後側樓梯拚命衝上二樓，一衝進裡面那間房就小聲尖聲喊道：

「坂本大爺！三吉大爺！捕快來了！」

相較於這句話，龍馬反而因阿龍的裸體而震驚。或許是出於緊張吧，她的身體泛著桃紅色，眩目得教人不敢直視。

「阿龍，拿件什麼穿上。」

龍馬扔下這句話隨即轉向三吉慎藏。慎藏毅然決然地點了下頭，好像在說：「好！」同時把短矛抓了過來。

其實在阿龍裸身衝進來緊急報告前，龍馬就察覺有些奇怪的聲響。

龍馬自己事後曾寫信給家鄉的大哥權平，信中提到：

「正想睡時卻感覺怪哉（龍馬的口頭禪），樓下好像有人躡手躡腳的走動聲，還聽見咔啦咔啦好似六尺棒的聲響。」

他已有如此感覺。事發之前他就覺得不對勁了。因此阿龍衝進來時，樓下其實早已擠滿捕吏。

想當然，路上也滿是捕吏。路上的捕吏一直抓著登勢的雙臂，要她乖乖就範。

一接獲阿龍的緊急報告，龍馬立即環視周遭，想把裙褲穿上，卻發現「放在隔壁的『次之間了』」。龍馬的手記中如此寫道。故龍馬放棄裙褲，只是將棉襖脫掉，把大小佩刀塞進旅館浴衣的腰帶中，並將塞有六發子彈的手槍拽入懷裡，然後一屁股坐回座墊上。

這時紙門被拉開一條縫。門縫中探進一張黝黑的男人面孔。

「什麼人？」

龍馬不慌不忙問道。那人進了房卻又懾於龍馬的凶樣，立刻又出去了。

其間，三吉慎藏已火速穿上裙褲並整好服裝。
龍馬一直坐在房間正中央。
過了一會兒，鄰室便傳來窸窸窣窣聲，龍馬於是道：
「阿龍，把紙門（與鄰室之間的）卸下。」
「是。」阿龍勤快地應了一聲並立即衝到紙門旁邊。
阿龍依然全身赤裸。因事非尋常，不僅阿龍自己，龍馬和慎藏也一點都不覺得可笑。
阿龍利落地卸下紙門，鄰室立刻毫無遮掩地呈現眼前。
房裡竟擠滿手持長矛、出鞘大刀及木棒的武士和捕吏。大約有十人吧。
龍馬目光淩厲地望了他們一眼，隨即轉向阿龍道：
「妳可別受傷了。到樓下去。」
阿龍大概不希望只有自己躲在安全之處吧，她焦急地說：
「不，我要待在這裡。」
龍馬笑了出來。因為阿龍全身赤裸，實在不成體統。
「不管怎樣，妳那樣子惹得我心慌意亂，都沒法正經接待客人了。快下去找件衣服穿吧。」
龍馬說完後，阿龍似乎才發現自己的模樣。她驚得張大嘴巴，隨即穿過龍馬及慎藏中間跑出房間，撞開走廊上的捕吏，從後面樓梯衝下去。受驚的反而應該是捕吏吧。
龍馬、慎藏和鄰室眾人彼此默默互瞪了半晌。
後來龍馬才打破沉默。
「為何對薩州武士如此無理？」
他大聲道。捕吏眾人之間傳出：
「你自稱薩州武士，恐怕是冒充的吧？」
「我可不是冒充的。」
龍馬不慌不忙道：
「不相信的話，伏見也有薩州屋敷，只要跑一趟確認就成了。」

「……」

捕吏默不作聲，但終於開始質問：

「你二人為何攜帶武器（短矛）？」

龍馬揚聲笑道：

「這是武士的習慣呀。」

他只如此道。

捕吏又是一陣沉默，卻展開奇怪的行動。他們絡繹下樓，大概是去叫樓下的同伴吧。

「就趁現在。三吉君，快把紙門整理整理。」

龍馬說完後，伸手將火盆推到一角。三吉慎藏趕緊將他附近的東西全掃到角落。這是為了擴大打鬥場地。

過了一會兒，約有三十人上樓來，把鄰室和走廊擠得水泄不通，並以手上長矛排出一面牆。

捕吏喊道：

「松平肥後守（容保，即會津藩主兼京都守護職）之上意，老實就逮吧！」

說著的同時還高舉單方探照的龕燈，朝龍馬直射。順帶一提，龍馬已將行燈吹熄，故房內一片漆黑。

龍馬覺得很刺眼，也因此看不見敵人的模樣。

「笨蛋，拿開！你剛剛好像提到什麼松平肥後守，但我可是薩摩藩士，才不受肥後守指示呢！退下，退下！」

其間三吉慎藏已移至龍馬左側稍前處，立起左膝，將短矛舉在胸前擺出預備姿勢。

「三吉君，上吧！」

龍馬低聲道。事到如今只有掀起混戰再殺出活路了。

龍馬心想，要掀起混戰，最好就是以手槍猛射，於是掏出懷中沉甸甸閃著銀光的東西，「喀」地拉起擊鎚。龍馬已立起右膝，左膝著地，弓身而立。

「這東西若發射，子彈所及之處恐怕就有死人。」他突然想起這無意義的事，但事到如今也不得不發射了吧。

正對面的龕燈很礙眼。

他把槍口瞄準那盞燈，隨即「砰」地射出一發子彈。手持龕燈的人應聲倒下，但龕燈隨即被另一人拾起，故根本沒熄滅。

一場混戰就此展開。

三吉慎藏人稱「矛之名手」，是名使短矛的高手，制服敵人的矛後，立刻順勢短距猛刺，刺倒對方隨即抽回，然後大步上前再度刺出。

龍馬不知為何不拔刀。

敵方有個刀術頗強的人，他沉下腰，把刀往上斜揮，同時衝了過來，但也「啊」的一聲為短矛所阻。有一支長矛刺向龍馬側腹。龍馬抓住矛刃接頭處，隨即抬腿踢向那人胸部。

龍馬的浴衣下襬很長而纏著腳，情況實在不太樂觀。

龍馬似乎相當困擾，事後寫給大哥權平的信中曾提及此事：「現在想想，男人真不該把衣服穿得長過小腿。」

總之，龍馬猶如惡鬼羅剎般兇猛，但畢竟敵方人多勢眾且不斷輪番攻來，因此龍馬又發射手槍嚇敵。猛然往左一看，發現三吉慎藏旁邊有個人靠著牆，手中短矛擺出劍道平青眼構式般的姿態，正準備襲擊慎藏。龍馬大吃一驚。正當慎藏差點被刺中的關頭，龍馬及時將手槍舉至頭頂並往下射擊。

那人被射中胸部當場斃命。龍馬寫給權平的信上說：

「眼見敵人中彈，只如倒臥在地般，好似要匍匐前進，然後就一命嗚呼了。」

關於這場混戰，與其由筆者描述，不如借龍馬本人事後寫給其兄權平的信更貼近真實情況。

此時敵方又連續激烈地將紙門一一打壞。
踩破唐紙的聲音很是嚇人。
卻完全不走近身來。

敵方對龍馬及慎藏心存恐懼，只是使勁破壞紙門，踩破唐紙，要不就是以沾滿泥土的腳在樓梯爬上爬下，並不走近兩人身邊。

「全是些膽小鬼。」

龍馬在黑暗中放聲大笑。他尚未拔刀，且不知何時又大喇喇地盤腿坐回座墊上。

一旁的三吉慎藏則是採槍術中的「折敷」（譯註：右腳彎曲枕在屁股下，左膝立起）姿勢並將短矛持於身前的中段位置，矛尖不斷淌下血滴。

登勢被強按於門外路上坐下，她對此情景又是什麼印象呢？

她自然對屋內發生之事一無所知。在此直接引用其手記中的文章：

二樓發出彷彿即將坍塌的聲響。
又傳出槍聲（龍馬的手槍）。
哎呀，好可怕。我心裡正如此害怕時，
所有人一股腦兒全逃了出來。
還有人從二樓掉下來。
實在狼狽。

正月二十三日的晚上再過一個時辰就要天亮了。被迫坐在路上的登勢想必很冷吧。但這位個性爽朗且極富膽識的女性雖覺得「哎呀，好可怕」，仍毫無一絲懷疑地相信：既是龍馬和慎藏，不管幾百名敵人來襲也不會有事。

阿龍呢？

這女孩的行動就連龍馬、登勢，甚至敵人也搞不清楚。

她到樓下穿上衣服，繫好腰帶內之細繩後便手持腰帶，就著這身未穿妥的裝束，赤腳從後門衝至路上。

一衝出去就撞開五、六名捕吏，然後繼續往漆黑的路上跑去。

她是想去伏見的薩摩屋敷緊急通報。以當時情況看，再無更適切的行動了。

距離約有五、六丁（編註：一丁約一〇九公尺）。

阿龍一會兒掉進溝裡，一會兒撞上燈籠，一路瞎闖，終於抵達薩摩屋敷。她立刻朝大門一陣亂拍。

「什麼事呀？大半夜的！」

門衛起身應門。從窗戶一看，門外竟站著一個穿著有失體統的女孩。

「請開門！大事不好了！」

敵人的攻勢一波接一波。

以為他們會一湧而上，但被兩人狠狠回擊後便退下數步距離，接著只管調息，靜候龍馬他們出招。

每當敵方上前攻擊，龍馬就用足以打落對方下巴的力道痛毆或踢踹對方，或攻其要害，都不管用時就發射手槍。

「坂本兄，你為何不拔刀？」

一旁的三吉慎藏幾度想如此喊道，但終究沒這麼說。他還以為龍馬對此亂戰場面自有一套應變哲學。

敵方攻勢稍緩。

龍馬重新坐回座墊上，並喀啦喀啦摸起手槍。

「怎麼了？」

慎藏望著敵方那邊，同時低聲問道。

「我要裝子彈呀。」

龍馬把左手探進懷中像在找錢似的，一臉不安而不解的神情。

總算找到子彈了。

龍馬將手槍「啪」地從中打開，將上面的彈匣取出。

龍馬自己寫的信中曾如此描述：

「因要在槍身填入子彈，而先將六發槍中的⊙這模樣的東西取出。」
然而子彈、手槍，甚至蓮藕狀的短彈匣都濕答答的。是血。
龍馬左手大拇指被砍中而垂懸著，隨時要掉落似的。
「啊，剛剛被那人砍到的嗎？」
龍馬這才注意到。敵方揮著大刀從上段砍來時，龍馬以左手的手槍接下這刀。黑暗之中聽得「喀」的一聲，同時火花四散。
一接下砍來的刀，龍馬同時以右拳揮向對方側腹要害處，隨即抬腿將對方踹飛至鄰室。
「混帳東西！」
龍馬輕鬆愉快地喊道，但那時左手拇指應該就受傷了吧。他以槍身接下那一刀，但刀刃肯定已強勁地切進拇指。
「沒想到手指也能流出這麼多血。」
他自己也頗覺訝異。因為裝填子彈時血依然流個不停，把手槍、子彈及零件都弄濕因而無法順利操作。不僅如此，又因左手拇指不管用，連右手也沒法執行細部作業。
最後滑溜溜的蓮藕型部分就從龍馬的掌中滑落了。
「糟了。」
一片漆黑中，龍馬就在地上爬來爬去，在那一帶摸索尋找。
敵人一步步逼上前來。
「您在做什麼？」
慎藏實在看不下去，忍不住問道。龍馬苦笑著吐出一句：
「找東西呀。」
關於這段時間內的情況，龍馬本人如此寫道：

> 左手指被砍中，右手也受了傷，雙手已不聽使喚。

最後（蓮藕狀的彈匣）竟從手中掉落。在底下找了找，當然也把座墊拉開來找，但混在火盆及其他亂七八糟扔過來（幕吏扔的）的東西之中，根本找不到。（中略）乾脆把槍管扔了，對我的隨從三吉慎藏道：

「我把槍給扔了。」

三吉道：

「既然如此，就應衝進敵陣大戰。」

其實三吉慎藏似乎直到事發後很久，都還覺得龍馬此時慢條斯理的模樣很不正常。敵人不斷揮刀砍來的緊要關頭，他竟還笨手笨腳地忙著修理洋式手槍。換句話說，龍馬把蓮藕狀彈匣還有其他什麼東西拆解下來，搞得七零八落的，又弄丟其中的零件，於是將座墊整個翻過來找，最後依然找不到才氣急敗壞地對三吉慎藏道：「我把槍給扔了。」

三吉慎藏大概下定必死決心了吧。他已抱定兩人高揮大刀及長矛殺入敵陣拚命猛砍，一同為護國而犧牲的覺悟。

「何如？」

他以文言語氣如此大喊，徵求一旁的龍馬意見。

「別衝動，別衝動，那太傻了。」

龍馬扔掉手槍並站起身來。

「撤退吧。」

說著抓住三吉慎藏的衣袖，躡手躡腳地走到走廊上。逐步摸索，才發現自己到了後側樓梯。

幸好周遭一片漆黑，敵人尚未發現。

兩人緩緩走下樓梯，走進樓下的奧之間。

一樓的人全擠在店面，尚未注意到這裡。

兩人跳下後院，從小門鑽了出去。但這算哪門子的路呀。

那是條寬僅二尺的窄巷，幾乎不夠格稱之為路。

而穿過這條窄巷，肯定有幕吏守在巷口。

「坂本兄，這下如何是好？」

「真對不起旁邊人家……」

龍馬以手摩挲和寺田屋背面相貼的民家後窗，又道：

「只好打破這東西，跳進這戶人家，從中穿過去，再從敵方意想不到的方向出去了。」

「那我來吧。」

慎藏道隨即扔下短矛，抱起雙臂縮起矮小的身體，然後「砰砰」地以身體撞遮雨窗。遮雨窗順利往內倒下。

兩人闖入素不相識的人家裡，並啪嗒啪嗒地撒腿就跑。

被闖入的人家肯定十分為難吧。

但家中之人似乎已聽見後頭寺田屋的刀戟聲，早就一個個全躲進壁櫥或其他地方，整間房子鴉雀無聲。

最初跳入的房間是臥室，裡面鋪著被褥，龍馬和慎藏直接從被褥上跑過去。龍馬邊跑邊說：

「我小時候就曾因如此調皮而挨罵。」

說著還咯咯直笑。

跑過兩三個房間後，又衝進店頭，然後跳下土間。

「這……三吉君，這門的木閂在哪兒呀？」

龍馬說著以手在黑暗中摸索。

「我來把門踹開吧。」

三吉慎藏一下一下使勁地以身體撞門，卻遲遲撞不開。

這回改以腿使勁一踹，位於某處的門閂大概折斷了吧，門上的小門應聲而開。

「這家人實在倒楣。」

龍馬衝到路上。

天氣很冷，卻是滿天繁星。路上一個人也沒有。

「這真是絕妙的安排。」

慎藏這才有了笑容。兩人直往前衝過町區。

龍馬這陣子一直感冒老是發燒鼻塞，跑了五丁遠左右就氣喘不已。

更糟的是，手指依然血流不止。或許是因不斷失血，身體似乎愈來愈感無力。

為躲過幕吏耳目而岔進小巷，走到風景恰如高知城下稱為新堀之地的一角。有堀（譯註：溝渠或護城河）也有水門。水門再過去就是堆放木材的貯木場。

「我們混進那個貯木場吧。」

慎藏走近堀邊。要混進貯木場，除了從水門潛入外別無他法。

「好！」

龍馬往堀邊跳下去，接著盡量不出聲地讓身體往水底沉。水竟意外地溫暖。

接下來就得游泳了。

終於潛至水門下方，鑽到另一側，然後繼續往岸邊游，再從岸邊爬上貯木場。

爬上岸時，龍馬的體力急速下降。此時正當他為薩長聯盟而忙得筋疲力竭之際，偏又發生如此亂戰，體力完全耗光也不足為奇了。

三吉慎藏也因方才的激戰而筋疲力竭，再加上寒夜游泳，故腰腿都累得幾乎無法動彈。

「實在累人呀。」

龍馬突然這麼想，即使如此還是得努力活下去，他如此勉勵自己。

一旁有間小木屋。兩人爬上小屋屋頂，再以此為立足點，攀上堆滿木材的高棚之上，然後把身體擺成大字型沉沉睡去。

高度應該距地面有十公尺以上吧。

任憑風吹雖寒冷，但在此貯木場可說還算安全。

手指的血仍未止住，肯定是切到動脈了。

「人的命運真是不可捉摸。」

龍馬仰望星星，同時茫然地任寒風吹拂。某日傍晚自己曾讓西鄉和桂握手結盟，邊聽著薩摩琵琶邊豪奢地飲酒，如今卻睡在貯木場的高棚之上。西鄉和柱作夢也想不到龍馬會遭遇如此下場，現在想必正作著安穩的美夢吧。

「所以常言『前途莫測』呀。」

龍馬生在朝聖者巡禮之地，故可說是聽著這種陳腔濫調長大的。還有一句是：「人生乃是無明長夜。」

「還真是無明長夜哪。」

他望著夜空。偶有彷彿要吹散星斗似的幽暗夜風「轟」地自天際呼嘯而過。

「但又有些……」

龍馬自問自答：

「雖說是『無明長夜』，但也不能就此坐在路旁吧。我必須繼續勇往直前。」

「三吉君，你沒事吧。」

「是。」

三吉慎藏的聲音彷彿從臼齒碰撞之間擠出來的。想必正因寒冷而顫抖著吧。

「坂本兄，您痛嗎？」

「痛倒是還好，不過血遲遲不止，真傷腦筋啊。」

慎藏已用自己的衣袖緊緊縛住龍馬的傷口，但那塊布也因染血而濕透了。

慎藏爬起身來。

揚起頭就看見伏見町區房子的屋頂宛如黑浪般起伏。令人震驚的是，街道上竟有一如水上流燈般的提燈不住移動。仔細一看，提燈在四面八方的街道上移動，或快跑或群聚，看來似乎已滿佈町內。

「你是看見什麼了吧？」

「提燈……」

「想也知道。」

龍馬望著星星道：

「大概被包圍了吧。照這樣看來是沒有退路了。」

「恐怕是吧。」

「坂本兄，該怎麼辦？天遲早會亮，那他們肯定就會發現我們在這裡了呀。」

慎藏又道：

「不如切腹吧。與其死在他們手裡不如現在就切腹吧。」

「切腹呀……」

龍馬微笑道：

「那是我藩之人的缺點呀。動不動就切腹、砍頭的，想早點結束生命。你明明是長州人，說出來的話怎麼聽起來像個土佐佬。」

「但總得像個武士呀。」

「如果是演戲的話，這時就該擠出紅淚來。但我還有很多事要做。我若不活久一點，日本就沒救啦。」

「可我左思右想，似乎無路可逃了。」

慎藏道。

「三吉君，是否有路可逃是老天爺該操心的問題。我們只要專心一意想著無論如何一定要逃出去就成了。」

龍馬言下之意是千萬不可絕望吧。

三吉慎藏曾將這段期間發生的事寫在日記中。

談論生死的種種，又說現已無路可逃，不如在此處切腹以免死在他們手中。

坂本氏道，既然已有必死之覺悟，那你現在就衝去藩邸吧。

又道，若半途遇到敵人，頂多也是一死，而我也就死在這裡吧，如此而已。

龍馬因傷無法採取行動。何況他又近視，晚上很難看得清事物。

「別管我，快跑到薩摩屋敷去吧。」

此即龍馬言下之意。若能順利跑進薩摩藩邸，龍馬也將得救。此外就只能靠慎藏的運氣了。

「賭賭看了。若老天爺希望我們活下來，你就能順利跑進薩摩藩邸。否則只好聽天由命了。」

「了解。」

三吉慎藏手腳並用緩緩往下爬。為了不使人起疑，還到堀邊使勁搓洗沾滿血跡的衣服，充分擰乾後再穿上。又在那附近撿雙破草鞋來穿以喬裝成旅人。

慎藏衝到路上。

天還沒亮，但四處已傳來商店拉開遮雨窗的聲音。跑了約二丁距離，天已朦朦亮。偶然在破曉前微暗的路上遇見商人打扮的人，於是問他：

「薩摩藩邸在哪裡？」

沒想到慎藏竟不知薩摩藩邸所在。

「是，再過去那條直直的路就是了。嗯，應該不到三丁就到了吧。」

「不好意思，耽誤您了。」

慎藏鄭重道謝後又繼續趕路。途中聽到已打開遮雨窗的麻藷店中有人高聲交談。

——聽說半夜寺田屋裡有大約百人互鬥。

慎藏連忙屏息通過。

……………………………………………………

另一方面，薩摩屋敷……

留守居役大山彥八聽到阿龍的緊急通知後大驚，不僅要邸內為數僅約十人的武士悉數武裝在門後待命，另一方面還派三名僕役長之一緊急趕去通知西鄉。又派其中一人趕往寺田屋，另一人到市街上偵查。

但自寺田屋返回的僕役長回報說，兩人已逃離，目前捕吏正在市街上搜索。當然行蹤依然成謎。

陽光瞬間照亮整個町區。

三吉慎藏迎著清晨的陽光拚命往前跑。終於跑到薩摩藩邸了。他立刻使勁把大門推開成八字狀。他衝了進去。

從房子正門衝過來的留守居役大山彥八一見他這模樣，就道：

「您、您平安無事嗎？」

說著緊緊抱住他。

「坂本爺人呢？」

「在貯木場。請速速去帶他回來。」

「了解。」

大山彥八迅速採取行動，速度之快簡直就像他這一生沒這麼忙過似的。

「把大門關上！後門備船！船上立起本藩船印！」

他先如此下令，接著指定隨自己同行者及留守者，又對留守者道：

「萬一幕兵來逼，憑著島津七十七萬石的實力及名譽，絕不能讓他們踏進藩邸一步！」

他嚴格下令。他口中雖說憑著島津七十七萬石的實力，其實留在藩邸抵擋幕兵的人數卻只有一名。如此充滿威嚴地將此重責大任交給一個人，讓人聯想起薩摩藩的風氣，實在有意思。

大山彥八走出後門。

後門緊鄰川邊。那裡繫著一艘小船，船上已揚著藩旗。

「三吉氏，我必將坂本氏帶回，請稍待。」

大山彥八上了船。同行的「兵力」共三人。武器短矛藏在船底，服裝卻因對幕吏有所顧忌，仍是平常裝束。

船搖晃著駛離岸邊。這樣應該就能駛抵龍馬所在那個水門邊的貯木場。

留在藩邸的三吉渾身上下受了無數小傷，卻完全不接受治療。

阿龍拿燒酒及藥膏過來，一再建議他處理傷口，但慎藏完全不聽，只道：

「不，坂本兄也受了傷。我要這樣等他回來。」

阿龍告訴慎藏後來事情的詳細經過，也聽了慎藏的敘述。

「總之我們竟然成功殺了出去。現在想想感覺還像在作夢。」

「有一百人。」

阿龍似乎尚未從亢奮的心情中清醒，只見她依然兩眼呆滯、呼吸急促。為數僅兩人，遭百人襲擊還能殺出重圍，這只能稱之為奇蹟了。

「不過很不可思議的是，坂本兄竟然一直到最後都沒拔刀。」

「該不會是忘了？」

「怎麼可能，他可是刀術高手呀。」

「可他有時會忘記在腰間插上佩刀就出門了呀。」

「但他當時的確帶著佩刀。堂堂千葉道場塾頭的刀客遭襲卻完全不拔刀。自古以來的刀客中，恐怕唯有他一人吧。」

「真希望他平安無事。」

站在船首的薩摩藩留守居役大山彥八的心願只是如此。

「大山兄，萬一幕吏發現咱們且逼上前來的話，要怎麼辦？」

「只好開打了。接下來就讓吉之助爺幫我們善後。」

······························

大山彥八道。

彥八在鹿兒島城下的加治屋町（和西鄉同町）獲賜有房子。那一帶七十餘戶窮武家之中出了西鄉隆盛、大久保利通、黑木為楨、東鄉平八郎及大山巖等人物。而大山彥八即為大山巖（彌助）之長兄，和西鄉為堂兄弟，明治九年（一八七六）以四十二歲之齡病逝。性凡庸，但也因短命，一生特別值得記載的事蹟就只有這回解救坂本龍馬一件。

大山彥八乘船至水門，然後上岸到貯木場中尋找龍馬，卻遍尋不著。

他索性大喊龍馬的化名。

「才谷爺！」

頭上立刻傳來裝模作樣的薩摩口音：

「在這裡。」

大山等人欣喜欲狂，趕緊爬上高棚，想把龍馬扛下來。大概以為龍馬受了極重的傷吧。此舉教龍馬吃了一驚。

「不不不，沒那麼嚴重。」
龍馬自己攀著木材，順當地爬了下來。
臉色慘白。因為寒冷、出血、疲勞、睡眠不足已夠他受了吧。
「來，上船吧。」
眾人簇擁著龍馬走到岸邊坐船，讓龍馬躺在船底以免引人注目，又用草蓆將他蓋住，讓岸上的人看不到。
「總覺得自己好像成了死屍呀。」
龍馬笑了出來，但聲音實在無力。
船盡速駛回藩邸後門。眾人把龍馬搬進邸內，並騰出後頭一間房間讓龍馬躺下。阿龍立刻為他換衣服，然後開始幫他處理傷口。
「阿龍，妳幫我處理得真好啊。」
龍馬這話中包含了讚賞及感謝之意。阿龍卻只道：
「是嗎？」

便不再睬他，只是利落地處理著傷口。不擅煮飯和縫紉的她，這件事倒是動作很麻利。
血還是沒止住。
「看來流了差不多有一升。」
龍馬道。事後寫給大哥權平的信中提到：「我傷得不重，但因傷及動脈，第二天依然血流不止。大概有三天，就連走去小便都頭昏目眩。」似乎有點受不了。
話說西鄉接獲寺田屋意外事件的報告時。這天早上西鄉起得較平常晚，此時正在井邊洗臉洗到一半。
「哦？」
他抬起頭。
「你在說什麼呀？」
中村半次郎衝上前來，嘴裡不斷嚷著。語氣實在太激烈了，西鄉起初根本搞不懂他在說什麼，過了一會兒明白事態後，便喊道：

「半次郎，準備出兵！」
西鄉的臉頓時脹得通紅。半次郎一輩子沒見過這巨漢生這麼大的氣。
「是！」
半次郎喊道，同時走進屋內。
西鄉也走進處理藩政的專用房間。吉井幸輔、西鄉慎吾及大山彌助都在裡面了。
「你們還在做什麼？還不快去準備作戰嗎？」
「要攻打誰呢？」
吉井幸輔試著安撫激動的西鄉。「想也知道！」西鄉道：
「伏見奉行呀！我來當差引！」
所謂的差引是薩摩特有的軍用術語，意思是指揮。
正當如此騷亂之際，第二報來了。說龍馬和三吉慎藏分別負傷，但已平安進入薩摩藩邸。
西鄉大大鬆了口氣，這才恢復平常的表情，開始做出指示。

伏見奉行所恐怕會到伏見的薩摩藩邸交涉要求引渡龍馬等人吧。西鄉如此估計，便道：
「到時即便訴諸武力也要拒絕。」
西鄉如此明示處理方針，並命吉井幸輔為指揮官，撥給幸輔一支薩摩引以為傲的英式小隊，命他速速趕往伏見。
西鄉的計畫是以此兵力警戒藩邸，等奉行所監視工作鬆懈之後，再將龍馬等人帶回京都。
藩之外科醫師木原泰雲也同行。
吉井幸輔和木原泰雲策馬疾馳，英式小隊也疾步自大佛一路南下。吉井和木原午前抵達，英式小隊也於午後抵達。
「此待遇之優厚實非言語所能表達。」
三吉慎藏在其日記中如此寫道。
另一方面，奉行所死傷眾多，故正大舉搜查以逮捕二人。探聽到兩人躲進薩摩藩邸，便來要求引渡。
「我不知道。」

奉行數度派使者前來，大山彥八都以此言拒絕。

奉行所於是在藩邸附近四處派放間諜，開始緊迫盯人的監視。

龍馬手指的傷口到第三天終於止血了。

「也不算手指的傷了。」

龍馬對片刻不離照顧他的阿龍道：

「感覺身體好似騰雲駕霧。」

有嚴重貧血的症狀，頭疼，有時甚至連心臟的鼓動也不正常。

西鄉派來的外科醫師木原泰雲學的是蘭學，技術值得信賴，但畢竟這傷在蘭醫是所謂的「動脈傷」。若是剛受傷可以立刻進行血管結紮，但拖到現在就很難了。不僅如此，龍馬受傷已經過好幾個小時，其間還曾潛入泥水之中。接下來還得擔心會不會發生惡性化膿。

「這傷很複雜。」

木原泰雲也不禁皺起眉頭。

泰雲施行手術後，教阿龍換繃帶及塗藥的方法。不管怎麼說，阿龍可是京都醫師楢崎將作的遺孤。楢崎之名泰雲也聽過，故很高興有這麼位好助手，還給她戴高帽子：

「直覺比完全外行的人強得多了。」

木原泰雲在伏見停留了三天，第四天早上他看後續工作交給阿龍即可，便返回京都了。

阿龍竭心盡力地照顧龍馬。

「這真教人吃不消啊。」

龍馬暗想。阿龍的勤快和用心一一打動龍馬的心，他竟感到鼻頭有股酸楚般的感動。

——人與人的關係還是乾脆簡潔一點比較好。

對一向如此主張的龍馬而言，這實為難以處理的感情。他口頭上故意開玩笑道：

「阿龍，別對我那麼好。我會忍不住愛上妳呀。」

或說：

「阿龍，偷懶一點，再偷懶一點吧。妳這樣時時黏在身邊照顧我，我會受不了啊。」

龍馬雖一再這麼說，其實內心卻對阿龍有一股感動得想哭的衝動。

「男人看來雖了不起，其實很脆弱。」

龍馬之所以這麼想是起因於生活起居。他變得行動不便。就連去上廁所，若無阿龍的攙扶，一個人根本走不到。即便只是流鼻水，說來丟臉，但也不得不說：

「阿龍，我流鼻涕了。」

阿龍就拿塊布放在他臉上，幫他擤。

雖然這些都算是病中看護，最後竟演變成只要阿龍不在，龍馬就連日常起居也無法自理的狀態。這使得龍馬對阿龍的感覺，和寺田屋事變之前有了本質上的變化。

「因有這龍女在，龍馬的性命才得救。」龍馬在信中如此告訴其兄權平。她果敢前往通報幕吏來襲之行動及事變後對龍馬的照護，都使得龍馬更加深如此感情。

「男女之間的關係還真奇妙。」

龍馬在病床上考慮了數日。

因為自從事件發生後，他一直想告訴阿龍：

——當我的伴侶吧。

「這應不是愛戀之情吧。」

他有如此感覺。

「愛戀」這甜美的感覺對福岡的田鶴小姐的確有。對千葉的佐那子也屢次有此感覺。甚至對較自己年長的寺田屋的登勢，也曾有突然感到愛慕之情的瞬間。

「但對阿龍……」

卻從未有過如此感覺。這樣說多少過於武斷，但這回很難套上「愛戀」這類強烈的字眼。要說的話，應該是「傾情投意合」一詞最恰當吧。

總之在寺田屋事件之前是露水姻緣。

若未發生此事件，和阿龍的關係或許就只是那樣，終究沒什麼提升或進展就結束了吧。

世人常說「出於意想不到的原因……」

男女之間的關係多半是因為這「意想不到的原因」而發生的。以龍馬和阿龍而言，那起事件就是「意想不到的原因」。這麼說來，成群來襲的百名幕吏就成為兩人的媒人了。

龍馬每天胡思亂想，淨是想這種事。

另一方面，在伏見的薩摩藩邸周圍伺機行動的幕府密探似乎愈來愈多。

只要龍馬走出藩邸一步，就正中下懷，他們一定會再度發動攻擊吧。

「這對養傷而言還真是個絕妙安排。」

龍馬如此認為。但不能外出，心情上又覺得無聊得受不了。

薩人吉井幸輔和主治醫師木原泰雲兩人返回京都的薩摩藩邸向西鄉報告龍馬的情況後，西鄉道：

「非把他帶上京來不可。」

最重要的是，待在伏見這小鎮沒法得到充分的治療。其次，待在伏見藩邸對幕吏的警戒也不足。西鄉希望將龍馬帶回京都，為他安排充分的醫療及充分的警戒。

「這等男人不知百世能否出現一位。可千萬不能讓他有什麼三長兩短。」

西鄉對吉井幸輔道。龍馬對薩長而言是恩人，不僅如此，倒幕乃至於新政權之確立及運作，若少了龍馬恐將成為致命的損失。說得誇張一點，歷史需要這位名為龍馬的人一如乾渴之人需要水那般。西鄉如此認為。

「幸輔爺，龍馬是天涯孤客。他並無『藩』這東西可保護他。我薩摩藩就盡全力保護他吧。」

「要加派一小隊英式步兵過去嗎？」

幸輔毅然決然地說。這已是一種軍事行動。

因為是在幕府統治下擅自出動槍砲隊，儘管薩摩藩對幕府採取的態度明月張膽，不管怎麼說，這麼做需要相當的決心吧。伏見已有一支小隊，現在又要從京都加派一支小隊過去。

「派吧。」

西鄉道，接著又補充：

「最好再帶一門大砲過去。」

不過是護送區區一介浪人，卻動用了擁有日本最強火力的英式步兵隊。

「幸輔爺，這回還是請你擔任差引（指揮）吧。」

「遵命。」

吉井幸輔道。

這位幸輔爺率領的另一支英式步兵小隊在隊伍尾端拖著一門四斤山砲（譯註：法製加農砲，砲彈重達四公斤），在二月一日午前進入伏見屋敷。

一進門，幸輔就喚來阿龍，問她：

「坂本兄病情如何？」

「已經起身，正玩著呢。」

「哦？」

幸輔穿過走廊走向病房。

龍馬正和三吉慎藏在玩足相撲。

每次慎藏都被翻倒。但慎藏特別不服輸，每次翻倒就說「再一次」，然後抱著右腿挑釁，但總是又被翻倒。

「坂本兄真是行家呀。」

「哪裡，我姊姊乙女更厲害呢。」

「哦？女人家也玩這個嗎？」

「刀術和馬術她也會。就只有裁縫和料理不會。我就是受我那乙女姊的訓練才這麼厲害的。」

「女人家玩足相撲不太恰當吧？」

三吉慎藏咯咯輕笑，大概正想像著乙女大姊將膝蓋及小腿暴露在外那種有失體統的模樣吧。

「就是啊。」

龍馬也笑了：

「所以我自小就對女性的重要部位見怪不怪了。」

當他們聊著這種話題時，吉井幸輔正好進房來。

「喂，會被木原醫師罵呀。」

根據醫師木原泰雲的囑咐，雖只是傷口的療養，但最好是保持絕對靜養，因為體力的恢復比藥物對傷口更有療效……吉井幸輔如此說完後，又提出要將他們移往京都一事。

龍馬答應了。

「已備妥兩頂轎子。」

幸輔道，因此龍馬立刻拜託他：

「再多準備一頂。」

因為他要帶阿龍去。龍馬已打定主意，再不讓她離開身邊了。

「哦，那位花容月貌的心上人也要同行嗎？」

幸輔笑道，隨即正經八百地回答：「遵命！」

龍馬起身走出房間去找阿龍。她應該在廚房吧。

…………

阿龍正在廚房的土間洗龍馬的繃帶。

「阿龍，要搬去京都的薩摩藩邸了。」

龍馬站在地板邊緣道。

「要去京都？」

阿龍抬起頭來直盯著龍馬瞧。龍馬看到她已兩眼泛淚。阿龍一定是以為：龍馬準備上京都去，然後把自己留在伏見的寺田屋，可惜好不容易才一同生活了這十天……這想法肯定讓她一時方寸大亂吧。

龍馬看到阿龍的眼淚也慌了。應該說他自己也深受感動，連忙道：

「妳也去。」

接著又確認道：「妳會去吧？」

阿龍低著頭回答「嗯」，並點了點頭。接下來就一直低著頭。

「吉井爺拖了大砲過來，似乎很趕。妳快去準備。」

「你叫我準備？我就只有這一身而已呀。」

「啊，對呀，妳在寺田屋是一絲不掛，對吧？」

「不，後來我下樓穿了衣服。但就直接衝出來了，所以一直只有身上穿的這件。」
「原來如此，真可憐呀。」
衣服對女性而言有多重要，因為龍馬是姊姊帶大的，他當然知道。
「但可不能跟寺田屋連絡呀。」
幕府的偵探正嚴加監視寺田屋和藩邸。也不能派人去拿衣服。重點是，寺田屋的登勢應該也無法確定龍馬和慎藏平安無事住在這藩邸吧。雙方可說已完全失去聯絡。
「就這樣忍耐一下吧。」
「可是……」
「我在長崎賺了錢再給妳買個一兩件吧。」
「嗯。」
阿龍又點點頭。
「坂本大爺……」
接著就泣不成聲了。和衣服相較之下，「帶妳去」這話更叫她喜極而泣吧。
「別哭呀。」
龍馬慌了手腳就想逃離現場，走了兩三步後又道：
「阿龍，一輩子喔。」
「咦？」
「都要跟著我喔。」
龍馬似乎感到很害臊。他丟下這句話就急忙離去。阿龍任雙手滴著水，站起身來愣在當場。
「一輩子……」
男女之間再無任何話語較這句更嚴重了吧。
「坂本大爺，一輩子嗎？」
阿龍低聲自言自語道。

過午，英式步兵就自伏見的薩摩藩邸出發，以先著的小隊為前衛，剛到的小隊為後衛。
中間是三頂轎子。吉井幸輔反握著皮鞭在馬背上

晃著。最後方的大砲一邊因車輪發出響聲，一邊前進。

啪！

正如蒼蠅被驚散一般，有幾個人自路口簷下及地藏庵旁邊衝了出去。是幕府的偵探。

——龍馬出來了！

他們一定是想衝去伏見奉行所緊急通報吧。

「幕吏應該也不敢動手吧。」

馬上的吉井幸輔笑道。一門大砲以及最新型後填式步槍，如此裝備的洋式步兵，不管是奉行所或見迴組應該都不敢出手吧。

幸輔感覺還不錯。要是換成桂，想必會當場作一首差勁的詩。這位幸輔爺雖有個名叫吉井勇的歌人孫子，卻不似其孫，完全不解詩歌。

「喂喂。」

他以薩摩人獨特的叫喚方式喚來傳令，要他帶話去前面。

「去對先導的人說，要打寺田屋門前經過，且經過時把速度放慢，緩緩經過。」

要經過寺田屋門前是龍馬特別拜託他的。他想，這樣登勢也才能放心吧。

隊伍終於來到寺田屋門前。

登勢從門口衝了出來，站在門口目送隊伍前進。

一會兒龍馬的轎子就到了門口，但總不能直接露出臉來。敢這樣愚弄奉行所的話，恐將無謂地過度刺激他們吧。

——我是龍馬。

龍馬想設法將這訊息傳達給登勢，於是就在轎內刻意大聲咳嗽。

「呃哼！」

但登勢不知是否分辨出那是龍馬的咳嗽聲，只是茫然佇立。轎中的龍馬也急了。一連發出多達十遍的咳嗽聲。

「呃哼！呃哼！」

這下連登勢也弄清楚了，她直勾勾地看著轎子，然後微微眨了眨一邊眼睛。

而且還帶笑。

「了不起的女性啊。」

龍馬更佩服了。

緊接著就是三吉慎藏的轎子及阿龍的轎子。雖看不到裡面，但聰明的登勢想必已感覺出來了。

龍馬進入京都。

在京都相國寺旁的塔之段，有棟薩摩藩借給西鄉做為私邸使用的兩層樓房。

龍馬等人就被帶至此處。

面庭院的屋內一室已騰出來，準備當做龍馬慎藏及阿龍的休憩所。西鄉整裝後也到房間來探視，並客套道：「請將這房子當成自己家使用。」

龍馬人在薩摩塔之段屋敷的消息很快在京都志士間傳了開來，他們成群結隊來訪。

當然長州藩也聽說了，桂小五郎也送了快信過來。信中除為薩長聯盟之事致謝外，也問候了寺田屋事件。

摘譯如下：

（中略）話說上回上京期間，拜大哥深意所賜，鄙人的心意也徹底傾向薩州，感激難忘。您自大坂寄來的「締盟六條款」背書也已拜受，總算安心了。

之後又巨細靡遺向龍馬報告包圍長州的佐幕派諸藩動靜，又寫道：

聽到大哥伏水（伏見）事件，很擔心。請多加注意，不可有任何疏忽，衷心希望您勿陷賊手。

木圭

龍大哥　御急披

木圭是把「桂」字分開寫，是桂的自署。

「沒想到這傷還真麻煩呀。」

龍馬每天換綳帶時都會如此發牢騷。

不停化膿。傷口腐爛，就像打開的石榴般。

「再繼續惡化下去恐將危及性命。」

主治醫師木原泰雲也如此道。

傷口化膿導致身體發燒，虛弱得連食慾都喪失了，大概是因為這樣吧，龍馬著實瘦了。

「木原醫師也說不能不吃，一定要再多吃點。」

每次吃飯時，阿龍就盯著他絮絮叨叨。

不過在這塔之段的房子住了約十日左右似乎就好轉了。

春天氣息也一天天轉濃。這麼一來龍馬就沒法安分待在屋敷深處了。

「我想上街逛逛，讓肚子消化一下。」

龍馬如此道。

這下連阿龍都嚇了一跳。

「可是法網恢恢……」

「什麼『法網恢恢』？妳是指幕府嗎？」

「是呀。」

「妳這話實在失言。說什麼法網恢恢，簡直當我是罪犯呀。」

龍馬只要說出來就不聽勸，最後竟趁屋裡沒薩摩人在時，從後門溜了出去。

阿龍立刻發現並追了出來，終於在室町頭的路上追到龍馬。

「您到底要上哪兒去呀？很危險的！」

「我想到河原町的菊屋玩。妳別跟來。」

說著把受傷的左手放入懷中，好整以暇地邁開步子。

最後又拉住阿龍的手，道：

「我大病初癒，讓我牽著吧。」

往來行人都像看到稀奇之物似地注視著他們。

插句題外話，到伏見薩摩藩邸接龍馬的英式步兵小隊的指揮官就是大山彌助。

彌助也寫成彌介。日後改名大山巖的這年輕人當時的職位為軍賦役見習，是西鄉的下屬，主要任務是洋式槍砲的採購及其操作方法的研究。

西鄉正為日後的革命戰做準備，急著要將在京的薩摩部隊西化。

「彌助君，彌助君。」

這位被西鄉當成自己親弟弟般疼愛的堂弟，幾乎是獨力進行了京都薩摩軍西化的工作。

槍砲不在長崎採購，而是從橫濱買來的。橫濱的商會是英國的法弗爾・布蘭德商會，直到幕末的倒幕階段之間，彌助竟往返京都與橫濱多達二十幾次。

這位年方二十四、五歲的年輕人，還曾帶著二萬兩的藩金到橫濱去。

彌助每次在橫濱採購槍砲回京都時，總會以當時罕見的鉛筆在手帳中記下金額然後呈給西鄉。西鄉一拿到他的筆記就取出算盤，整理並修正他的決算，然後寄回領國的藩廳，一般都是如此。西鄉十八歲至二十八歲期間擔任藩廳郡奉行的書記，是個有才幹的小吏，打算盤和製作帳簿的本領比誰都強。

再插句題外話，賣槍砲給大山彌助的橫濱商會老闆法弗爾・布蘭德本是做鐘錶的，他一方面賣鐘錶一方面也賣槍砲。本小說此時期之翌年，即慶應三年（一八六七）三月，曾出現以下廣告：

鄙人此回喬遷至太田町八丁目一百七十五號。小店售有金銀鐘錶、螺旋槍、手槍，以及火藥彈、電箱、度量器械、樂器等，歡迎選購。此外，也接受各種武器的訂購，並可代寄至貴藩。又及，若鐘錶、飾玉若需調整，請隨時來店。

這位法弗爾・布蘭德後來在橫濱做了很久的生意，逢人便道：

「外國人之中，認識當時頭梳日式髮髻的大山元帥的，恐怕只有我吧。」

彌助擔任護送龍馬的小隊長，任務完成後就與龍馬再無直接交談的機會。這位小隊長手下荷槍隊伍中的年輕成員包括日後加入海軍的井上良馨元帥，這趟自伏見至京的護送過程前後，他對龍馬的印象是：

「身材高大，沉默寡言，總覺得具有受人敬仰之特質。」

他日後曾如此道。

話說，擔任這支大山小隊伍長的年輕人石塚長左衛門（日後戰死於西南之役），發現龍馬牽著阿龍的手走在河原町，嚇得衝回藩邸向吉井幸輔報告。

吉井幸輔也大驚，立刻命多名藩士上街將龍馬帶回，同時也到西鄉房間詳細稟報。

「咱們藩特地派軍隊保護他，他卻那樣疏於警戒，根本沒用呀。」

幸輔似乎很不高興，又道：

「膽子大也得有些分寸。聽說現在整個幕府都在搜尋龍馬，但他本人竟還氣定神閒地走在河原町的人潮之中，還帶女人同行。」

西鄉似乎覺得很好笑，他低下頭，「嗯嗯」地不住點頭。

「真搞不懂這人。」

吉井幸輔道：

「街上到處都有龍馬的人相書。他身材那麼高大，加上一頭亂髮，立刻就會被發現。何況他又帶著一個教人側目的美女，還跟那個美女手牽手，就算閉著眼睛也知道那人是龍馬吧。」

幸輔又道：

「西鄉爺，去幫我們跟他說吧。真拿他沒輒嗎？」

西鄉終於笑了出來：

「那人本就不可能說得聽呀。」

這時，走在寺町的龍馬和阿龍面前有五、六個人擋住去路。
「坂本老師。」
他們以薩摩口音喊道：
「請您回藩邸吧。」
「哦——」
龍馬停下腳步。他負傷的左手放在懷中，右手則與阿龍十指交握。
「我見過你們吧。」
「您別開玩笑。就是我們去伏見接您的。」
「哦，那時候……」
大家還以為他要開口致謝，沒想到他左手卻從懷中伸了出來。
「這手還痛著呢。」
竟說了這句教人傻眼的話。
「不過現在好多了，所以就上街逛逛。」
「這原也無妨，但……」
其中一人道：

「幕吏正打算對龍馬老師不利。方才站在路口那些町人恐怕就是探子呀，說不定已奔去通知新選組和見迴組了吧。當初老師您雖能突破百人包圍的寺田屋，但不管怎麼說，您目前手受了傷，想大幹一場也沒辦法呀。」
薩摩的年輕人簇擁著龍馬繼續往前走。
「難得天氣這麼好呀。」
龍馬垂頭喪氣地走著。
薩摩藩邸中的西鄉一直等著。
龍馬一回來，西鄉就進房來。
「坂本兄，要不要上薩摩去玩玩呀。」
他提出這個吸引人的計畫。
他說有很棒的溫泉。

霧島山

西鄉所說對傷口很好的溫泉，就是霧島山山麓圍起的溫泉鹽浸溫泉。

「薩摩人受了傷是不請醫師診治的，就去鹽浸溫泉。」

西鄉道。

西鄉又說，鹽浸溫泉是自深山溪流旁湧出的溫泉，附近景色也美如桃花源。

「非去不可呀。」

西鄉大力推薦。他如此大力推薦龍馬造訪薩摩溫泉鄉旅行療養，是希望暫時將龍馬隔絕於世間風雲之外。若任他繼續如此曝身世間，遲早要落入幕吏的羅網裡。

「讓我考慮半個時辰。」

龍馬道，因他本打算就此回長崎，認真經營龜山社中。他心裡已打算將社名改為「海援隊」，甚至連構想都有了。海援隊這名稱雖是自己隨便想的，龍馬卻十分中意。從大海來援助日本——這不是頗有龍馬之風嗎？其實龍馬每次心裡浮現這名稱就感到一陣激動。

「但現在要先來趟溫泉療養之旅嗎？」

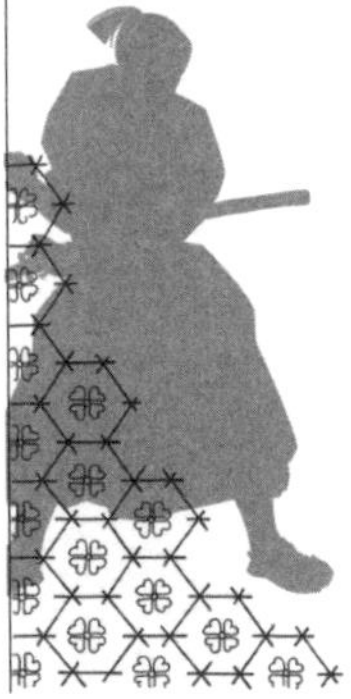

一想到這就不免有些心灰意懶。

西鄉一返回自己房間，就喚來吉井幸輔，要幸輔也勸勸龍馬。

「我曾二度被流放遠島。」

西鄉道。第一次流放遠島是因藩受幕府追究而為了窩藏西鄉，第二次則是因與一向討厭西鄉的藩主之父島津久光政治理念不合而名止言順地以罪人之名流放。

幕末時期當幕府進行挽回頹勢的兩起事件（安政大獄及蛤御門之變）時，西鄉正好在島上。若此時期西鄉不在島上恐怕早就沒命了吧。

西鄉一思及此就覺得：

——一切都是天註定。

把這當成天賜恩惠。老天爺想必為了保留西鄉性命以有效地利用在歷史中，才降予流放遠島之命運吧。

西鄉開始有了如此感觸。

「故龍馬也是……」

他如此認為。將幕府的窮追猛打視為所謂的「天意」，而藏身至薩摩深山之中，這樣應該比較好吧。

另一方面，龍馬還在考慮其他事。

那就是「蜜月旅行」。

他聽勝提過這項西洋習俗。不如乾脆跳脫世間風雲之外，帶著阿龍到鹿兒島、霧島及高千穗等地繞繞，當成蜜月旅行，那不也是種樂趣嗎？

就這麼決定了。

他立刻喚來阿龍，正式告訴她這件事。「喏，阿龍呀……」他逗弄似地道：

「咱們來趟紀念結婚的遊山玩水之旅吧。」

此風俗在日本首開先例可說就始於龍馬了。

龍馬和阿龍於慶應二年二月二十九日夜裡自京都出發。

西鄉等人也同行。

薩摩人針對薩長聯盟一事已取得領國方面的同意，並已為革命之戰整頓好軍備，故該藩在京活動的幾個重要人物全都離開京都了。

除西鄉吉之助、小松帶刀及桂右衛門三名要員外，吉井幸輔及伊地知貞馨等人也隨行，留在京都的重要人物只剩大久保一藏。

要返回長州的三吉慎藏也同行。在此借用慎藏日記中的描述：

> 此時薩長和解，今後將為王政復古盡力，軍備之準備等事宜皆已決定，西鄉及小松等人決定先返回領國，二月二十九日晚間自京都出發，坂本氏及阿龍亦同船，鄙人（慎藏）前往馬關，坂本氏則同行至鹿兒島。

「維新躍進」

後世史學家一向使用這詞。表面故作平靜，其實歷史在此階段可說已向前大躍進。

雖說是薩摩藩，但領國內仍有許多佐幕派，且愈是上層愈屬佐幕派，他們要是聽到西鄉企劃中這個猶如下油鍋之全藩革命戰的祕密計畫，恐怕要嚇得魂飛魄散吧。

薩摩藩實際藩主島津久光等人，個性上極為保守，尚未下定決心倒幕。久光在維新後甚至曾表示：

——倒幕維新全是西鄉一意孤行之陰謀。

並猛烈抨擊西鄉。但這話多半是感情用事，久光和西鄉打從第一次見面就彼此看不順眼。總之以西鄉等人之立場看來，即使無法讓藩內這些保守派接受，也要巧妙誆騙，以使薩摩成為天下紛亂之主角。

「有對傷口有益的溫泉。」

基於這點而建議龍馬前往薩摩只是部分用意，其實應該也希望把薩摩聯盟之月老龍馬帶至鹿兒島城下，使他在說服保守派的戰役中派上用場吧。

一行人自京都出發，抵達伏見後乘夜船沿淀川進入大坂，抵達大坂時為三月一日。在大坂土佐堀的薩摩藩邸候船，四日再從天保山海面乘薩摩汽船三邦丸。

「真是春光爛漫呀。」

龍馬自甲板上遠眺妝點著大坂灣沿岸的櫻花。龍馬完成薩長聯盟這項生平首樁大事業又娶得阿龍，接下來正要踏上遊覽之旅，對他而言也這正是春光爛漫吧。

六日傍晚抵達馬關，龍馬就在此與長州人三吉慎藏道別。

龍馬和阿龍即將前往的鹽浸溫泉，究竟是什麼樣的地方呢？

龍馬從這處溫泉寄給故鄉乙女姊的信上如此寫著：

> 實為讓人以為置身世外桃源之地。在此停留遊覽多達十日左右，在山谷川中釣魚，帶手槍去獵鳥，實在有趣。

筆者撰寫此稿時，也不得不前往當地。查了鹿兒島縣的觀光導覽書，但上頭也查不到那個讓龍馬「以為置身世外桃源」、理應風光明媚的鹽浸溫泉地名。

無奈之餘只得打開新日本分縣地圖的鹿兒島全圖，仔細搜查地名後，終於在霧島國立公園範圍外西南側的茶色山中發現「鹽浸」的地名。

因町村合併，現在似乎應隸屬自治團體「牧園町」。

於是出發前往鹿兒島。在機場問了巧遇的兩三個朋友。

「鹽浸溫泉離這邊大概多遠？」

眾人一臉詫異，都說從未聽過這溫泉。

決定投宿在可清楚眺望櫻島的旅館鶴鳴館。一進旅館就問「聽過鹽浸溫泉嗎」，答案依然是「沒聽過」。正當我頗為不安時，總算有個旅館的年輕專務員告訴我：「我常帶獵槍打獵，所以聽過那個溫泉。」

但他說自己也沒去過。
「在很深的山裡，目前只有一家還是兩家旅館，且都是供人長期療養的溫泉旅館。」
無論如何我決定明早就去，於是打電話到當地的計程車公司，請他們幫我研究路線。
「路況很糟唷。」
計程車公司似乎也覺得可怕。距鹿兒島來回大概要超過三小時吧，那家公司的職員看著地圖推測道。當然，他說沒有任何司機去過。
儘管路況不佳，儘管旅館只有一家都無所謂，只要知道實際上真有這溫泉存在，就夠讓我安心了。
鹿兒島縣下方有聞名天下的指宿溫泉及霧島溫泉，設施相當齊全且現代化，交通運輸之類的公司在設計蜜月旅行團路線時，在南九州方面一定會將這兩處溫泉規劃進去。
龍馬特從京都遠道至薩摩蜜月旅行，可說是蜜月旅行之創始者，而他去的這處溫泉，竟連地名都幾乎為人遺忘。
第二天早晨坐車出發了。司機似乎對這位客人為何要去那種溫泉充滿疑惑，不斷問我原因。
車子沿溪谷上爬。
溪流名為「新川溪谷」，據說是由源自霧島山的四條細流匯流而成。岩石很多，河水深處呈青色。
途中也有許多瀑布。
「先生，您是畫家吧？」
司機對我的瘋狂之舉很是驚訝。他說，鹿兒島人也不會到這深山裡來呀。司機似乎渴了，幾次下至溪邊喝水。
鹽浸並非自古即有的溫泉。
據說是一八〇四年才被獵人發現的。根據溫泉的傳說，腳受到槍傷的鶴會跳進溪谷並把腳浸入溫泉中。獵人見狀心想，既然對鶴有效，那對人一定也有效，於是也試著以此溫泉為自己療傷，沒想到果真十分有效。

此溫泉隨即變得非常出名，來客也大增。藩甚至將此地列為藩屬直轄區，把收益做為藩士子弟之教育費，故龍馬前往之際旅館也相當多。

現在由牧園町公營，以競標方式決定公營旅館之經營者，收入雖微薄但尚可貼補町之財政。

車子穿過密林，再度行至沿溪谷蜿蜒的道路時，突然出現一家定會讓人心想「就是這裡沒錯」的旅館。

進去之後問道：「請問這裡是鹽浸溫泉嗎？」年輕女性回答：「是的。」我又說：「很多關於這溫泉的問題想請教……」旅館的人都說：「我們什麼也不知道。」他們說因為是競標決定的，目前是由埼玉縣的人經營，故不清楚當地的事。

「住在吊橋旁的加留部老先生在當地算是頗有年紀的。」

於是便去幫我請他過來。

過了一會兒，一位被純白絡腮鬍遮去半張臉的強壯老者來了。

「我在前面一點那座吊橋邊開香菸舖，我叫加留部昌。」

他客氣地報上姓名。

「這溫泉從前可是很繁榮的。」

根據老人的記憶，五十年前有七家旅館。全是兩層樓建築，七家共可容納二千五百名旅客。之所以衰退的原因則是：

「應該是好傷藥發明的關係吧。尤其盤尼西林發明後就一路衰敗了。」

老者是福岡縣人。小學參加運動會時骨折，傷一直沒好，於是就到這溫泉區來了。住了三個月左右多少有些起色，故在旅館找了個打雜的工作，邊工作邊療傷。後來也就娶妻生子，現在連孫子都有了。

「是，福岡還有家。只有需要泡溫泉療養的時候才來這山谷。您說我老伴嗎？去年過世啦，七十四歲。」

老人來此山谷期間應該發生了第一次世界大戰、昭和動亂及第二次世界大戰，但這些全都與這老人無關。

他就像個囚在桃花源中的無憂無慮老人。可惜他說這是第一次聽到坂本龍馬的事。

龍馬暫住的是鹽浸溫泉中一處名叫「鶴湯」的湯壺（譯註：溫泉集水池）。沿斷崖架著木棧道，棧道底下就是洶湧的溪流，溫泉就自此湧出。泉源只有這一處。

湯壺搭了一間茅草頂、四根柱子的簡陋小屋。

龍馬早晚都從旅館到這裡來。

——阿龍也來吧。

他邀阿龍。但這位姑娘，不，這位人妻卻不喜歡裸身被看見，厭惡的程度甚至有些異常。

——要我裸身讓人看見，不如要我死。

阿龍道。但在寺田屋，她明明一絲不掛衝上二樓向龍馬緊急通報。不過龍馬並無心嘲弄此事。因為這事件對兩人的歷史而言太過莊嚴了吧。

湯壺很深，可以浸至頭部。溫泉就從下方不斷湧出。

顏色有些泛紅。

「這麼好的溫泉天下只有兩處呀。」

看守溫泉的是名上了年紀的藩之小吏，腰間插著一把僕役專用的木刀，每次來都對龍馬說同樣的話。自己管理的溫泉是日本僅兩處的好溫泉，恐怕就是這老人的生命價值所在吧。

「還有一處是哪裡？」

龍馬問道。老人卻回答：「不知道。」

「只因西鄉老師曾這麼說。」

老人道。西鄉言論的影響力竟也及於這深山看守溫泉的小吏。

「然而他卻不過是個在藩屬郡奉行所工作的書記

官。」

這是個卑微的職位。在藩的官員中也是屬於最下級的職位吧。這樣的人卻能在動盪不安中的薩摩藩受到拔擢，如今位在執政家老之下，實際背負著藩之外交工作。不僅如此其人格之影響力異常大，藩中年輕子弟對西鄉的景仰之情幾乎在藩主之上。

「客人，你是他藩之人吧？」

第二天早晨，守溫泉的老人道。

「是啊，他藩的小人物。」

「我就猜是這樣。薩摩藩直到去年之前都不准他藩之人入境，最近才稍微有人來。你是哪來的？」

「土佐藩。」

「哦？土佐有這樣的溫泉嗎？」

「好像沒有吔。」

龍馬直到長大成人都沒泡過什麼溫泉。第一次泡溫泉是去年到長州山口去時，桂小五郎建議他到山口郊外的湯田去，這回是第二次。

「哦？長州也有溫泉嗎？」

「有啊。」

「應該沒這麼好的吧。」

「這個嘛……」

這位看守溫泉之老人的愛藩意識之強，實在讓龍馬忍俊不住。

龍馬對阿龍道：

「妳爬山爬得動嗎？」

他一定是想，既然難得來到這裡，不如爬到頗負盛名的霧島山頂上瞧瞧吧。

「我沒爬過山，不過我想應該爬得動吧。」

霧島山橫跨日向及大隅二州，最高峰有一七〇〇公尺，簡直高聳入雲。

山峰呈東西向連綿，東峰名為高千穗，西峰名為韓國岳。東西兩峰相距大約三里吧。

「高千穗也稱矛峰，山頂上聳立著『天逆鉾』（譯註

：日本中世神話中天孫降臨時，插在地上之矛狀武器）。我想去看看。」

「我也想看。」

好奇心特強是兩人的共同點。

翌日天未亮即起，換上旅裝。守溫泉的老人之子擔任挑夫隨行。

龍馬一行人就此出發。途中多險路，有些地方還得攀爬大岩石，一路辛苦難行。龍馬左手沒法使力，多次伸出右手把阿龍拉上來。

經過胸副坂的荒野後就抵達霧島神社。接著爬八丁遠即抵達花立岩，再爬三十丁就到瀨戶尾了。

接下來的山路變得十分陡峭。這一帶開始就有許多人稱「映山紅」的霧島杜鵑。

龍馬望著眼前的高千穗山頂，同時拿出隨身的筒狀文具盒，開始寫生。

「您在畫畫嗎？」

阿龍發現龍馬令人意外的一面。不過龍馬和亡友武市半平太不同，沒什麼繪畫天份。

「我要畫給乙女姊看。」

他是為此才寫生的。他滿心希望和乙女分享這怡人風景。

「乙女姊對您而言很重要吧？」

阿龍斗笠下的眼睛一亮，表情很複雜。雖說是姊弟，但感情好成這樣是如何？自己能夠獨占龍馬的哪一部分呢？阿龍也不知道。

爬上數丁距離，就抵達火常峰下。此處雖名為峰，但因最近火山爆發而碎裂，故已形成山谷。噴火口底部仍有岩漿流動，大地正低聲轟鳴。

再往前走就到了馬背越。

這可說是最大難關。左右皆為深谷，走在中間就像踩在刀刃上，風不斷吹散腳下塵埃又吹翻上來，有時還得匍匐前進。

突然刮來一陣強風，阿龍跌倒在地。

龍馬也趕緊滾倒，以右手抱住阿龍防她滾落，故兩人就像彼此緊抱在一起。

「別動！」

龍馬在狂風中喊道。

狂風中被龍馬緊抱在懷的阿龍甚至忘了害怕，還暗想：

「真希望一輩子都這樣。」

龍馬懷中散發出來的氣味及體溫，使得阿龍突然淚水盈眶。

狂風過去了。

「站起來吧。」

龍馬只丟下這句話，左手放進懷中繼續邁開步子。那背影彷彿不理會阿龍的感傷似地蹣跚前行。

「我真自作多情呀。」

阿龍突然覺得好笑。

總算登上高千穗山頂。頂上果真有座小丘，正中央立著世人口中的天逆鉾。

根據龍馬寫給乙女的信……

聽說自此處再往山上爬即可看見天逆鉾，我和妻子二人千里迢迢而來，雖不比立花氏的西遊記，但路程對女性而言實頗為難行，不過終究還是爬至馬背越。在此稍作休息後又繼續爬了很遠，最後終於爬至山頂，見到那所謂的天逆鉾。

一般相信此鉾乃是神代（譯註：天皇治世前的天神時代）天孫降臨時，將手中所持之鉾逆插在地所留下的。龍馬雖為勤王志士，卻一點也不相信這種神話。

「一定是霧島神社的社僧為在世間宣傳而捏造出來的故事吧。」

龍馬如此道。有此一說，此物立於山頂之年代頗為久遠，但不知何時已毀損，故天明年間（譯註：江戶後期，一七八一～一七八九），鹿兒島某位町人才模仿舊物重製並插於此地。

「此物為青銅打造。」

龍馬寫給乙女的信上還加上註解，說那是人造之物。

「其形狀……」

龍馬特地在信上加入插圖，「應該是天狗面具」。他打算仔細親眼觀察。

阿龍也湊上前去，仔細觀察鉾柄兩側，果然有兩副天狗面具。在神代，天狗這類想像的怪物應尚未被創造出來吧。龍馬很高興地說：

「阿龍，世間一切事物皆如此，遠看好像很神祕，近看不過爾爾。將軍及大名之類的也是如此。」

龍馬爬上台座，試著將手放在鉾把上。鉾深深刺入地底，龍馬心想不知有多長，於是試著拔拔看。

兩人又試著齊力搖晃，沒想到竟輕易拔出來了。

「不過四、五尺長而已。」

龍馬字裡行間顯得有些失望。因他發現這終究只是虛有其表。

信上又寫道：「又將它插回原狀。」這可就累人了。

龍馬和阿龍結束霧島周遊後，於四月十二日從濱市乘船循海路返回鹿兒島的城下。

他立刻前往小松帶刀家投宿。

房子位於城下的原良。龍馬從前曾住在此處，當時城下的年輕武士之間盛傳：

「小松爺家來了個浪人。」

大家爭先恐後前來參觀，有時龍馬碰巧在下圍棋，他們還哄然道：

「哇，浪人在下圍棋哪！」

龍馬一路上把這些教人受不了的事說給阿龍聽，阿龍道：

「薩摩人沒見過浪人嗎？」

真受不了，真是鄉下人呀。阿龍語氣中滿是輕蔑。的確，這幾年京都已成了浪人巢穴。最近甚至還有句打趣的話：「京都名物是浪士鳥。」

街道略微變陡，一會兒就到了位於原良的小松邸。那是處高台。環繞在背後的丘陵多處凹凸，宛如六折屏風，前方則將櫻島整個收入視野。邸內庭院借景櫻島，龐大氣勢無與倫比。

小松家在島津家中也算累代名家，故城下屋敷也大得驚人。

插句題外話，此屋敷進入明治年間就落入他人之手，如今已分割為各擁小庭院的摩登住宅，原用地範圍內共約蓋了三十棟，故單獨形成一個町區。即使現在，「小松爺邸」也可取代町名，大家都能會意。

「這就是那個小松大人的家……」

阿龍站在門口時也因屋敷過度宏偉而震驚。真不愧大藩仕置家老的宅邸。

附帶一提，幕末薩摩藩若無這位沉默剛毅、名喚小松帶刀的年輕人，西鄉及大久保恐怕都沒法在藩中活動吧。

西鄉及大久保皆為下級武士出身，漸受提拔而臻至今日地位，但為了打造他們如此活動地盤，小松帶刀不知付出多大心血。若以戲劇做比喻，幕末時期西鄉及大久保在此藩扮演的就是編劇、演出及主角的工作，而小松可說是西鄉及大久保劇場之經營者。

他是馬術高手，據說在京都期間，深夜從二條城一帶返回宅邸時，從他馬上的提燈即可知道：「那是薩摩的小松帶刀。」

馬背上的小松所持之長柄提燈文風不動，不僅如此，連前後簇擁的部下腳步也肅靜無聲。偶然在路上碰到的新選組巡察隊也不禁停步表示敬意。他與龍馬同年出生，病逝於明治三年（一八七〇）。

「鹽浸溫泉如何？」

小松帶刀問道，他十分關心龍馬的傷勢。

或許拜鹽浸溫泉所賜，化膿情形似乎停止了。

「長崎傳回好消息了。」

小松帶刀道：

「狂濤號應該正駛往咱們鹿兒島。」

「哇！」

龍馬笑著猛拍大腿。最近不曾聽過這麼令人開心的話。

「太好了！」

這是龍馬的第一艘船。

他和小松帶刀上長崎時，徵得小松的認可買了這艘船，當然，七千八百兩的船價是薩摩藩出的。說得淺白一點，就是龍馬所構想的「公司」有了一艘薩摩藩出資買進的船。

美中不足的是，狂濤號並無蒸汽鍋爐，是艘風帆船。賣方是住在長崎的普魯士商人，名叫邱爾提。

是艘中古船，在上海修理、重新塗裝，龍馬即將離開京都時便已駛入長崎港，由邱爾提親手移交給龍馬的龜山社中。

當時龍馬還在前往鹿兒島旅行途中，故尚未得知消息。總之龍馬為薩長聯盟奔走期間，其事業龜山社中也穩健拓展。

「陸奧陽之助、池內藏太和菅野覺兵衛他們必定正高興著吧。」

一想到這點，龍馬臉上也不禁露出笑意。

翌日龍馬就收到長崎薩摩藩邸發出的詳細報告。

根據這份報告，這回航程一來是為了在鹿兒島舉行命名儀式，二來是讓龜山社中練習航海。

十四名乘組員的名冊也已寄到。

士官是黑木小太郎及浦田運次郎兩人，船長是池內藏太。水手頭是虎吉和熊吉。水手包括淺吉、德次郎、仲次郎、勇藏、常吉、貞次郎、如藏、一太郎及三平。

「池內藏太也成了船長嗎？」

龍馬想到這個同鄉友人就無限感慨。因他在京都是提刀奔走的典型勤王浪士。龍馬早知不具背景且毫無力量的浪人即使勤於奔走也毫無意義，更無用處，故把池拉進自己的龜山社中。
船並不是一艘獨航。
根據報告書，除龍馬的龜山社中外，長州藩出資買進的聯合號（乙丑丸）也將同時駛來。聯合號由長州海軍局的人操縱，為的是將長州米運來薩摩。這趟航程可說是薩長聯盟首次物資交流的紀念行。
「一切正順利進行。」
春天到了呀，龍馬心想。鹿兒島氣候溫暖，櫻花已經謝了，但彩霞的輕紗還籠罩著櫻島。龍馬就身處在這悠閒得教人懶洋洋的春光裡。
「船進港了。」
聽到這消息，龍馬衝下小松宅所在的高台，穿過城下街道，一個勁地往海邊跑。
這也難怪。
長久以來癡心妄想的「自己的船」已經進入鹿兒島，而且還是兩艘一起來。龍馬實在等不及親眼見到。
「快跑！」
自己的雙腿也急得很。聯合號雖是由長州人操縱，但狂濤號是我同志池內藏太等人駕馭的，全然是我龜山社中的船呀，不是嗎！
「但內藏太那傢伙居然會開船了！」
龍馬邊跑邊覺得委實不可思議。菅野覺兵衛等人另當別論，但池等人因被扯進長州風雲之中，幾乎沒學過什麼船方面的知識呀。
「況且還是艘風帆船。」
操縱法比蒸汽船更難。
「一定是因為他天生不服輸，自認『這沒什麼，我也行』而抱著衝鋒陷陣般的心情上船吧。」
後來才知道，長崎龜山社中起初決定由菅野覺兵衛擔任船長，但池內藏太卻說：
「你技術不是已經十分完美了嗎？我不會駛船，若說要練習航海，請讓我練習吧。」

據說他如此毛遂自薦擔任船長。
龍馬一路衝去，櫻島逐漸充滿他的視野。或許是因昨天傍晚下了場夜雨，火山煙噴得很強，宛如搭了根柱子到天上去似地猛烈揚升。
來到看得見天保山棧橋的地方。聯合號已下錨於棧橋和櫻島之間的海上。
「真怪呀。」
竟不見狂濤號的蹤影。
棧橋上擠滿人群，有薩摩人也有長州人。長州人是聯合號的乘組員，也就是長州海軍局的人，船長是中島四郎。
他們看到直衝過來的龍馬了。龍馬跑過遍植松樹的砂地，砂子飛濺上後腦杓。
——那是坂本龍馬氏。
薩摩藩負責接待的人小聲告訴長州的船長中島四郎。
中島擺出沉重的表情。

龍馬終於衝上前來。
「狂濤號在哪裡？」
他大聲喊道。中島船長無言地走近龍馬，然後鄭重地低頭道：
「這實在難以啟齒。」
「咦？」
「狂濤號在鹽屋崎海面遇到暴風雨，不幸沉沒了。」
龍馬幾乎無法呼吸。
「那麼船上的乘組員呢？」
「以池內藏太及黑木小太郎為首的士官及水手共十一人溺斃，好不容易游上岸而倖存的，只有下等士官浦田運次郎及水手一太郎和三平三人。」
根據中島四郎的描述，自長崎出航往鹿兒島前進是個風平浪靜的大晴天。
聯合號是蒸汽船，狂濤號是風帆船。為使兩船同時抵達，聯合號特以繩纜拉著狂濤號，一路循南下航線前進。

「池內藏太爺心情很好。」

中島道。他說，這位對船務不熟的勤王志士因自己成了船長且實際出航感到十分高興，還爬上主船桅，朝在前牽引的聯合號大聲喊著什麼。

「被牛拉去善光寺參拜。」

大概是嚷著這類話吧。

但到傍晚就起風了，氣壓計突然下降。沒多久就下起雨來，風浪也同時隨之洶湧。

這已是暴風雨。聯合號把鍋爐燒旺，連煙囪都燒紅了，拚命想駛進附近的港灣內，但因浪太大而力不從心。不僅如此，究竟身在哪個方位、距此多遠有避難港都一概不知。

更傷腦筋的是，兩艘船被一條繩纜綁在一起。每次浪一打過來繩纜就鬆一點，三次之中總有一次幾乎要撞在一起。

暴風雨愈來愈強。最後，站在聯合號的立場，為防兩船相撞，不得不割斷繩纜。中島四郎如此決定，並以火把打出信號。

——即將含淚斷繩。

中島四郎從船橋上眺望，不一會兒就看見後方的狂濤號船橋附近閃著火把信號，意思是：

——了解。祝平安。

繩纜被斧頭砍斷了。

切斷的那一瞬間，後方的狂濤號船身就「咻」地突然被吸入黑暗中，消失蹤影。

「糟了！」

聯合號船長中島四郎這下也慌了手腳，連忙又三度打出信號：

——祝平安。

但都沒獲得回應。切斷繩纜的瞬間，狂濤號恐怕就以極快的速度被浪沖走了吧。

根據狂濤號上倖存的隊士，即擔任下等士官的浦田運次郎的說法，船似乎被沖往五島列島的方向了。

風浪愈來愈強，狂濤號以斧頭將船桅砍斷以防翻覆，但終究防不勝防，還是被來自左舷的如山大浪打翻了。

眾人被拋入海中，僅浦田等三人游至鹽屋崎海濱，其他人悉數溺斃。

天亮了風浪一停，聯合號就開始在海面上搜索，終於發現狂濤號的殘骸，正忙著集中溺斃之屍體時，發現只有池內藏太死在船橋上。他航海技術雖尚未純熟，臨終時還是頗有船長之風。

龍馬至今已見過、聽過為數甚多的同志之死。文久年間以來。土佐脫藩之士四處奔走，其中就有許多人死於非命。倖存者反而是少數吧。

「一切都是天意。」

龍馬已不再一一為他們的死而悲傷。自己遲早也會像他們一樣，躲不過死亡的命運吧。

但再無如這回池內藏太的死更讓龍馬震撼的了。

……

「武市半平太等人在牢中切腹，那須信吾等人在吉野山遭幕軍槍彈擊斃，望月龜彌太在池田屋樓上戰死，那須俊平等人在蛤御門敗死，千屋菊次郎等人在天王山自刃身亡。唯獨池內藏太自那些風雲中全身而退，如今卻在鹽屋崎的海上淹死。」

死得並不壯烈。這龍馬也有責任。原來在京都活動的志士讓他們維持原狀即可，龍馬卻硬拉來學習航海技術，最後竟害他們走上溺死這條不光采之路。

「您在哭嗎？」

這天夜裡龍馬沒回房，阿龍到庭院找他，發現龍馬竟蹲在臥龍梅旁而如此驚訝問道。

「沒哭呀。」

夜晚的天空看起來有點紅，那是櫻島噴出來的煙。

「我是在想內藏太。」

龍馬「啪！啪！」地用力拍打小腿驅蚊。

「他是個運氣很好的人。」

世上再也無任何志士像池內藏太擁有那麼輝煌的

履歷了吧。自土佐脫藩後，文久三年天誅組起事時，他便參與其中，以洋槍隊隊長身分攻打位於大和五條的幕府代官所並殺死代官鈴木源內。後轉戰大和的內岳地帶，夜襲下市的彥根藩營地使其敗逃，己軍潰敗後即前往京都。元治元年蛤御門之變發生時他加入長州軍，敗北後投奔長州。同年長州遭四國聯合艦隊攻擊時，他也以游擊隊參謀之身分竭力奮戰，後來又投身龍馬的團體。這麼多次都到鬼門關口了卻又奇蹟似地倖存，如今竟只因區區暴風雨而喪命，這究竟是何道理啊！

池內藏太名定勝。

高知城下小高坂人。死時年方二十六。

「題個碑文吧。」

龍馬喃喃道。他本就與那種感傷主義沾不上邊，如今卻說出這種話來，故連阿龍也大為驚訝。

「就為溺死在鹽屋崎海岸的十一名同志立塊石碑吧。」

龍馬的想法是，死在刀光劍影之下，會留下應得的名聲，那就足以撫慰亡魂了；但溺死者若不為他們立塊石碑，恐將無法升天吧。

人在鹿兒島的龍馬，也不能只沉浸在狂濤號遇難的悲懷中。

眼前出現一道難題。

是關於現已駛進鹿兒島港之聯合號上的貨品。

那是米倉長州基於薩長聯盟之誼，特地送給米產不豐之薩摩的五百石兵糧。彷彿在說「十分感謝您的好意，以後請多關照」，是包含禮貌及親善的禮物。

這是龍馬先說服桂小五郎，桂也爽快答應並要藩庫調出來，遠從馬關以船運來的。

龍馬一方面難過池內藏太等人遇難，一方面也不得不進行將米交給薩摩的事宜。

西鄉卻說：

「恕無法接受那些米。」

長州的好意實在令人感動，但若厚著臉皮接受那些米，薩摩武士之名恐將掃地。他甚至如此道。

「坂本兄不這麼認為嗎？」

「這個嘛……」

龍馬也啞口無言，他並非不了解西鄉想表達的意思。長州如今正準備迎向幕府及諸藩聯軍的砲火。動員令已下達先鋒諸藩，恐怕明天長州四境就要揚起砲煙了吧。

「在長州……」

西鄉道：

「農民、町人，甚至連女人、小孩都已拿起槍、矛，誓守防長二州。眼前即使是一顆子彈或一粒米糧都彌足珍貴吧。如此節骨眼，我藩豈能只是一句『多謝』就收下這米呢？」

「這個嘛……」

龍馬擔心的是長州人的想法。他們這幾年來長時間孤軍奮鬥，持續進行反幕活動，遭幕府及諸藩群起圍攻，甚至連朝廷也不以為然。故他們的情緒變得極度乖僻，這回總算因薩長聯盟而與薩摩感情好轉，但也說不準何時又將逆轉。難得長州開開心心要送米給薩摩，薩摩偏說不敢接受，如此一來長州恐將誤會：「你是不敢接受我的好意嗎？」或許將不再與薩摩聯手。說不定為了這區區五百石米，龍馬之前的苦心都將如水泡般前功盡棄。

龍馬向西鄉說明自己擔心的狀況。

「就不能想個辦法收下嗎？」

西鄉聞言笑了出來。

「想辦法補救，這不是坂本兄最擅長的嗎？」

最後為了不使長州人誤解薩摩人的真性情，龍馬還親自搭乘聯合號把米送回下關。

他和阿龍的新婚生活眼看也得在四處奔波之中度過了。

「阿龍，要去馬關了。」

龍馬直到那天早上才說。

然後便離開小松屋敷準備去搭聯合號，先從天保山棧橋坐上舢舨。

舢舨划離陸地。

阿龍望著漸離漸遠的鹿兒島町區，心想：

「嫁了這麼個怪人，我自己這一生恐怕也將過著奇怪的日子吧。」

結成夫妻後共同生活在一個屋簷下，在家門前打打水，照顧照顧牽牛花，為丈夫做做晚飯，享受如此平靜的生活才是常道吧。像這樣又是被幕吏追捕，又是輾轉到遠處奔波，又是搭黑船，又是送還兵糧的，到底算哪門子新婚生活呀？

不僅如此，龍馬邊吹海風邊喃喃自語：

——一到長州，說不定就得和幕府海軍進行海戰哪。

「海戰！」

這就是我們的新婚生活嗎？

阿龍不得不慎重考慮。

「沒法奉陪到底。」

阿龍心想。她雖不懂得針線活也不會做飯，行動力卻特別強。她個性不適合安分守在家裡，但經此變化多端生活的蹂躪，卻突然渴望能過平常人的快樂日子。人真是奇怪又貪心，且永遠貪得無饜渴求幸福的動物啊。

阿龍默不作聲。

龍馬從未見她如此板著臉。

「到底怎麼啦？」

龍馬擔心地問道。

「沒呀。」

「妳表情好怪。」

「沒辦法呀。」

阿龍試著笑了笑：

「我就是這種臉。」

「傷腦筋啊。」

龍馬看到櫻島了。今天噴出來的煙白白的，似乎沒什麼生氣。

龍馬渾然不覺阿龍心裡的渴望，就算阿龍說了，恐怕他也無法理解吧。他只想到：

「是異鄉生活害她太寂寞了吧。」

龍馬以為是這樣，絞盡腦汁後對阿龍道：

「阿龍，妳就在長崎學月琴吧，如何？現在就去吧？」

除非提起阿龍最喜歡的音樂，否則沒法逗她開心。

「是喔，我們這是要去長崎嗎？」

阿龍喃喃自語道。

為了阿龍，現身如此風雲之中的龍馬不得不叫聯合號改變航線，先繞到長崎。

碧海

蒸汽船聯合號航行在盛夏的碧海中。

「到下關去。」

明明說好如此，但船離開鹿兒島後卻往西航行。這是龍馬為取悅阿龍而改變的路線。

駛往長崎。

先在那裡靠岸，最後再駛往下關。此航線得繞過九州西半部，十分迂迴。

但龍馬對船上之人道：

「我想先到長崎靠岸，讓龜山社中的人上船。同時也想順路到池內藏太等人喪命的五島鹽屋崎祭拜他們。」

這些當然是必辦要事，但其實也可說是為了取悅阿龍才硬掰出來的。

船遠望著有「薩摩富士」之稱的開聞岳，同時持續西進。

龍馬白天要不是待在操舵室、就是爬上船桅，再不然就爬進船底查看蒸汽機的狀況，但晚上一定返回特別為阿龍保留的船室。

當枕崎的大燈塔進入視野時，海上第一夜之夜幕已低垂。

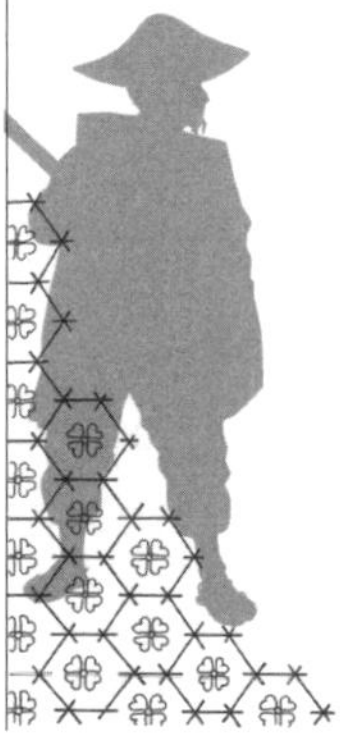

「我希望在長崎有棟房子。」
阿龍道。租個小房子的錢龍馬應該有吧。阿龍又道：
「人家想過得開心一點。所謂夫妻不就是這樣嗎？」
「只是間房子，應該沒問題。」
龍馬嘴巴上雖這麼說，心裡卻很難過。以天下為家，三界中不持有房子，這不是我坂本龍馬原本的信條嗎？
「您會幫我租一間嗎？」
「當然啊。什麼話嘛，租金不過是小錢。況且我和長崎全市首屈一指的富商小曾根四郎是老交情，所以上岸那天他應該就會幫我們找個房子吧。」
「也會幫我找教月琴的老師嗎？」
「我來找嗎？」
龍馬心裡覺得很煩。他要做的事情堆積如山，還要他跑來跑去為阿龍找月琴老師，真教他受不了。

但他隨即一掃陰霾，道：
「當然會啊。」
接著又道：
「不過，阿龍，我可沒法經常待在這個家裡喔。」
「為什麼？」
「妳還問為什麼？」
「我們不是夫妻嗎？」
「這我知道呀。不過就某種角度來看，妳丈夫恐怕不是人呀。」
「不是人？」
「喏，上天讓我來到這世上，是為了平定此處之紛紛——我自己已開始有此想法。沒有我的話，日本就要毀滅啦。」
「好自大啊。」
「或許是吧。不過若不如此自大，就無法如此四處奔走。勝老師、西鄉和桂想必也作如此想。我們和女人不同，這就是男人的可笑之處。」

駛進長崎，將船繫在大浦岸壁上後，龍馬立刻到本博多町找小曾根英四郎。

小曾根是鎮上家傳歷史最悠久的商家之一。越前福井藩及長州藩在長崎沒有藏屋敷（藩的商館），故當主英四郎就取代了兩藩藏屋敷的功能。

他是個同情勤王志士的俠商，龍馬的龜山社中也一向受小曾根英四郎諸多照顧。順帶一提，小曾根英四郎雖為町人，但也獲准冠姓並佩刀。

龍馬被帶至客間等候，不一會兒當主就過來鄭重招呼。

臉型偏長鼻梁高挺，是所謂的典型長崎臉。年齡大概和龍馬差不多吧。

「給您添麻煩了。」

龍馬以近乎羞愧的態度道。小曾根英四郎對龍馬龜山社中所盡的心力絕非平常，可不是一句「添麻煩」就能涵蓋的。

舉個小例子吧。龜山社中的人偶爾會在市內與他藩之士吵架或毆打長崎奉行所的官差。

哎呀，這下故事順序就顛倒了。總之，全是些血氣方剛的人，故這類小事件從未間斷。町家的人若提到：

「誰家誰家的孩子很淘氣，實在傷腦筋。」

這時也總會說：

「就像龜山白裙褲似的，教人拿他沒辦法呀。」

所謂「龜山白裙褲」指的就是龍馬的龜山社中。

龍馬因為特別喜歡西洋海軍的白色，而在要求隊員一律穿著白色裙褲制服。故市區之人以「龜山白裙褲」稱之，且拿他們毫無辦法。順帶一提，即使現在，在長崎還是稱脾氣暴躁者及蠻橫之人為「龜山白裙褲」。龍馬的結社在這城市已成了無法遺忘的存在。

「幕吏和佐幕諸藩算什麼啊！」

這些穿白裙褲的如此目中無人地在市街上昂首闊步，每次出了亂子，這位小曾根英四郎就趕緊到長崎奉行所，設法為他們暗中了結。

「真是的，不管什麼事全多虧您關照。」

態度一向冷淡的龍馬也不得不對此町人低聲下氣。就是因為有上述那些情事。

「這是內人。」

龍馬把阿龍介紹給他。打從剛才就為阿龍美貌而驚豔不已的小曾根英四郎道：

「哎呀，我叫小曾根英四郎。夫人就是寺田屋那位？」

他似乎已聽龜山社中的人提過，全都一清二楚。

龍馬於是拜託他為阿龍租一間房子，並幫她找位月琴老師。

「當然沒問題。」

小曾根英四郎被龍馬拜託反而似乎更高興，喜不自勝地答道。

後來龍馬便將因船旅而疲憊不堪的阿龍留在小曾根家，自己借了雙木屐上街去了。

他拖著木屐咔啦咔啦走過中島川的橋來到西濱町。西濱町在長崎可是熱鬧已極的商業區，有力的長崎貿易商多半位於此町。

「土佐屋在哪？」

龍馬問了路上錯身而過的町人。那人指著一家川邊的店。

「哇！好大的店呀！」

店門口聚集著夥計和學徒，正忙著打包貨品。打包好的貨品就搬上店前漂在中島川上的舢舨，就此出港運上大船。

土佐屋是家歷史悠久的貿易商，兼營運輸船行，將長崎的物資運往土佐營利。

龍馬不在期間，龜山社中也因著小曾根英四郎的關照借用此店一角營商。

龍馬默默走進店裡，發現土間放了張桌子，陸奥陽之助正忙著處理事務。

「哦，好認真哪。」
龍馬冷不防地湊近偷看，陸奧嚇得差點跳起來，事實上他還真的從椅子上跳起身來了。
「坂本兄！」
他上前緊緊抱住龍馬，又道：
「您什麼時候來的？您在寺田屋究竟發生什麼事？大家都很擔心啊！」
「就如信上寫的，沒什麼好擔心的啦。」
「請您多保重。坂本兄您要是被殺，我也活不下去了！」
「滿口胡說八道，到時候可由不得你不死啊。」
「我可不是開玩笑的。」
陸奧以象夫撫摸自己象的那種方式，從龍馬肩頭一路撫向手臂，一連摸了好幾遍。依然有刀客應有的堅實骨架，卻顯然有些掉肉。
「您瘦了呀！」
陸奧突然兩眼泛淚。

……

同志之中最年輕的中島作太郎信行為通知龍馬到來的消息，火速前往龜山。
龍馬走上土佐屋的二樓。沒多久，全體隊士就全數過來集合了。
「最近發生好多事啊！」
龍馬寺田屋遇難一事、聯合號船籍問題引起的騷動、狂濤號的沉沒及同志之死，其間還穿插了薩長聯盟之確立等事，龜山社中哪像家「公司」？看來根本是個專門鬧事的團體。
「狂濤號沉沒，聯合號又成了長州籍，如此一來一切就都回到原點了。」
「坂本兄，耐住性子繼續努力吧。」
「嗯，就這麼做吧。」
龍馬爽朗地說完後，又主動問起他不在期間時最在意的最大事件。
「跟我說說饅頭那件事。」
龍馬不在時，長次郎切腹自盡了。

饅頭長次郎姓近藤，到長崎之後即改名為「上杉宋次郎」。

龍馬長期寫給家鄉乙女姊的信上也曾寫道：「和我一同打拚的人裡面，最積極的就屬二丁目的紅面馬之助、水道橫町的長次郎。」這兩個連在一起的名字連乙女也知道，可見龍馬極疼愛長次郎。

總之他出生於高知城下的饅頭店，本為商人出身，卻學過漢學、蘭學及英語，藩欣賞其志而賜給這年輕人鄉士身分。他的上進心倍於常人，口才又好，個性也極沉穩。

他帶著長州藩派來採購兵器的官員井上聞多及伊藤俊輔兩人，為他們引見英國商人葛羅佛，接著又以幹練得讓人滿意的事務處理方式買進聯合號及新式洋槍，並陸續送往長州。

他為此功勞被招待至山口，甚至獲准破格拜謁長州藩主毛利敬親父子，還特蒙讚許：

「長州得救，皆因你多方奔走之功。」

準備迎接幕府征討的長州能在短時間內完成最新式的武裝作業，這份功勞長州藩主想必感激不盡吧。

龍馬在信上也得知他活躍的情況，還曾欣慰道：

「我不在社中時，只要有饅頭在就沒問題了。」

海務方面有菅野覺兵衛等人，商務方面則有陸奧陽之助等人。與他藩的外交方面則無人能勝過饅頭。說來諷刺，陸奧陽之助後改名宗光，甚至贏得日本史上最偉大外務大臣之稱，但此時的陽之助卻看不出外交方面有那麼傑出，反而成為龍馬商務方面的左右手。

插句題外話，龍馬曾稱讚陸奧：

「社中人才濟濟，但拿掉佩刀後還能有飯吃的，就只有你跟我了。」

這話指出陸奧在商務方面的才能，至於必須具備武士身分的諸藩周旋工作，反而是町人出身的饅頭特別出眾。人的才能似乎與其成長環境無關。

龜山社中是龍馬所創的小型結社，卻不知為何他早就決定由饅頭長次郎擔任社中的外交官。

長州人井上聞多及伊藤俊輔十分感謝饅頭的協助。

「上杉爺，我想送您禮物以表長州的感謝之意，不知您想要什麼東西，請儘管說。」

井上及伊藤認為藩主所贈的後藤祐乘「三所物」實在不夠。

「不，不，這是坂本交代的任務，不敢想要什麼。但要是可以的話，請讓我到英國去留學。」饅頭竟提出一個毫不相干的要求。

「上杉太自大了吧。」

饅頭在社中的風評不佳。

「即便聯合號及兵器的採購，也是眾人齊心奔走才成功的，卻是由上杉奉命代表社中前往長州拜謁長州侯，沒想到他就藉此表現得像是自己獨力完成似的。」

的確有此傾向。

「更過分的是，他為了長州，竟任櫻島丸祕密條約形同空文。」

聯合號之長州名為乙丑丸，薩摩名則為櫻島丸。

起初饅頭遵照龍馬的囑咐，主張此船之性質如下：

「船價雖是長州支付，但船籍歸薩摩，常由兩藩使用，營運作業則由龜山社中執行。」饅頭和長州的兵器採購官井上聞多及伊藤俊輔之間締結了如此條約。長州領國內的桂小五郎等人也認為理所當然，而承認此條約。不料長州海軍局卻表示不服。

「自藩的船卻不能由自藩營運，豈有此理！」

藩政府強烈要求改訂條約，桂被逼得受不了，如此複雜糾紛饅頭也無法解決，龍馬居中協調後，終於改訂條約並大幅加入長州海軍局的意見。佔便宜的是長州海軍局。

不划算的是龜山社中。

「最後上杉根本只是在為長州做事呀。」

社中甚至有同志如此攻擊饅頭。當然一方面也因為嫉妒。

但饅頭若能不那麼傲慢，態度上願與社中同志多協調，或許就不會被說成這樣吧。

沒想到饅頭變本加厲。他又打算搶在同志之前到英國留學。

前往英國留學一事，井上聞多已上稟長州侯並獲批准。井上聞多為實現饅頭的留學之行，特地到長崎來拜託英國商人葛羅佛。

「經費我藩會付給商館，能否煩請商館暫時代墊。」

葛羅佛爽快答應並向長崎的英國領事關說，就連要搭的船班都幫忙說定了。當然，幕府雖與諸外國締有通商條約卻不准日本人私自出國，故這回出國是以偷渡的形式進行。

此事饅頭在同志面前絕口不提。因他打算偷渡的同時也私自脫盟。

社中訂有隊規，那是龍馬和同志商議後決定的：

「不論大小事皆應與社中同志商議後才執行。若為一己之利而違背此盟約者，理應切腹謝罪。」

饅頭不得不設法隱瞞。

「我這打算要是被同志知道就沒命了。」

他很是害怕。他冒著生命危險進行此偷渡計畫的準備。

就在準備期間的某日——

「照張相給自己留個影吧。」

饅頭不知為何突發此想。

長崎新大工町的後巷有中島川流過。一角有家掛著「舍密局」招牌的房子，此即攝影術鼻祖上野彥馬的營業所。所謂的「舍密」就是化學。

饅頭出了門。

一會兒他就被領至上野家中的攝影室。

「請坐到那張椅子上。」

上野彥馬道。彥馬梳著儒者風的髮髻，插著一把短佩刀，穿著伊賀裙褲，眼神十分銳利。他是九州首屈一指的化學家，上野彥馬之名甚至已遠播江戶。

彥馬本未打算靠攝影維生，但因沉迷於研究學問而傾家蕩產，不得已才拍起人像以補足自己的化學研究費。費用是拍一張兩分銀。兩分銀都能在丸山召妓鬧上一整晚了，實在不便宜。

饅頭依言坐上椅子。

「這身打扮就行了嗎？」

「沒錯。」

饅頭昂然道。

崇拜龍馬的他堅持不梳頭，任憑鬢髮蓬亂。衣襟凌亂，小倉褲上也沒熨痕，皺巴巴的簡直就像乞丐的布包。

明明個子矮小，大刀卻特別長，委實難看得無法形容。赤腳穿著下人穿的那種竹皮草屐。

「準備好了嗎？」

「啊，等一下。」

饅頭突然從懷中掏出六連發手槍，手指放在扳機上，並將手置於膝上。

「好囂張的姿勢。」

上野彥馬心想，但仍不動聲色道：

「用力吸一口氣。屏住氣。對，就是這樣，看這邊。」

說著指向鏡頭。

照完後，彥馬道：「要十五天才會好，您沒問題吧？」饅頭立刻說：「那可麻煩了。」

因為三天後船就要開了。

「不能想辦法明後天趕出來嗎？拜託一下。」

不過是一張照片有什麼好急的，但饅頭就是如此個性。只要一決定，事情若不照他意思進行就按捺不住。

一番爭論之後，竟洩漏了努力保密的偷渡之事。

彥馬對其壯舉十分感動，答應盡量趕。

翌日，有個龜山社中的人到上野彥馬這裡請他拍照。

名叫白峰駿馬的這人是越後脫藩浪人，自從神戶塾解散後就加入了龍馬的事業。白峰是個蘭學通，透過蘭學與上野彥馬頗有交情。

沒想到上野卻道：

——今天沒法照了。

白峰隨口問道：

「為什麼？」

上野說，今天得調配藥水還得沖洗曬片，因為有人拜託急件。

上野彥馬以為白峰駿馬當然知道饅頭要偷渡的事，又說：

「還是你朋友的急件呢。」

事情就這樣洩漏至社中。白峰駿馬立刻趕回社中與眾人商量：

「這該如何處理？」

是該質問本人嗎？還是等罪證確鑿之後再說？說不定他會來找大夥商量，所以是不是應該繼續保持沉默，等他主動提出？眾人商量了半天卻毫無結論。這種情形，若饅頭有交情好的朋友，就能透過朋友給他忠告，這是最穩當的方法。可惜饅頭在社中並無深交之人，總是獨來獨往。

「這種時候要是坂本兄在就好了呀。」

有人如此道，但人不在也無可奈何。

「但坂本兄不在期間就出了個貪圖一己之利而脫盟偷渡出國的人，實在說不過去。感覺好像隊規不嚴，要是傳到薩摩或長州也不好聽。一定得由我們自行解決。」

故決定全權交給關雄之助（澤村惣之丞）處理。關是從前和龍馬一同越過土佐宮野野關之險而脫藩的夥伴，沒什麼才能卻是出名的詼諧。他日後因誤殺薩摩人而切腹自殺以示負責，但這與此事無關。

饅頭出航前夕，就溜出社中，偷偷前往大浦岸壁。

下著雨。
饅頭戴著斗笠，穿著蓑衣，並以蓑衣覆著提燈前行。如此風雨，明早船真的會出海嗎？饅頭心裡突然浮現如此疑問。
當初從區區一個賣饅頭的脫穎而出，龍馬還讓他加入同志。
「瞞著他脫盟好嗎？」
賣饅頭的並未如此想，也不覺得對不起同志。他加入龜山社中本就不是為了參與勤王倒幕運動，只是希望抓住學習的機會。
這份向學的熊熊熱情卻成了他背叛及冒險的能量。一走進大浦岩壁的葛羅佛商館，就發現「因風雨關係，明日不出船」的噩耗早已等著他。
饅頭向葛羅佛家借了水手用的雨衣罩在外褂上，兩把佩刀的刀鞘露了出來，宛如鶺鴒之尾。
他走出屋外。

一直下著幾乎要將斗笠吹掉的狂風暴雨。饅頭壓著斗笠衝出大門，開始走下石板坡。
港內浮著兩三盞船燈。其中一盞想必就是即將把自己載往英國開創嶄新人生的船吧。
「現在就逃到那艘船上吧。」
他心裡閃過這念頭，但是……
「我可是武士呀。」
這晦暗而一如火燄般帶著熱氣的想法卻自內心深處直衝上來。
武士之道德若窮究到最後，恐怕只剩下一項德目吧。那就是果敢。
即便當盜賊亦無妨。即便犯下殺人罪亦無妨。這些罪將依世間之法而遭到審判，但即使遭到審判，武士之所以為武士的本質也不會就此消失。會消失是自犯法之人喪失這份果敢的瞬間開始。
「這點葛羅佛根本不能了解。」
風雨中的饅頭心想。我要維持武士的果敢情操，饅頭一個勁地告訴自己。

「他到底是町人出身的呀。」

他不想被人這麼說。若出身代代皆為武士之家，饅頭或許就不會如此鑽牛角尖吧。就因為是這位才子，否則說不定早逃上英國船了。

他渾身濕答答返回本博多町的小曾根邸。

此邸之離屋有多個房間。此處已成為龜山社中之事務所兼宿舍，社中眾人已聚集在鋪著藤質榻榻米的前廳。

「坐到那邊去。」

關雄之助道。這年輕人扮演的是依隊法審判饅頭的角色，故拚命板著臉。

「社中的鐵則有此明文規定：『不論大小事皆應與社中同志商議後才執行。若為一己之利而違背此盟約者，理應切腹謝罪。』不幸的是，現在社中卻出了這樣的人。希望那人心裡有數，自行切腹謝罪。」

「這說的是我嗎？」

饅頭已面無血色。他抖著嘴唇正想辯解，關雄之助便道：

「不必狡辯。若你捫心自問仍覺得自己沒錯，那就算了。若感到內咎，就起身到內廳切腹吧。」

關雄之助道。

「坂本兄要是在就好了……」

饅頭拚命忍住淚水同時想道。他一定能體諒我，一定不會讓我受到如此殘酷的審判吧。

「上杉君，你真不乾脆。」

關雄之助道。

「我們要先離席了。」

關雄之助說著便站起身來。在座眾人跟著一一起身，魚貫走出房間。

房間裡只剩饅頭一人。頭上的無盡燈照在他慘白的臉上。

「是永不熄滅的油燈嗎？」

饅頭恍神地抬頭望著頂上的華麗照明燈具。那是盞以筒狀玻璃包著石油火燄的器具，長崎幾乎所有妓院及商家都用這種燈。饅頭一開始被龍馬帶來長崎時，見到此無盡燈不知有多驚奇。

「世界正不斷變動。」

他覺得內心受到撼動似的，感覺文明之波濤已湧至。此無盡燈所象徵的西歐文明究竟為何物？

「真想接觸其文物。若孕育其文物之母體有學問，真想研究其學問。」

饅頭熱切希望以龍馬為踏板，至少到上海，可能的話還想到英國或美國去。而點燃這個賣饅頭出身之苦學力行者的希望之燈，可說就是龍馬和這無盡燈了。

「有些太過急躁。」

但這回偷渡的計畫究竟是從何處如何洩漏到同志耳中呢？

「再追究下去也於事無補了。我已東窗事發。要是坂本兄在的話，事態就不會如此了。他一定能理解，而我也會據實稟報之後再上英國船。」

這些話也不能對留守社中的同志說。依饅頭看來，他們雖受龍馬影響，內心仍為單純而激烈的攘夷志士。若告訴他們：「我讓長州送我到英國去之事已成定局。」他們一定會大嚷：「這是背叛行為！」

想藉著搶先立功以利用長州藩，他們肯定會衝著瀆職這一點大加撻伐。因此饅頭才會一直瞞著他們。為了不讓他們知道，還費盡心思耍了小手段。

「但已經沒用了。」

不，其實還能逃，饅頭突然想到。社中的夥伴全都上街去了。

——你若逃走也無所謂。

他們剛只差沒這麼說了呀，不是嗎？

「不，那樣也沒用。」

饅頭沮喪地垂下頭。

那些社中的夥伴故意不監視罪人而暫時上街去，

是因為把罪人當成「武士」看待。若為武士，即便無任何人監視也會自裁。要是現在丟人現眼地逃走，他們一定會冷笑：

——到底是町人出身呀。

而且只要饅頭活著，恐怕就得永遠受到他們的嘲笑及謾罵吧。

「乾脆，死吧！」

一旦這麼想，饅頭儼然變成另一個人。思考能力停止作用，唯有南方人特有的瘋狂開始驅動他的雙手。

「於是饅頭就這樣死了嗎？連個介錯人都沒有？」

龍馬的聲音聽起來似乎很不高興但又盡量不表現出來。沒有介錯人為他砍頭，饅頭所受的痛苦彷彿感同身受似的，龍馬實在難以忍受。

他的死狀似乎很了不起。

腹部切成十字狀，往前仆倒後，因尚未斷氣，又奮力撐起最後一絲力量切斷頸動脈才大功告成。據說由屍體的姿態可得到如此推論。

「那傢伙脾氣硬得出奇，故也可能為賭一口氣而切腹切得如此壯烈吧。」

「坂本兄，你這話聽起來好像在埋怨我們不該依隊規處置他呀。」

「不，這件事就算了。」

結社之力唯團結無他。若未依隊規處罰饅頭，接下來恐怕會陸續出現同類者而導致社中就此瓦解吧。

「不過要是我在的話，饅頭應該就不必死了吧。」

龍馬一臉難過。

切腹翌日，社中為他舉行喪禮並葬在寺町皓山寺的後山。

聽說還未立墓碑，故龍馬立刻取來紙筆，大大寫下：

「梅花書屋居士之墓」

饅頭姓近藤名昶，通稱長次郎，在長崎又通稱上杉宋次郎，號藤蔭又號梅花道人，故龍馬便以其號為碑銘。
明治三十一年（一八九八）追諡正五位官位。
據說長州的伊藤俊輔及井上聞多兩人在維新後還經常想起這位「上杉宋次郎」，並惋惜他英才早逝，追諡應是他們建言的吧。
龍馬第三天便率領社中眾人搭乘聯合號，在晴朗的海面上往西航行，駛進五島鹽屋崎的海灣後下錨。
「放下小艇。」
龍馬下令。他是為憑弔之前死於海難的池內藏太等人而來的。
龍馬上岸後喚來當地村長，給錢請他在海邊立碑。
「若連塊碑都沒立，將來他們的名字恐怕也將消逝吧。」
他向村長借來紙筆，把紙攤在池等人遺體沖上岸之砂灘。
「溺死者合靈之墓」
他在紙上如此寫道，又一一寫下遇難者的名字以刻在碑後。
池內藏太於明治三十一年獲追諡從四位官位。
龍馬把筆插在砂灘上並直起身來長嘆道：
「簡直就像做喪葬生意的呀。」
龍馬回船上立即要人起錨並下令啟動蒸汽機，又走到船橋上以熟練的語氣道：
「右舵，微速前進！」
穿著白裙褲的操舵手小聲複誦。
海上晴空萬里。
蒸汽機開動約一小時後，海上吹起秒速約八公里的風，故龍馬要人把捲在三根船桅上的十九張船帆悉數打開。
「關掉蒸汽機！」
他打算靠船帆前進。既已起風再浪費燃料就沒意義了，該如何掌握風力，如何善加運用，都與駕船技巧息息相關。

龍馬打算就此繞過玄海灘，直往下關前進，但突然擔心起燃料，於是下蒸汽室去瞧瞧。

「五平太還有多少？」

這可不是人名，指的是煤炭。北九州首位挖到煤炭之人的名字竟成為此新燃料之名，不過「煤炭」這新名詞也同時有人使用。

「還有兩噸。」

「其他呢？」

「柴薪有兩千束。」

當然也能靠柴薪前進，只是因火力較弱才被煤炭取代。

「若只到下關，這樣已經很夠了呀。」

「可不是開到那裡就好了呀。」

「那還要做什麼？」

「恐怕還得打場海戰呀。」

龍馬出航前往長崎時得到的情報是，幕府艦隊為封鎖長州海岸並發動艦砲射擊，即將自大坂灣出航。故龍馬抵達長州下關時，說不定海上已飄著煙硝。

「因此先駛進長崎港，把柴薪賣了買煤炭，只靠煤炭航行。靠柴薪沒法打仗。」

「那麼就先駛進長崎港囉。」

此命立刻傳至全艦。

龍馬一回到船橋上，就召集菅野覺兵衛、關雄之助、陸奧陽之助及中島作太郎等人。

「您說要與幕府海軍進行海戰，當真？」

「這是我的直覺，不過恐怕真得如此。」

「啊？是坂本兄的直覺嗎？」

原本精神抖擻的眾人頓時有些洩氣。

「我可不是在耍你們。在學問上我也許不如諸君，但我相信坂本龍馬的直覺是當代最出類拔萃的。」

「或許吧。」

陸奧陽之助嘟囔道。

「長州海軍與幕軍相較之下實在微不足道，卻是由天下第一勇猛的高杉晉作擔任總司令並親自率隊。」

「這時土州的坂本龍馬再親率此艦殺入相助。情形想必會很有趣吧。」

陸奧道。

龍馬的聯合號駛入長崎。

隨即下船到本博多町的小曾根英四郎處，對英四郎道：

「有事相求。」

說著提出煤炭一事。龍馬雖認為煤炭較柴薪為優，卻苦無買煤炭的錢。

小曾根英四郎以商人立場把賭注押在龍馬及其事業上。所謂事業指的不僅是龜山社中的海運業，還包括顛覆幕府、建立統一國家。

「沒問題。煤炭費、裝卸費，一切費用都由我先代墊吧。」

「我可不知何時還得出來喔。」

「就暫定坂本爺飛黃騰達時再還吧。」

小曾根英四郎立刻派人到港內商館，命他們將良質煤炭搬上碇泊中的聯合號。

但非把柴薪卸下不可。多達兩千束。龍馬請他至少收下這些柴薪。

「我不是那種商人呀。」

這位長崎第一富商笑道：

「我可不打算拿柴薪抵煤炭錢喔。我一向有意把賭注押在坂本爺般的人身上，但這點您似乎還不了解。」

「不，我只是想說不好老是麻煩你。」

「請盡量麻煩我吧。在商人的工作裡，把賭注押在一人身上是最需要膽識的，而這是我生平第一次做這種事。也必須請坂本爺體察這份心意，讓小的好過一點吧。」

「萬分感激。」

龍馬低頭謝道，腦海中同時浮現一個處理那兩千柬柴薪的新主意。
「給他們喝酒吧。」
他立刻喚來陸奧陽之助，命他負責把柴薪賣掉。
「賣得的錢怎麼處理？」
「給水手錢，但別讓士官看到錢。」
言下之意是，水手較成熟，知道各種花錢的方式。但士官畢竟是書生，不知道玩樂的方法。把錢給不懂花錢方法的人也沒用吧。
「坂本兄知道嗎？」
「不知道。」
龍馬的意思是，把錢收集起來然後找個地方大筆花掉吧。龍馬也未曾拿自己的錢揮霍於冶遊，他一直想這樣做。
「陸奧君，就由你來主持。場所就選在丸山的引田屋（花月）。」
「這真是個好主意。」
陸奧開心極了：

「不解風情的柴薪也可能透過不同的使用方法，而成為意想不到、饒富風情的燃料啊。」
那日華燈初上時，他們便跨過思案橋走進丸山青樓區。走在通往花月的石板坡時，龍馬頻頻哼著歌。

若要冶遊，
就到花月或中之茶屋，
敲敲梅園的後門，
在丸山慢慢走，
閒晃閒晃……

他身上穿著受海風吹拂而變硬、印有桔梗家紋的黑色和服，及黏乎乎沾滿污垢的小倉褲，腰間隨意插著陸奧吉行守，此外腳上還穿著大大的海員靴。
「怎麼樣？看起來像花街浪子吧？」
龍馬對走在一旁的陸奧陽之助道，陸奧只是笑笑並不理他。恐怕沒這種渾身髒兮兮的花街浪子吧。

但龍馬似乎並不討厭這種花街柳巷。即便是這身衣服，但走過思案橋進入丸山遊郭的瞬間，明明沒喝酒，表情卻也適時變得陶醉。

服裝也是如此。龍馬似乎自認打扮得十分瀟灑，不僅把貼身襯衣換成絹布衣，腳上也在出發時特地換上皮鞋。龍馬大概是以江戶花街老手穿著瀟灑雪屐（譯註：皮底的竹皮屐）那樣的心情換上皮鞋的吧。

不僅如此，跟在後面的陸奧還聞到一股怪味。因為龍馬擦了香水。

「看來他已是精心打扮且自以為風流倜儻，可惜實在一點也稱不上瀟灑。」

陸奧覺得好笑。

酒宴終於在花月的內廳揭開序幕。

料理端了出來，藝伎也到齊了，不一會兒酒宴就充斥著三味線、唱歌及喊酒拳之類的聲音，熱鬧了起來。

每個男人心中都想著：

「明天就要上戰場了——」

這想法讓他們忍不住喝個爛醉。

龍馬也喝了很多。丸山的藝伎間流傳著一句話：

「一為土佐，二為薩摩。」

這指的是客人的酒量。言下之意是此二藩堪稱當今的酒國雙璧吧。

這場酒宴之座上客幾乎全為土佐人。想當然，房間裡簡直就像下著酒的驟雨。

「各位大爺酒量真好。我看薩州的武士大爺根本比不上土州。」

一直緊貼在龍馬身邊斟酒的阿元很是驚訝。

「不，其實應該是薩州比較強吧。」

龍馬道。薩州人的酒宴是隨個人酒量泰然暢飲。上州人的做法是唱歌助興，彼此又是擊鼓又是跳舞，一邊喧鬧一邊喝酒，又彼此灌酒，還有喊筷子拳之類的酒拳來比酒量，直到彼此都動彈不得。簡直是把酒宴當成爭鬥的場所。同為南方人，薩摩和土佐這一點顯然大不相同。

半夜，龍馬獨自離開房間走向大門。步履蹣跚。

「坂本大爺，您不要緊嗎？」

送他出來的女侍頭擔憂道。

「不要緊啦。」

「這句話就是喝醉的證據。」

撐住龍馬左腋下的嬌小阿元不由分說道，隨即轉向女侍頭：

「幫我告訴養母，說我送客人出去。」

外面正下著雨。

阿元靈巧地以左手打開傘，使勁往上伸展好幫龍馬遮雨。

「上回也是下雨啊。」

「躲在庭院珍竹葉下的時候？您還記得那時候的事呀？」

阿元突然沉默不語。半晌才低聲道：

「今晚要住下來嗎？」

「住妳那裡嗎？」

龍馬突然想起在小曾根家等著自己的阿龍。

「不准想些奇怪的事。」

阿元彷彿能看穿他的心思。

出了門後龍馬的腰腿就恢復正常，但酒似乎還發出聲音在脖子附近的血管上下流動。

「好久沒醉成這樣了。」

大概是因為在長崎就放心了吧。若是在京都或伏見，不知幕吏何時來襲，故不敢醉成這樣。

「您在京都受傷了對吧？」

「是在伏見。」

「當時醉了嗎？」

「這個嘛……當時究竟如何呢？」

那時，在京都的小松帶刀邸成立薩長聯盟後，龍馬就留在該邸處理相關事務，接著便私下小酌慶祝。帶著醉意回到寺田屋後沒多久就遭幕吏來襲。

「或許還醉意未消吧。」
龍馬喃喃道，臉上表情似乎正追憶著當時情況。
「那時有位全身赤裸的美女衝上二樓去緊急通報吧？」
「妳知道得真清楚啊。」
「聽薩州人說的呀。大家都說，真希望也能遭遇龍馬那種情況。那位美女就是目前住在小曾根家的阿龍小姐嗎？」
「這傢伙什麼都知道。」
傘下的龍馬不禁苦笑。
「沒錯吧？」
「是啊。」
「我想您當時一定是醉了，所以才會和那種女人在一起。」
「妳認識阿龍嗎？」
「見過。」
龍馬很是驚訝。一問之下才知道，這真可謂奇緣。

阿龍說想學月琴，故龍馬拜託小曾根英四郎幫她找位老師，沒想到英四郎卻找上眼前的阿元。然後兩人就在今天中午，在小曾根家見了面。
「見面之後就拒絕了呀。」
阿元道。
不知不覺雨已經停了。
「雨停了嗎？」
「哎唷，討厭啦。」
阿元笑了出來：
「哪有天花板會下雨嘛。」
「喔，那是天花板呀。」
不知何時自己已經坐在阿元家的起居間了。龍馬也覺得自己醉得可笑，「喀」地一聲，把酒杯放在長型火盆上。
「看來真的醉了。」
「沒錯。」

阿元刻意學土佐腔道：

「您明天出發？」

「不知道。」

煤炭的裝載作業應該明天中午才能完成吧。實際情形就不得而知了。

「這回要上哪兒去呢？」

「馬關。」

龍馬說完後，連忙使勁搓搓臉頰。

「您怎麼啦？」

「糟了，去哪裡可是祕密呀！」

長崎為幕府之領地，又設有奉行所。在長崎這種地方，要是被查知出港的船是要開往幕府之敵的長州馬關，恐怕無法輕易了事。至少不該向藝伎之類的人透露目的地。

「因為聽說在丸山說的話會傳遍整個長崎呀。」

「坂本大爺。」

阿元定定凝視著龍馬：

「請您再說一次。難道您以為阿元是那種人嗎？」

「沒啊。」

「啊，真會哄人！」

阿元這下真的生氣了：

「不能把眼睛移開，請好好看著阿元的眼睛老實回答。您是不是認為阿元是藝伎而瞧不起？說！」

阿元挪著膝蓋逼上前來。

龍馬被逼得啞口無言。截至目前為止龍馬只結交過普通人家的女性，不認識藝伎。

「阿元我呀……」

她似乎也醉得很厲害。

是憑著一口傲氣活著的。阿元兩眼直勾勾地道。

言下之意是，這就是藝伎。故若說向阿元洩露，祕密就會洩漏出去，等於是否定她整個人格。

「了解了嗎？」

「嗯。」

「請把阿元當成同志。往後您能這樣想吧。」

「阿元，不知何時會沒命喔。」
「無所謂呀。」
阿元把酒杯放在龍馬手上，也斟滿自己酒杯，然後緩緩舉起，學荷蘭人那樣舉至眼睛上方，小聲喊道：
「結盟！」
阿元看龍馬也乾杯後，又道：
「不過，這是男女之間的結盟喲。因為今晚不讓您回去啦。」
她的眼角滿是笑意。
「這就是所謂的夜不歸營吧。」
龍馬有些花街浪子似的心情，但仍愉快地疾步走在通往本博多町的路上。
「天空實在太藍了。」
龍馬瞇起眼睛繼續走著。天空太藍應該是這城市的特徵吧。因為長崎的天空一直連到東海的上空。龍馬心想。
他就這麼一臉愉快地回到小曾根邸離屋的房間。
阿龍正板著臉準備泡茶。
「這下糟了。」
龍馬突然湊近阿龍的臉道：
「昨晚好有趣啊。」
他制得機先。
「上哪兒……」
阿龍才剛開口，龍馬早就搶先從房間一隅拿起三味線，一屁股坐了下來。
一坐下就彈起三味線。
他準備以即興歌曲回答。
「戀愛啊，總是……」
接著便唱起自創的即興歌曲：
戀愛啊，總是出人意料。
在肥前瀨戶的丸山，

不管是誰都玩得很開心。
遊郭的春光。
有個耍猴戲的，
拋下一隻貍。
曾流下無情無義之淚，
對山神起誓此外絕無二心。
而山神明明就在家中，
卻偏朝著心之暗路，
摸索著出門去。

「裡面那個耍猴戲的說的是誰呀？」
阿龍也忍不住失笑。龍馬壓著自己的鼻子道：
「是我呀。」
「那麼『一隻貍』的貍又是指誰？」
「是指阿龍啊。」
「山神呢？」
「那也是妳。」

總之這首歌說的是，耍猴戲的拋棄曾對之起誓的山神，枉顧義理人情地踏上黑暗的心靈迷途，興沖沖地前往人人都覺得好玩的花街。
「嘖！」
阿龍氣得想咂舌，因為她要說的台詞已預先被編進歌裡了。
「真是個老獪。」
阿龍喃喃以漢語道：
「您已逐漸喪失原先的純情了。」
「因為光靠純情無法鎮住人間之亂呀。」
「我是人間之亂？」
「不，我說的是天下國家之亂。自古以來，英雄豪傑指的就是懂得靈活運用老獪及純情的人。」
「拜託您去洗把臉吧。」

海戰

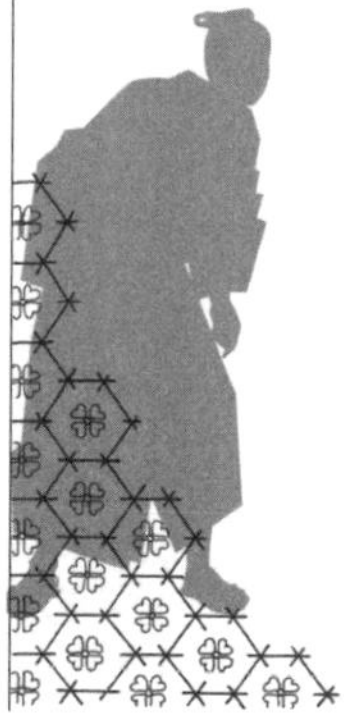

山和海突然變成湛藍色。

港內物影也逐漸鮮明地浮現，不一會兒，慶應二年六月十二日的太陽就升起了。

「出航！」

龍馬下令。

聯合號發出低沉的機械聲，開始航行。

有風。東南偏東，風力五級。

「拉起主帆。」

龍馬下令。

雪白的船帆應聲升上朝霞遍佈的天空，海風使得鼓脹的船帆開始在頭上飄揚。

朝馬關前進。

「在馬關橫豎將有一場海戰要開打吧。」

龍馬站在船橋。

有件讓他頭痛的事：勝海舟是否被任命為大將呢？若勝真成為對方的司令官，師徒相鬥的悲劇就難免了。

自神戶海軍塾解散以來，勝一直在江戶的自宅過著蟄居的生活，但上個月二十八日突然接獲命令：

「再度出任軍艦奉行。」

這對勝而言猶如晴天霹靂，連負責傳達命令的江戶留守老中們也不知詳情。

將軍家茂人在大坂。似乎是家茂親自下達的命令。勝立刻趕往大坂，到大坂城謁見家茂並就任。

勝成為大坂幕軍本營之海軍部門的最高指揮官，但他一直對幕府征伐長州案持反對意見。

「萬一真有必要征伐長州……」

勝曾對一橋慶喜道：

「根本不必借諸侯之手幫忙。只要給我四、五艘軍艦，立刻攻下馬關給您瞧瞧。」

——勝又在吹牛了。

慶喜及其側近都不予理會。

龍馬在長崎自然沒法知道得如此詳盡，但也聽說勝再度出任軍艦奉行的消息。

「萬一勝老師乘著幕艦富士山丸進入馬關海域，坂本兄您打算怎麼辦？」

陸奧陽之助在船橋上問龍馬。

「我恐怕也束手無策呀。」

「連坂本兄您也？」

「頂多只能潛入敵艦見勝老師，請他退出海域了。」

「您會沒命呀。」

「或許吧。」

龍馬似乎盡量不願想這類假設問題，而未更深入探討這話題。

十五日抵達馬關。

長州藩的陸海軍總指揮所就位於此下關。海軍由高杉擔任指揮。

政治方面則由桂小五郎負責。

龍馬先去見桂。

龍馬抵達下關時，幕長之間已點燃戰火。防長二州的海陸雙方都已煙硝瀰漫。

……………………

故事主軸回到十天前左右。

那是六月五日的事了。

駐紮在廣島的幕軍本營派石坂武兵衛及瀧田正作兩名軍使，循海路前往岩國海岸，將戰書交給長州人後隨即離去。

六月七日。

幕府的一艘軍艦出現在長州東岸要港上關的海面上，不斷以艦砲朝陸地發射並來回巡弋，然後調頭航經大島海面，又陸續砲擊安下庄、外入村、油宇村等漁村後離去。

六月八日。

幕府艦隊中的兩艘軍艦隨著十艘陸軍運輸用和船再度出現於大島海域，並一再以艦砲攻擊沿岸，然後讓陸軍從油宇村登陸。陸軍為伊予松山藩兵，共一百五十名。

幕府的作戰計畫首先是希望占領大島，然後從海上封鎖長州藩。

一切自然取決於海軍軍力。

當時幕府已具備歐洲二流國家程度的海軍軍力，長州海軍軍力卻依然微弱，對此登陸作戰根本束手無策。

同月同日。

堪稱幕府主力艦隊的富士山丸、翔鶴丸及八雲丸三艦，領著陸軍運輸用的洋式帆船旭日丸及另外四艘和船自藝州領的巖島出發，傍晚時分即出現在大島海面上，接著幕府的洋式步兵和砲兵就登陸了。

六月十一日。

幕府的翔鶴丸、八雲丸及旭日丸又出現在大島海面，不斷發射艦砲以掩護陸軍登陸。

負責大島守備工作的長州藩兵立即在沿岸迎擊登陸的陸軍，但因兵力及火力不足而敗北，入夜後終於棄守大島，渡海撤至遠崎。

大島被占領了。幕軍獲勝。

當敗戰的消息透過急報轎子傳至山口時，藩廳十分不安，有人建議：

「速派援軍至大島吧。」

堪稱藩之參謀長的大村益次郎卻道：

「我反對。長州已如全身長滿梅毒的重症患者。大島那種地方就如一兩條腿，應當機立斷切除。只要其他戰線獲勝，還是能充分復原。」

終究未發援兵。

首戰就占領大島的幕軍意氣風發，還向長州人民發布告示。

告示大意如下：

「並非長州藩主不良。乃因部分惡人掌控藩政、反抗幕府，而導致此回戰爭。幕軍不會騷擾農民町人。」

此文中幕府名義寫的是「日本軍務局」。這應該是「日本」這國號第一次用在幕府國內公文中吧。

「幕軍已占領大島。」

「大島周遭海面滿是幕府艦隊之船艦。」

高杉是在長府得到如此敗戰消息的。

龍馬於此幕長之戰登場前，必須多少介紹一下高杉晉作這位幕末長州藩的稀世奇才。

「千萬別讓此報流入長府。」

這是山口政廳協商的結果。高杉在長府，他們不知高杉得到消息將會做出什麼事來。

但高杉還是得到消息了。

他立刻趕到下關，帶著海軍局的人跳上繫留在港內的太陽號（丙寅丸）。

「立刻開船！我就用這一艘軍艦讓幕府艦隊開開眼界！」

艦上的高杉穿著黑色紋服，拿著一把扇子，這身打扮讓加入長州海軍局的土佐脫藩浪人田中顯助詫異道：

「你……就這身打扮？」

「怎麼？幕府軍艦即便來了五艘、十艘，也不過是鼠賊。我一把扇子就綽綽有餘了。」
說罷便要船出海。
輪機長為田中顯助。他對蒸汽機一竅不通，但居然被高杉任命為輪機長。
「你和龍馬同藩出身，故多少總能讓船開動吧。」
顯助潛進船底，朝零件東摸西摸，竟也能讓鍋爐沸騰，好歹運轉起來了。
太陽號原是在上海待價而沽的兩百噸舊軍艦。
此年三月高杉滯留長崎期間，聽葛羅佛聊起這事，立刻以四萬兩買下。因屬擅作主張之舉，藩廳方面有不少責難聲音。
「此時乃是我三十七萬石之藩的存亡之秋啊。四萬兩應該算便宜吧。」
高杉仍一味堅持。如今此艦儼然成為長州海軍之主力。
但畢竟是艘兩百噸的老朽之艦，和幕府軍艦相較之下，無論性能、噸數或火力各方面都遠遠不及，高杉甚至還自嘲：
「簡直是艘載柴的柴船啊。」
不僅如此，長州人對海軍技術不熟練，還得由完全外行的田中顯助來發動蒸汽機，光從這件事也可想見乘組員的素質。
不過顯助也隨著蒸汽機的運轉而逐漸熟悉起來，船駛到三田尻海面時，他已能自由自在地變換高低速。
高杉讓船在三田尻的海灣內微速運轉，同時慢慢駛入中之關一處名為問屋口的商港並下錨。
高杉是個怪人。
「你們大家在船上等我。」
他不由分說地將眾人留在船上，獨自上岸去。
問屋口港是長州藩領內最小的商港之一，海邊卻有成排的大小運輸船行。
高杉走進其中一間貞永文右衛門家。貞永家是這帶首屈一指的富豪，當主對勤王志士態度十分友善，常給他們借宿，也持續資助他們。

高杉對這房子十分熟悉，不需人帶路就擅自走上二樓。

女侍似乎看見高杉進屋來的身影，小聲告訴文右衛門的妻子：

「高杉大爺在二樓。」

主母悄悄到樓上房間查看，果然是高杉。

他把雙腿翹在壁龕的立柱上，以手為枕，倒頭躺著。

主母躡手躡腳地下樓來。

「長州之天才」

此名連這位太太也聽過。他雖是名放蕩、嗜酒且不知會闖出什麼禍來的年輕人，但縱橫無盡的機智卻常出人意表且從未出錯。

「想必是在盤算什麼計畫吧。」

主母就隨他去了。

約莫過了半個時辰，高杉下樓道：

「蒙您照顧。下回再來拜訪。」

說罷就搖著扇子走出門去。

高杉回到船上隨即下令：

「我已想到辦法。首先將船開往下關港。」

又命船全速前進。

下關港位於名為長島的狹長之島。該處有藩的守備隊。

隊長為林半七（後改名友幸。獲封伯爵）。

他把林叫上船來。

「如此破舊之船無法與敵方對等作戰，但我要利用夜襲嚇破敵軍的膽。你暗中派兵至大島，一聽到我自海上發出砲聲，你就一口氣殺進松山藩兵中。一旦被嚇破膽而腿軟的兵士就沒法打勝仗了。」

「就如桶狹間之戰嗎？」

在林的眼裡，高杉的臉彷彿信長。

等太陽下山，高杉的太陽號就悄悄出航了。

船穿梭在島和島之間。下荷內島、彥島、野島、笠佐島，從這附近開始往東繞過已成敵軍占領地的大島北端，不一會兒就發現幕府艦隊正碇泊於大島北方名為前島的小島後方。

是支龐大的艦隊。有四艘巨大如山的軍艦，還有十多艘已下錨的和船，正靜悄悄地並排休息。

蒸汽機也未開動。

海戰不可能進行夜襲，此乃世界共通之常識。但高杉及太陽號中的手下卻連這點常識都沒有。

滿天繁星彷彿要墜落般不停閃爍。

海潮往東流，海潮中的螺旋槳拚命迴轉，高杉的小小太陽號也持續東進。

敵軍艦隊已在眼前。

「敵人尚未發現。」

乘組員個個緊張地慶幸。

高杉晉作站在船首。他身穿黑色紋服，腳下穿的是緞質足袋，腰間佩著安藝國友安的長刀，且一如往常地拿著把扇子。

高杉手下有兩名士官，就是正在艦底操作蒸汽機的土州浪士田中顯助以及正在甲板上撫著艦砲的山田市之允。

山田市之允在維新後改名顯義，明治二十五年（一八九二）以四十九歲之齡過世，過世前主要致力於法典的整備。獲封伯爵。維新後他曾如此描述這夜高杉晉作的狀況：

「高杉的肺病似乎已相當嚴重，不時輕咳。但他仍默然佇立於艦首，任衣袖隨夜風翻飛。其英氣煥發威風凜凜之姿，至今只要一閉上眼仍歷歷在目。」

過了一會兒，艦底的田中顯助及其他人便放任蒸汽機自行運轉，全數到甲板上負責操作一門艦砲。

敵艦隊依然沉睡。

有富士山、八雲、翔鶴及旭日四艦，甲板上自然毫無人影。

「鑽進去！」

高杉低聲下令。太陽號依言從巨大如山的大艦與大艦之間切了過去。

「攻擊！」

高杉一下令，甲板上的艦砲立刻轟然冒火。

接著是一連串的射擊。不僅大砲，甲板上立刻有六名步槍兵四處移動，一有敵人受驚衝上甲板，他們就衝到最近處瞄準並射擊。

聲勢之烈猶如長崎唐人町舉辦唐人祭時一起點燃所有爆竹之盛況。

小小太陽號繼續在四艦之間穿梭繞行。

彈無虛發。

因敵艦舷側幾乎觸手可及。如此近距射擊自然百發百中。每當命中，敵艦之舷側、煙囪或艦橋便發出巨大火光，把木片、器材都炸飛了。

敵艦實在狼狽不堪。

慌張地燒起鍋爐，企圖啟動蒸汽機，可惜熄火冷卻的鍋爐不可能那麼快就重新運轉。

砲手衝上甲板打算反擊，但太陽號一直不停繞行移動，根本無法瞄準，反而誤射己軍，損害愈來愈嚴重。

「射擊！射擊！」

高杉就像在打拍子似的，以扇子「叩叩」地敲著艦首，同時不住喊道。

但高杉深諳撤退時機的掌握。

當敵軍艦隊從狼狽中重新站起來並啟動蒸汽機開始活動，在懸殊的火力攻擊之下，高杉的區區太陽號將慘遭圍攻痛宰。

「熄燈！」

高杉下令，要人熄滅艦內所有燈火，接著又下令西進。

「該逃了。」

艦迎著浪往左傾斜，開始一溜煙地逃走，終於沒入黑暗中。
「當時實在很慘！」
多年後有人回顧這場日本最初洋式軍艦所掀起的海戰時道。他是幕府軍艦上的一名陸軍，大垣藩士井田五藏。五藏維新後改名讓，官拜陸軍少將。
「突然聽到轟然巨響，趕緊起身一看，船艦正嚴重搖晃。艦上一陣大騷動，有人忙著找衣服，有人急著衝上甲板卻跌倒。不要說命令了，什麼都做不成。只聽說敵軍來襲，沒想到敵艦竟只有一艘，還以為是大艦隊來襲，因而驚慌失措。我軍慘遭猛烈攻擊後，太陽號便消失蹤影，但事後仍不敢相信竟然只有那艘船就能造成如此騷動。」
幕軍似乎以為長州擁有大艦隊，還以為定是該大艦隊摸黑前來，包圍了幕府艦隊。
故艦隊連忙起錨，將陸軍部隊丟在大島不管，迅速撤退。
另外在陸上方面，幕府方的松山藩兵以占領軍身分在大島上紮營。這天晚上他們聽到海上傳來隆隆砲聲，又見火光將夜空染得通紅而頓生錯覺：
「長州人從海上攻來了！」
一時驚慌失措。就在此時，與高杉事先說好的林半七也指揮長州藩兵自大島西海岸的小松港登陸，十六日於安下庄進行兩軍決戰。結果松山藩兵節節敗退，甚至被逼落海中似地落荒而逃。
高杉的奇略大獲全勝。
長州收復了大島。
不僅如此，這回的勝利使得幕軍戰略大亂。幕軍本已準備自海上對長州發動總攻擊，如今卻礙於船艦之修理工作而不得不延期。
高杉將艦駛入三田尻港，著手對破損處進行應急之修理。這時卻有藩吏自下關乘和船來報：
「土州的坂本龍馬已乘聯合號進入下關。」
再沒有比這好消息更讓高杉高興的了。
「幕府輸定了呀！就和坂本聯手將幕府艦隊逐出下

關海峽，再從小倉城下登陸作戰！」
太陽號的應急修理作業只花一天便大功告成。高杉命輪機長田中顯助將鍋爐燒熱，朝下關前進。
龍馬在下關不斷向桂小五郎遊說，希望能說服他。是關於兵糧米一事。
這是多達五百石的大量白米。
「喏，桂君，你可別生氣啊。」
龍馬的陳述就從這句話開始。
上回薩摩藩透過龍馬居中斡旋，為長州提供種種便宜之策。為感謝薩摩的好意，長州藩特地讓聯合號運五百石白米送給薩摩藩。
不料薩摩的西鄉卻道：
「長州正要與幕府展開決戰，此時對長州藩而言兵糧米就如血一般重要。長州的好意我藩心領了，但這兵糧米是絕對不能收的。」
他如此婉拒，接著又說：

「但若將米送返，因長州與我藩之間本就有嫌隙，又怕他們誤會，以為薩摩故意將禮物退回。還請代為說項，使長州能理解我藩誠意。」
並將送還白米和代傳口信的任務全權委託龍馬。
薩州這數年連續歉收。
「我們當然非常渴望得到白米。然後西鄉流著淚……」
龍馬多少有些誇張：
「感謝長州的好意。又說，但同志長州正要開戰之際，身為武士實在不忍接受其餽贈之兵糧米。桂君，你應該了解吧。」
龍馬不厭其煩地勸說。
起初桂還滿臉不悅道：
「贈米乃是世人公認之禮儀。退還才顯得怪吧。」
但漸漸也就了解薩摩的心意了。不過，以長州藩而言，米糧一旦正式從藩之米倉發出，如今也不能再撤回。

「傷腦筋啊。」

桂打從心底感到為難。

龍馬卻露出笑容。他大概就等著桂露出這表情吧。

「怎麼？難道你有什麼好主意嗎？」

桂望著龍馬意味深長的笑容問道。

「那個呀……」

「什麼那個？」

「桂君呀，贈米是義，辭米也是義。義與義發生衝突，這米就浮到半空中了。再這樣下去，那五百石的白米就要爛在聯合號的船底啦。乾脆送我吧。若由我龜山社中拿來用之於天下，這米也算有意義吧。」

「原來如此！」

個性耿直的桂忍不住爆笑。他拍了拍大腿，一時止不住笑。過了一會兒才點頭以表示答應之意。

「真受不了你！」

說著又笑出聲來。

龍馬慢慢把頭轉向一旁的中島作太郎，一本正經道：

「這就叫做『穿別人的兜襠布去相撲』呀。」

後來龍馬聽桂說起對幕戰爭的進展。

幕軍正從四方面同時發動攻擊。

最先是沿途一一攻占各島以控制長州的瀨戶內海。

其次是從藝州廣島進攻山陽道，即所謂的藝州口作戰。

第三是在日本海方面。自石州（島根縣）出動，直朝長州藩首都萩進攻。

最後是隔著下關海峽進行的攻防戰。幕軍將大本營設在小倉城，仗著海軍之援護，跨越海峽攻占長州第一商港下關，然後乘勢進攻長州藩廳所在的山口。

此即幕軍之計畫。

當然長州也有相應的作戰計畫。作戰基本原理是放棄所有守備動作，全心攻擊，準備在藝州口、石州口及小倉口等幕軍侵略路線發動逆襲。

「石州口之戰況頗為順利。藝州口則因敵軍強大而無法依計畫進行。總之綜觀各線戰況，目前是勝敗未分。」

桂如此道。

這時搭乘太陽號返抵下關的高杉晉作突然「唰」地拉開紙門。

他慢條斯理走進房間。

「喏，坂本兄呀，」

他連招呼都沒打就直接道：

「有件事要麻煩您。」

說著一屁股坐在龍馬面前。他的臉有些過長，故眼鼻看起來拉得較遠。

「請助我們一臂之力。」

高杉已接獲藩命出任下關地區之海陸軍總督。但這方面之陸軍已由山縣狂介（有朋）指揮，故其實高杉可說就是海軍專屬之司令官。

「我正考慮一件重大工作，但實在分身乏術。請您協助。」

他話中夾雜著長州方言。

「究竟是什麼重大工作呢？」

龍馬故意模仿高杉的語氣。

「就是跨海奪下幕軍大本營小倉城。」

「哇！」

龍馬暗叫：「不愧是高杉！」小倉是祿高十七萬石之小笠原家的城下，此藩代代兼任九州探題之職，一旦有狀況發生即成為九州諸大名之指揮。

實際上目前就是如此。開戰前，原駐守廣島的幕府首席老中小笠原長行就乘幕艦富士山丸進駐小倉城了。

此處可謂進攻長州之大本營。正因如此，沿岸防備極強，絕非兩三百名長州兵即能攻下之城。何況還是跨海戰爭。

「我把艦隊分給坂本兄一半，想請您幫我們牽制幕府海軍。另一半則由我指揮。」

高杉道。

作戰及部署方針已作成決定。

長州海軍有四艘軍艦，將此二分為第一艦隊及第二艦隊。第一艦隊由高杉晉作負責，第二艦隊則由龍馬指揮。

「門司的攻擊行動就麻煩坂本兄了。」

高杉道。

高杉艦隊是以太陽號為司令艦，再加上癸亥丸共兩艦。此隊之目標是襲擊田野浦砲台。

坂本艦隊則以聯合號為司令艦，另率庚申丸同行。

龍馬召集龜山社中全員至下關阿彌陀寺之運輸船行伊藤助大夫處的二樓，決定乘組員之職守。

「菅野覺兵衛為艦長。石田英吉（維新後獲封男爵）擔任砲手長。中島作太郎為輪機長。」

此三職務及以下各職都決定了。龍馬自己是司令官，不負責操作船艦之工作。

隨後便領著眾人穿過市街往東郊走去，走進海邊一棟兩樓民宅，事先請屋主讓他們爬上大屋頂。

海峽是一片晴空萬里。

從大屋頂往海峽那邊望去，門司一帶的砲台及陸軍陣地等一覽無遺。

「攻擊目標就是那裡。」

龍馬要眾人記住地形。要趁夜或起濃霧時在海上行動的話，不事先記住地形便無法採取行動。

「他們也正從沿岸砲台望著這邊呀。」

「是嗎？」

龍馬為高度近視故看不到如此細節。

「長州的作戰計畫究竟如何？」

「根據高杉的說法……」

似乎是分三階段進行。

一開始就要拿下小倉城是不可能的。

故準備先消滅海岸陣地門司至田浦野中之敵軍，破壞其火砲群，然後迅速撤退。

第二回合之戰就從長州領之彥島攻進小倉領之大里，接著進行小倉城攻防戰。

「幕府艦隊在哪裡？」

這是最難對付的。

「為協助藝州口的陸戰，大部分的幕府艦隊應集結在大島附近。他們應該不會發覺此戰吧。故第一回合會成功。」

「第二回合呢？」

第二回合即為自彥島渡海攻進小倉領大里之戰。開戰後，幕軍自然已發現下關海峽才是真正決戰處，定會將船艦悉數駛到眼前這片海上。

「到時將有一場激烈的海戰。」

幸好已接獲情報，確定勝海舟並非敵軍艦隊司令，龍馬因而大大鬆了一口氣。

慶應二年六月十七日。

距太陽升起應該還有一小時吧。

四艘軍艦盡量不出聲地駛離下關港。

海峽的潮流相當急促。

天空和海面盡是一片漆黑。

天空無雲卻不見星星。

「起霧了。」

龍馬喃喃道。而且是濃霧。才剛在港外與高杉隊分道揚鑣，現在就連那兩艘軍艦的舷燈都看不見了。

高杉艦隊的目標是對岸的田浦野方面。

龍馬的艦隊則開始破浪朝對岸的門司前進。

「覺兵衛爺呀。」

龍馬對菅野覺兵衛道。維新後以海軍少佐身分退休而遁世的這位覺兵衛在龍馬的龜山社中，是航海技術最熟練的。

「不好好利用這場濃霧實在可惜。不如把那門大大砲放到甲板上來吧。」

「您是說大大砲嗎？」

覺兵衛臉色有些為難。龍馬說的這門砲已收進甲板倉庫中，本來並不打算使用。因與其他舷側砲相較之下，要發射此砲不僅較費事，且發射後艦身還會劇烈搖晃，導致船艦操作困難。

「那就試試吧。」

覺兵衛依龍馬指示。

不一會兒海上便露出曙光。

太陽已升起，但濃霧依然不退。跟在後面的庚申丸只勉強看得到其舷燈。

「目標門司的陸地還看不見。」

龍馬要船繼續前進。

「盡量駛近直到幾乎擱淺的距離。霧這麼濃，陸上的敵軍應尚未發現我艦。」

「遵命。」

過了一會兒，龍馬的望遠鏡中開始出現朦朧的門司漁村、兵營及砲台。

「霧散了嗎？」

龍馬頓時有此錯覺，其實不然。那是因為風從門司那邊吹過來。就像劇場布幕正從門司那邊逐漸拉開而海上的霧氣依然濃厚。陸上的小倉藩兵應該還看不見海上的艦影吧。

「覺兵衛爺，差不多該動手啦。」

「是。」

覺兵衛答應一聲後即從艦橋探出身體，大聲朝砲手白峰駿馬喊道：「戰鬥開始！」

白峰駿馬身穿棉質的黑色窄袖和服及白色裙褲，褲腳高高捲起，腰間還插著朱鞘的大小佩刀。

在砲尾點上火。

舷側砲發出驚天一響，同時噴出火來。砲彈穿過濃霧，直落在門司砲台正中央，激起炫目的火光。

敵軍想必一陣驚慌失措吧。

但隨即以沿岸砲還擊，海陸雙方面頓時籠罩在砲聲及煙硝中。

龍馬走下甲板。

「發射！發射！」

他如此喊道，同時穿梭在各砲門之間。似乎是想激勵手下。

激勵是必須的。

從陸上飛過來的沿岸砲砲彈落在舷側，激起驚人水柱。有時掠過船桅，然後在空中爆炸。

「坂本兄，砲身過熱，沒辦法啦。」

「大量澆海水呀！」

龍馬的聯合號就在門司浦砲台前面來回航行，同時進行艦砲射擊。

龍馬似乎覺得己艦的動作很有趣，竟在硝煙之中哼起三味線的曲子，同時唱起自己的即興之作：

來來回回，
浮在水面沉睡的鳥兒，
今日依舊是憂愁的單相思。

他如此哼唱著走向甲板。

同行的庚申丸是艘風帆船。因未裝設蒸汽機而無法靈巧地「來來回回」，故成了小倉藩的沿岸砲的最佳目標，艦身似乎頻遭敵彈擊中。

「作太郎！」

龍馬叫中島作太郎過來。

「送個信號給庚申丸，要他們後退一點。」

他下令。

作太郎爬上船桅以旗語比出「後退！後退！」的信號，但庚申丸上的長州人似乎因海事訓練不足而無法解讀。

根據龍馬自己所繪之戰況圖及說明文，此戰況如下：

「因長州船為帆船，故約被二十發砲彈擊中。」

指的就是庚申丸。

接著右側巖流島那邊出現三艘狀似敵艦的艦影。

事後才知此三艘軍艦分屬小倉藩、肥後藩及幕府海軍，總之即為敵艦隊。

「這絕不能掉以輕心。」

龍馬不敢稍有輕忽，但敵艦似乎不敢在濃霧中採取行動，竟未再接近。龍馬在文章中如此寫道：

「這附近……」

又在戰況地圖的一處畫了三艘軍艦。

「小倉、肥後及幕府之蒸汽船又進又退的，但不知為何就是未上前搭救。」

龍馬如此說明。

「待會兒就由我方主動出擊。」

龍馬暗自盤算，目前只管專心砲擊沿岸。

後來陸上砲台之氣勢漸失，終於陷入沉寂。

「好機會！」

想必如此認為吧，一直躲在海上濃霧中的五、六十艘和船發出搖櫓的吶喊聲，並開始往岸上划。

是山縣狂介指揮的奇兵隊等五百名長州兵。

長州陸軍順利登陸敵前時，龍馬艦隊之使命也暫告一段落。

霧氣依然很濃。

「覺兵衛爺，不如利用這霧氣當掩護，駛近巖流島那邊的敵軍艦隊吧。」

「可敵艦有三艘啊？」

「管他的！」

龍馬以方言道。這場濃霧實在太棒了，奇襲應該會成功吧。

船艦在艦長菅野覺兵衛的指揮下開始全速前進。

掠過巖流島的橋了。德川時代初期，流浪刀客宮本武藏隻身進入此島，大敗保護細川家的佐佐木小次郎而名揚天下。

「就是那座巖流島嗎？」

仔細想想，自己曾擔任千葉道場之塾頭，在多次大型比試中獲勝，真是感慨萬千。

此處與其稱「島」，不如稱之為「洲」來得恰當。

幾株老松朦朧浮現霧中。
敵軍艦隊就位在島的那一邊。
「在那門大大砲填入砲彈。」
「為何要用那傢伙？」
覺兵衛問道。
「因為這濃霧。咱們的艦影敵軍看不太清楚，只聽得到砲聲。只要那巨砲一發射，聲音將響遍海峽群山，敵軍必將聞之喪膽吧。」
拋下帆船庚申丸。龍馬這方就只剩一艘船。
這艘聯合號就像小型獵犬般，以精悍之姿逐漸接近敵軍艦影。
由於濃霧，甚至連敵軍旗幟都看不見。
幕艦必然懸著日之丸的旗幟。小倉艦及肥後艦應該也除自各藩旗外，還加掛了代表「政府海軍」標誌的日之丸旗。
「哪艘艦比較大？」
「右端那艘。」

「駛近它。」
覺兵衛依言操縱船艦，不一會兒便下令開始射擊。
砲手長隨即發出號令。
就在這時，龍馬等人口中的「那傢伙」，亦即那門大大砲便「轟」地發射。艦身嚴重搖晃，煙硝四處瀰漫，籠罩在整片甲板上。
「打中了！」
龍馬極為興奮。
轟然大響的迴音從本州及九州群山傳了回來，有好一陣子整座海峽都包覆在這異樣的聲響中。
「再射！接下來瞄準中間及左邊！」
大大砲接二連三發射。
敵艦狼狽已極，雖立刻還擊，但聯合號的動作十分機靈，在濃霧之中根本無法瞄準。
終於開始撤退。
「咱們也該逃了。」
龍馬下令趕緊駛回原來所在的門司海岸。

一回到門司海岸，只見登陸的長州軍正和小倉藩兵在岸上展開激戰。

岸上霧氣已散，從艦橋可透過望遠鏡看見打鬥的模樣，就像欣賞色彩極鮮明的繪卷般。

「哇！」

龍馬之所以驚訝，是因為看見長州部隊的奮勇戰姿。

「覺兵衛爺，你看！」

龍馬說著把望遠鏡借給他。

長州人僅有五百名兵士登陸。因是以奇兵隊為主力，故皆非武士出身，全是町人、農民子弟。

這些人以寡擊眾，竟把半洋式化的小倉藩正規武士團逼得節節敗退。

他們在敵軍的槍林彈雨中散開，利用遮蔽物的掩護逐漸向前衝。

被逼得節節敗退的，竟是以世代皆為譜代大名家世而自豪的小倉小笠原家之藩士。

「長州贏了呀。」

「不，並不是長州贏了，而是町人與農民打贏武士啦！」

此事令龍馬感動得渾身一陣顫抖。

方才，就在龍馬眼前，平民將長久以來的支配階級「武士」打得落荒而逃。

——革命必將成功！

龍馬心中已逐漸泛起如此感動與自信。

「天皇之下萬民平等」

此即龍馬之革命理念。

「在美國，總統並非世襲。」此事曾讓龍馬大為震驚。

「該國總統不但得擔心下女的生活，無法讓下女過舒適生活的總統在下一次的選舉就會落選。」

如此外國事蹟，點燃了龍馬心中顛覆德川幕府之火。

話說土佐鄉士。

土佐鄉士兩百多年來一直受藩主山內家從遠州掛川帶來的上士階級壓迫及蔑視，甚至可隨意格殺。

這些鄉士中的熱血份子跨越藩界，陸續加入倒幕運動。「天下眾生皆為同一階級」，對此平等境界的嚮往即為他們的力量。

而站在這些土佐鄉士前頭的，就是龍馬。

平等與自由。

這類語彙龍馬還沒聽過，但已有強烈的概念。雖同為革命集團，這點卻與長州藩及薩摩藩大不相同。插句題外話，維新後土佐人發起自由民權運動，並成為該運動之大本營，致力反抗薩長組成的藩閥政府及明治絕對體制，這只能說是他們的宿命。

天氣放晴了。

聯合號上的土佐人依次接過望遠鏡，清楚望見平民追打支配階級的身影。

「那就是咱們未來新日本的狀況！」

龍馬將自己的理想透過實況告訴眾人。龍馬以眼前之景象為證據，證明龜山社中揭櫫的理念並非只是空想。

正如龍馬透過望遠鏡所見，長州的登陸部隊雖以寡敵眾，卻展現了奇蹟似的強大力量。

部隊指揮官並非依門閥選出來的。

而是依能力選出來的。

就拿擔任軍監的山縣狂介來說吧，他是足輕出身，不僅如此，幹部福田俠平、三好軍太郎、時山直人、山田鵬助、交野十郎及三浦梧樓等，個個皆為出眾之指揮官，但他們在各自藩中的出身卻十分卑賤。

士兵也是如此。累代武家貴族正逐漸喪失野性，相反地，農民、町人之子雖不具武家那種注重秩序的精神性，卻渾身充滿精力。

他們的登陸地點位於門司和田野浦之間的海邊。

一上岸，七成士兵就衝往田野浦砲台，其餘三成則衝向門司砲台。

長州兵擅於射擊。

不僅命中率高，還能十分巧妙地衝到遮蔽物後面，藉著掩護射擊。或許是因他們曾與四國艦隊對抗，故實戰經驗豐富吧。

衝向田野浦砲台的長州部隊在敵前又兵分二路，一路自砲台背後的山進攻，另一路自海岸進攻砲台，採取兩面夾攻的策略。

這是軍監山縣狂介的戰略。還有一小隊挺身直衝敵陣，在兵營縱火。

火勢延燒至火藥庫。

一陣轟然巨響，木片、人馬都炸飛了，火藥爆發，更導致敵軍陷入一片混亂。

「好機會！進攻！」

山縣狂介揮著指揮旗同時激勵諸隊，另一方面又派一隊趕到海邊，放火燒掉繫留在砲台下約百艘的和船。這些和船是敵方為反過來自長州下關登陸而準備的，如今全陷入火海了。

海陸雙方都成了火之地獄。

攻擊門司砲台的長州兵也以極類似的方法縱火燒掉砲台的兵營，使得敵軍四散敗逃。

黑煙開始籠罩海峽。

「贏了吧。」

海上的龍馬喃喃道。

聯合號在海峽來回行駛，船上各砲一直維持填有砲彈狀態。

過了一會兒，長州的陸軍自戰場撤退，開始乘和船返回下關。龍馬完成保護和船之任務後道：

「覺兵衛爺，該回去了。」

他命船調頭，然後領著庚申丸返回下關。

一回到下關的長州藩營地，高杉就拉著他的手不住道謝：

「坂本兄，再拜託您一次！」

「什麼時候？」

「日期尚未決定，但這回恐會是場更大規模的戰爭吧。」

這是理所當然的。

在陸軍方面，幕軍從這次敗北得到教訓，定會採取嚴密的防禦措施；至於海上，想必也會將幕府艦隊悉數集結在下關吧。

龍馬在第二次作戰開始前的這段日子，幾乎每天都寫信，然後託人送信。

寫給幕府麾下九州諸藩的友人：

「千萬別協助幕府。」

他寫的就是這類內容的信件。這項文書工作是高杉特別拜託他的，因為他人面廣。

送信的工作則由奉西鄉之命潛入下關的薩摩人擔任。

這些信不知能否發揮效果。

七月了。

幕府艦隊陣容龐大，竟控制了海峽。

長州海軍束手無策。

船艦數量本就不多，加上第一次戰爭時高杉指揮下的一艘軍艦遭敵軍自砲台射來的砲彈擊沉，且幾乎所有軍艦都遭二、三十發砲彈射中，已破損到不堪使用之地步，能夠完全正常使用的就只剩龍馬所乘的聯合號一艘了。以如此弱勢是不可能迎擊幕府艦隊的。

「辦不到吧。」

菅野覺兵衛道。

言下之意是，制海權既已被敵方所奪，第二次登陸作戰勢必更難辦到。

「恐怕辦不到吧。對岸的小倉藩應該也如此認為。」

「小倉藩應該是這樣認為吧。」

「那他們自然會懈怠。高杉就是想利用這點吧。他呀，一定在打什麼主意。」

不論是以革命家或軍人身分看，龍馬已開始認為高杉之天才在桂之上。

七月一日晚上，高杉到下關阿彌陀寺的龍馬住處來了。

「坂本兄，剛剛我和山縣討論過才來，明天又要動手了。」

高杉道，表情像在說明天要去賞花似的。

「如今海軍已幾等於無，要如何助陸軍渡海登陸呢？」

「因彥島長州砲台的砲已增強。」

高杉的作戰計畫是，從彥島砲台朝敵軍位於小倉藩大里的屯駐地猛擊，趁炮彈的掩護，暗中讓陸軍渡過海峽。一登陸便一舉往人里衝。

當然是選在深夜。軍艦夜間行動困難，故這回祕密登陸作業應可順利進行吧。

「萬一幕府艦隊來襲怎麼辦？」

「那東西就請坂本兄包辦料理了。」

高杉一派輕鬆道。

「這傢伙，講得好像事不關己一樣。」

龍馬有些愕然。又沒什麼像樣的軍艦，要我怎麼做呀。

「嗯，我就盡力試試吧。」

「那我就放心了。」

高杉舉起右手做出拜託的動作。此事近乎不可能，這點高杉自己比誰都清楚。

軍艦方面除了聯合號，太陽號也僅能勉強掌舵，卻動不了。因為撐帆的船桅已折斷，蒸汽機也遭敵軍多達十發的砲擊，形同廢鐵。

七月二日半夜，龍馬再度率領「艦隊」，自下關出航。

這真是奇妙的艦隊。

司令艦聯合號以繩纜拖著太陽號前進。

「坂本兄也運用了異於常人的智慧。」

艦長覺兵衛暗想。

畢竟不是在汪洋大海上進行的海戰。戰場是狹窄的海峽，且目的不過是為掩護長州兵登陸而牽制幕府艦隊。即使行動有些遲鈍，但兩艘串聯起來也能使砲火加倍。所以這樣也好吧。覺兵衛心想。

載有長州陸軍的小船跟在艦旁，靜肅地划行。簡直就像大群老鼠趁夜集體渡海似的。從艦橋俯瞰的覺兵衛也忍不住暗想：

「戰爭真是讓人毛骨悚然啊。」

天亮前長州陸軍就完成登陸門司的行動。祕密行動成功，看來敵軍完全沒發現。

不過，登陸軍上陸後同時朝大里進攻，此時即打破沉默開始發動猛烈的槍砲攻擊，故敵方之海陸軍終於發現此事態。

「嗯，我看幕府海軍要出動了。」

龍馬之前一直在艦橋上打盹，這時終於拍拍裙褲站起身來。

「往巖流島那邊前進。幕艦應該會從那邊過來。」

於是開始著手搜索敵人。

軍艦發出蒸汽機的響聲，同時開始破浪前進。天還沒亮。

航經巖流島後再過去一點，眼前突然出現一如巨山壓頂似的大型三桅艦，且正逐漸接近。

「是富士山丸！」

龍馬高聲道，顯然大為震驚。

吃水量一千噸，約為破船聯合號的五倍大。

前年元治元年，在美國紐約竣工，去年二月才在橫濱移交給幕府海軍的。蒸汽機有一百五十馬力，是艘內輪船。設有多達十二門艦砲，堪稱世界級水準。

此艦似乎一聽見門司方面傳來槍砲聲，便立即駛出小倉港。

「該怎麼辦呀?坂本兄。」

「試試看吧。」

龍馬下令與富士山錯身而過。錯身而過？覺兵衛反問道。

「要近到觸及船舷。」

聯合號漸駛漸近。幕艦反而似乎更感驚訝。一定想不到這艘毫無戒心愈駛愈近的船竟是敵艦吧。

有人走到舷側來喊道：

「危險呀！你們要上哪裡去啊？」

「我們是煤炭船。載著煤炭要往若松港去！」

艦隊司令官龍馬親自喊道，接著又小聲朝艦長覺兵衛下令：「就是現在，發動砲擊！」

敵艦富士山丸也實在太粗心了。

「這樣嗎？」

趁對方這麼說時，宛如鯽魚般緊貼在富士山丸舷側的聯合號船桅迅速升起長州藩旗，幾乎就在同時，突然「砰」地響起砲聲。

因為是幾公尺的至近距離射擊，不可能沒命中。

富士山丸的艦身猛烈搖晃，船腹破了個大洞，即便夜裡也看得一清二楚。艦上立刻一陣混亂但也同時趕緊各就各位準備戰鬥，這情形就像鄰家發生騷動般看得清清楚楚的。

對方是幕艦，要是讓它完成戰鬥準備，己方可就連片刻都挺不住了。

「撤往下關！」

龍馬下令全速撤退。蒸汽機開始怒吼，但因後面還拖著太陽號，實在跑不快。

砲彈、槍彈迅速飛了過來，但因敵方似乎仍手忙腳亂而無法命中。

「再加把勁，逃快點！」

「已經盡全力了呀！」

覺兵衛艦長不高興道。所以我剛剛才會反對把太陽號拖在後面航行呀。他差點脫口而出。

過了一會兒，附近的長州藩彥島砲台發現富士山丸的蹤影而一齊發射，並開始集中砲火。故富士山丸也嚇了一跳，趕緊以疾風般的速度逃進小倉港。

「幕軍實在很沒膽。」

龍馬打從心底這麼想，就始於此時。

「怎會那麼懦弱呢？」

菅野覺兵衛一邊把艦開往下關港，一邊對龍馬道。

「我也一直想著這事。」

龍馬試著從幕軍的懦弱中找出歷史意義。

「德川幕府因關原之戰而創建……」

龍馬朝此一路回溯。兩百六十餘年前，在美濃關原開戰的德川方及石田方勢均力敵，當時石田方一開始就選在戰場附近的有利地形佈陣，理應不會戰敗才是。

總之，就戰鬥配置圖來看，此戰石田方是不會輸的。龍馬在往返京都、江戶之間時曾一度經過關原並仔細造訪兩軍陣地之遺跡，而如此認為。

但石田方還是戰敗了。

因石田方奮勇作戰的，就只有石田三成之直屬部隊及其友人大谷刑部之部隊，其他大名都是袖手旁觀。最後甚至還出現背叛者。

為何會如此呢？應是時勢使然吧。相較於陳腐的豐臣政權，時勢大概覺得以家康為中心的嶄新統一國家那邊比較有魅力吧。正因如此，力挺家康的諸大名皆實際參與作戰，而石田方之諸大名卻無異於袖手旁觀。

「這麼說來，這回幕軍如此懦弱的原因就在此。看來時勢這位審判者已開始朝我方露出微笑了。」

這天整個上午，龍馬就將軍艦繫在下關港內，命人把煤炭及彈藥裝上船。

其間龍馬借了能清楚望見港外情形的料亭二樓，躺下身子想補足前夜不足的睡眠。他很快就入睡了。但偶爾又眼睛微張看看海。

「幕府軍艦應該還沒來吧。」

這麼一想，才安心地再度睡去。

對岸的門司及小倉間的山野頻頻揚起煙硝。偶爾或許還有大口徑的砲彈爆裂吧，因為聽得到連紙門和榻榻米都不住震動的響聲。看來登陸的長州軍正陷入苦戰。

「但是，幕府海軍竟然那麼懦弱。」

雖是敵軍，龍馬卻也覺得不像話。長州軍已自九州上陸。只要及時截斷海峽孤立登陸軍，同時自其背後以艦砲猛擊，長州軍不就輸定了嗎？

如此戰術常識任誰都懂。

但幕府海軍卻未如此。要如此就必須有心理準備接受長州砲台舊式大砲之砲火及龍馬、高杉所率之弱小長州海軍的砲火，強大的幕府艦隊要是真有此意，這些根本不算什麼。

「幕府海軍竟連這麼點勇氣也無。」

這應算是有無戰意的問題吧。幕軍及協同作戰的諸藩肯定皆無與長州決戰之決心。

幕府和諸藩的確都憎惡長州藩過去的橫暴之舉及過火之權術謀略，卻無法完全憎惡長州藩揭櫫的勤王主義之「觀念」。

素有「尊王」一詞。這是尊崇京都朝廷的概念。當時，不論佐幕或非佐幕立場，此概念在知識份子階級已成為極普遍的社會思想。若以二十世紀後半的日本來說，就相當於「民主主義」這種極常識性而普遍的概念。

但「勤王」這詞就不同了。是企圖推翻幕府，建立以京都朝廷為中心之新統一國家的革命思想。可說就是將「尊王」進一步行動化的思想。

幕府艦隊的將士好歹也是知識份子，既如此就也應是尊王主義者，只差不是勤王主義者而已。其中定也有人因自己不是勤王主義者而感到慚愧，自然在面對長州揭櫫的「勤王」戰旗時也不由得喪失鬥志吧。

「歷史正不斷改變。」

龍馬不由得想到對手的懦弱。回天之夢恐怕在這幾年之間就要成真了吧。

接近中午時，幕府軍艦就出現於紙門望出去的海面上。龍馬迅速彈跳起身。

衝到港邊跳上聯合號後，立刻要手下起錨。

幸好出航準備早已就緒，軍艦開始破浪前進。砲手白峰駿馬在砲裝甲板到處忙著。

白峰完成裝填十二斤砲的填彈工作後，立即扯動繩索。白煙頓時籠罩整個甲板。

幕艦從右舷的砲窗發射五、六發砲彈，但不一會兒就逃往小倉方面去了。覺兵衛艦長就要掌舵追去。

「算了，算了。」

龍馬連忙制止。對方可是世界頂級的軍艦，大白天正面交手是贏不了的。

幸好庚申丸及太陽號已修理完畢跟了上來，龍馬就在海上編排隊形，指揮這由一艘小蒸汽船及兩艘風帆船所組成的艦隊駛過下關海峽南下。

航經巖流島北岸，再穿過彥島砲台的砲門下，航向大瀨戶。

海潮流勢洶湧。

龍馬要艦隊盡量駛近九州沿岸，然後下令下錨。隨後跟上的兩艦也下了錨但艦身竟開始以錨纜為軸打起轉來，可見海潮有多急。

「大里那邊戰爭似乎還沒結束啊。」

龍馬側耳傾聽陸上的砲聲。待長州軍結束進攻大里的行動後，就得掩護他們回馬關。

「看來還沒結束。」

菅野覺兵衛道。

龍馬立刻要人放下小船，命中島作太郎等三人上岸，與陸軍取得連絡。

中島衝過戰場去見軍監山縣狂介並詢問戰況。

「還沒勝。」

山縣苦惱地說。大里乃敵軍防衛小倉城的最後陣地，故小笠原家之藩士抵死防衛。

「要我們從海上砲擊嗎？」
中島問道。山縣嚇得臉都綠了。因敵我雙方戰線十分接近，故砲彈有落在己軍頭上之虞。
「我軍會被砲彈擊中呀。」
「不，別擔心。以我龜山社中越後浪士白峰駿馬之砲術，即便是那邊山丘上苦楝樹的一根樹枝也能瞄準。」
中島再度冒著槍林彈雨衝至海邊，然後乘船返回艦上。
「原來是陷入苦戰呀。」
龍馬點頭道，接著走到白峰駿馬身邊問道：
「能打中陸上的敵人嗎？」
白峰使勁搖頭道：「太難了。」
「大砲不是那麼準確，一不留神就玉石俱焚了。」
玉指的是長州，石指的是小倉兵。龍馬笑著拍拍砲尾道：
「駿馬，你以為是真的要你擊中呀？這種情況只要以大砲嚇嚇他們就成啦。」
白峰心想，既然如此就簡單了。於是使勁調高砲口仰角並加重炸藥強度，然後豁出去似地嘗試遠距離射擊。
十發砲彈接連飛上天空，然後轟隆轟隆地落在敵軍後方。
或許是這些砲彈擊垮了早有崩解跡象的敵軍戰意吧，他們不約而同地開始朝小倉撤退。

幕府體制已喪失主導歷史之能力，且力量正逐日衰退。
「再無任何東西較衰弱之政權，更教人不忍卒睹了。」
駐大坂老中板倉伊賀守勝靜被迫親身體驗這句話。老中板倉這時特將薩摩藩在京負責外交工作的大久保一藏（利通）召至大坂城。
為的是要命令他改變一直堅決反對出兵長州的薩

摩藩態度。

薩摩已透過坂本龍馬的居中斡旋與長州締結攻守同盟。當然，幕府要員無從得知此一幕末最大歷史事件。

——薩摩為何不響應出兵命令？

此疑問在朝廷幕府及諸藩間引起諸多評論，卻無人知道真正核心的理由。即便是與薩摩藩關係密切的親王或公卿也只粗略地觀察到：「第一次征伐長州時，西鄉曾在幕府及長州之間多方周旋，幕府卻無視其心血，竟又發動第二次長州征伐戰。他們顏面盡失，故一直對幕府十分不滿。總之，只要好好安撫西鄉及其同志大久保兩人，薩摩藩就會聽從幕府命令吧。」

因此老中板倉便循此結論叫大久保到大坂城來，為的就是安撫並說服大久保。

大久保依言前往。畢竟幕府是日本之正式政府，以薩摩藩立場也找不出當面拒絕其出兵命令的理由。

「大久保究竟打算怎麼辯解呢？」

同藩之人也替他擔心。

大久保若無其事來到大坂城內一室就座，端正的相貌顯得有些蒼白。

過了一會兒，板倉在上座就座，隨即切入問題核心，要求薩摩出兵。

「我聽不見您的聲音。」

大久保將手掌抵在耳邊愣愣地說。他故意假裝聽不見。

板倉自然放大音量又將同樣的話重複說了好幾次，最後也累極了。

「還是聽不見嗎？我是叫你出兵征討長州呀！」

「什麼？征討幕府？」

大久保以大得驚人的聲音道：

「您說什麼討幕呀！我們絕不可能討伐幕府！」

「不，我是說討伐長州呀！」

「雖然是您的吩咐，但討伐幕府一事恕難從命。」

他一直緊咬著聽錯的這點，最後竟憤然離席。

事後板倉問人：

「薩摩的大久保是聾子嗎？」

對方回答：「此人聽力頗佳。」板倉這才知道自己受到愚弄。

然而前線戰況中，幕府敗色漸濃，威信也逐日下墜。

戰況對幕府不利。

進攻日本海岸的長州軍以連戰皆捷之勢攻入石州，包圍濱田城，七月十八日成功攻陷該城。濱田藩主松平武聰放火燒城並自海上撤逃。

至於瀨戶內海方面的「藝州口」，長州軍也繼續維持優勢，戰況時好時壞。

在九州登陸戰之戰場「小倉口」，長州軍同樣是流暢地連戰皆捷。理應占有絕對優勢的幕府海軍，反被長州海軍區區幾艘軍艦及沿岸砲台牽制而無法掌控制海權，甚至三度疏忽讓長州陸軍完成敵前登陸行動。末了，堪稱幕軍實際指揮官的老中小笠原長行，竟於七月三十日跳上幕艦富士山丸陣前逃亡。翌日小倉藩難以獨立抗戰，終於主動放火燒毀小倉城後撤退。

小倉城淪陷後，有許多可謂幕府瓦解前兆的插曲。

幕軍方以肥後熊本藩之藩兵最強，幾乎全靠他們獨力頂住長州軍的攻擊，七月二十七日的交戰反由肥後兵戰勝。

這支最強的肥後軍團在兩天後卻撤除陣營脫離戰場，並踏上返鄉歸途。

——這種戰爭沒法打。

他們如此道。似乎是對幕軍最高指揮老中小笠原長行感到不滿。長行毫無統率力，比方說他看到肥後兵砍伐山頂上的巨木來築堡壘，便說：

「為何到他藩領地來伐木？」

這類一如護林官的說詞，將肥後兵的戰意全澆熄了。但肥後兵撤離戰場的最大理由，應該是大坂方面傳來的祕密情報吧。

將軍家茂於七月十日在大坂城內病危，但此消息遭嚴密封鎖。七月二十日終於病逝。此消息不知如何輾轉傳入負責防衛小倉的肥後人耳中。

「幕府的樞紐已鬆弛。」

肥後人定已如此敏感察覺。將軍已死而將軍之位由誰繼任卻尚未決定，政情自然將陷入不安。不僅如此……

幕軍與區區一諸侯長州對戰卻連戰連敗，其身為中央政府之威信已蕩然無存。以肥後人的立場而言……

「與其為此無謂之戰而浪費藩力，不如返回領國，確實做好割據之必須準備。」

他們定是因此才毅然決然擅自撤兵的，因已開始產生戰國當時大名割據一方的想法。不止肥後如此。

九州方面，肥前佐賀的鍋島雖擁有日本最大洋式軍隊卻不從幕命，保持不戰之姿。此外筑前福岡的黑田也以藩內事務為由未出兵。久留米的有馬兵是出了，卻在戰場觀望不戰。

就在這節骨眼，最高司令官老中小笠原自己又逃離戰場。此時的日本可說已陷入政府垮台之情況。

（第六卷完）

日本館・潮 J0255

龍馬行 六

作者……司馬遼太郎
譯者……李美惠
主編……吳倩怡
特約編輯……陳錦輝、陳巧宜
行政編輯……高竹馨
美術編輯……吉松薛爾
封面繪圖……林繪

發行人……王榮文
出版發行……遠流出版事業股份有限公司
104005 台北市中山北路一段十一號十三樓
電話……(02) 2571-0297
傳真……(02) 2571-0197
郵政劃撥……0189456-1
著作權顧問……蕭雄淋律師

初版一刷……二〇一二年八月一日
初版三刷……二〇二二年十一月十六日

售價三〇〇元
若有缺頁破損，敬請寄回更換

ISBN 978-957-32-7018-8

國家圖書館出版品預行編目（CIP）資料

龍馬行 / 司馬遼太郎作 ； 李美惠譯. — 初版.
— 臺北市 : 遠流, 2012.08-
冊 ; 公分. —（日本館.歷史潮;J0255）
ISBN 978-957-32-6888-8(第1冊 : 平裝)
ISBN 978-957-32-6914-4(第2冊 : 平裝)
ISBN 978-957-32-6945-8(第3冊 : 平裝)
ISBN 978-957-32-6983-0(第4冊 : 平裝)
ISBN 978-957-32-7001-0(第5冊 : 平裝)
ISBN 978-957-32-7018-8(第6冊 : 平裝)

861.57　　100021093

ylib 遠流博識網
http://www.ylib.com
www.ebook.com.tw
e-mail: ylib@ylib.com